清朝的皇帝

三 盛衰之際

高陽 著

復刻版

目錄

七、高宗——乾隆皇帝

終乾隆之世，大規模的內亂，只有一次，事在三十九年，幫中文獻「清水教舉義事錄」云：

清水教者，白蓮教之一支派也。首創者，山東義民王倫，人極精明果敢，祖居兗州壽張縣，石佛口地方。其祖王好賢，世傳白蓮教，傳至王倫，以符法替人治病，秘授神武異術，往來漕河；見糧米幫勢力雄厚，而一般人義氣又重，乃生羨慕之心，遂與幫中結識，旋立清門教，聯誼合作，潛行廣收弟子留為己用。

其所謂清水教者，其意義取佛經云「清淨莊嚴」清字，及「十功德水」水字，定為教名（見彌陀經）從此幫與教相混。潛伏勢力，更易伸張。

王倫素抱傾覆清廷之志，因之潛謀舉義更急，乃於乾隆三十九年間，乘清廷征伐金川之際，大倡有四十九天水火兵災，凡願入教信佛者，得免慘死；不信者，難逃浩劫，因此一般愚夫愚婦，從者日眾。事被壽張縣沈齊義所聞，派差往捕。王倫遂於八月二十八日拒捕；當日率眾襲城，殺死知縣，連陷堂邑、陽穀。

如上所述，爲王倫利用清幫；幫中有少數人附從王倫，純爲個人行爲，整個清幫在當時是置身事外的。

孟心史「清史稿」記「嘉慶間兵事」云：

> 三省教匪之役，為清代第一次長期之內亂；旗軍之不得力，亦顯露於此，其亂象與明季流寇相仿，眾股迭發，不相統率；殘破各處，不據城池；出沒三省，大股人數動輒數萬。
>
> 事亦起於乾隆中葉以後，而大發其毒於內禪告成，太上訓政之日。蓋吏治至乾隆朝而壞，內亂之源，無不出於吏虐，康熙朝崇獎清廉，大吏中有若湯斌、于成龍、張伯行、陳璸諸人為憂者，風氣所樹，為大吏者大率端謹。雍正時亦勤於察吏；至高宗則總督多用旗人，風氣大壞。時方自謂極盛，亂機已遍伏矣。
>
> 乾隆三十九年，山東壽張清水教民王倫，以治病練拳號召徒黨，於八月間起事，襲城戕吏，連陷旁邑，方據臨清舊城奪新城，援軍大集，倫擒於城中（高陽按：王倫未成擒，據論被圍樓焚而死，實無佐證），凡一月而平。明年白蓮教事發，河南鹿邑，遂爲川楚鉅匪之嚆矢。

此亦只言教匪，不言與清幫有關。王倫作亂，爲清朝盛極而衰的一個鮮明徵象；在此以前，自乾隆十六年第一次南巡至三十四年傅恆平緬甸，清朝極盛時期，文治、武功，都達到了顚峰狀態。

此大約二十年的期間，適當傅恆自大用至病歿，傅恆一家，從他的伯父馬齊，到他的兒子福康安，於雍乾兩朝的政治，有異常密切的關係，對高宗的影響，尤爲深刻。因此談乾隆前期的政事，不能不談傅恆，而談後期的軍事，尤不能不談福康安。關於傅恆是一個很值得稱道；但也很值得同情的好人，他有個人的隱痛，其妻爲高宗所通，生子即爲福康安。茲先敘傅恆初期的經歷，「清史稿」本傳：

傅恆字春和，富察氏，滿州鑲黃旗人，孝賢純皇后弟也。……傅恆自涛侍衛，擢戶部侍郎，乾隆十年六月，命在軍機處行走；十二年擢戶部尚書。十三年三月，孝賢純皇后從上南巡，還至德州崩；傅恆扈行典喪儀。四月敕獎其勤恪，加太子太保，時訥親師金川，解尚書阿克敦協辦大學士，以授傅恆，並兼領吏部。訥親既無功，九月，命傅恆暫管川陝總督，經略軍務。

重用傅恆而殺訥親，爲高宗一生權術的大運用，脅之以威，臨之以恩，使臣子懷德畏威，惟命是從，這套凡是英主都善於運用的手法，高宗在這件事上的表現，眞可說是到了極致。

原來孝賢皇后富察氏之崩，是在德州赴水自盡，原因甚多，而以高宗與傅恆之妻的曖昧關係爲主。孝賢皇后之憤而自絕，吃醋的成分少，覺得太欺侮她娘家人的成分來得多。富察氏爲滿州八大貴族之一，米思翰一支，至此三世爲顯宦重臣，族眾勢大，而高宗又尚有潛在的「政敵」，所以孝賢皇后之崩，在高宗看作非常嚴重的事，倘非善爲應付，流言四起，即令還不致威脅到他的皇位，但在統御的威信方面，一定大受打擊。因此，他分兩方面去運用他的權力，亦就是所謂「恩威並用」，而兩者都用得出了格。

先談用威，是以殺大臣立威。爲了孝賢皇后之喪，文武官員在百日內剃頭，因而革職抄家者數起；湖廣總督塞楞額竟因此賜令自盡；江南河道總督周學健，亦因百日內剃頭，本擬斬監候，已邀寬免，其後又因任內納賄徇私諸罪賜死。接下來便是殺訥親，殺張廣泗。其時大金川土司莎羅奔犯邊，先命川陝總督張廣泗進攻無功；十三年四月以訥親爲經略大臣，率禁旅討伐；「清史稿」本傳：

> 六月，訥親至軍，下令期三日克噶拉依。噶拉依者，莎羅奔結寨地也……署總兵任舉勇敢善戰，為諸軍先，歿於陣，訥親為氣奪。乃議諸軍築碉，與敵共險，為持久。

訥親本不知兵，亦從未打過仗；而張廣泗有養敵自重之意，及至訥親一到前方，表面遵命，暗中觀望，是作了坐觀其敗的打算。攻噶拉依爲訥親遙爲指揮，失大將任舉，就此氣餒；仍舊請張廣泗主持，自己拱手聽命。

而張廣泗凡所舉措，動稱奉經略之命；高宗以師老糜餉，復欲與敵共險，則牽延日久，大傷國力，因而下詔逮問。

十三年十二月初上諭：

> 訥親辦理金川軍務，乖張退縮，老師糜餉，經諸王滿漢大臣等參奏，朕諭令侍衛富成，將伊於奉到諭旨處，拿問拘禁，其舉動言語，並令富成逐一據實陳奏。今據富成奏稱，訥親云：「番蠻之事，如此難辦，後來切不可輕舉妄動，這句話我如何敢上紙筆入奏？」此語實為巧詐之尤。

以下歷數訥親負恩，並推測訥親的用心是：

> 伊之意，自知身名決裂，且無子嗣。萬分難免，輒思以不願用兵之言，博天下讀書迂愚無識者之稱譽；而以窮兵黷武之名，歸之於朕。此其心懷狡詐，實出意想之外。朕實不料十三年來，隆恩渥澤，而訥親之忍心害理，意至於此！

高宗自辯並無窮兵黷武，揚威喜功之意，按諸實際則不然。「清史稿」「高宗本紀」，乾隆十三年十月癸未：「諭張廣泗勿受莎羅奔降。」又，十二月乙亥：「張廣泗奏：『莎羅奔請降，告以此次用兵，不滅不已。』上以用卿得人勉之。」可知大金川之事，早可了結；高宗不受降，非滅之不可。此非窮兵黷武而何？

今細推當時史實，高宗本有耀武揚威之意，至孝賢皇后崩，為彌補失德，更望在武功上有所成就。因而特命訥親以經略督師；訥親剛愎自用，張廣泗疑心莎羅奔欲降而不許，為訥親所進言，於是一方面由於負氣；一方面打算讓訥親知難，密奏高宗，受降而終結戰局。

殊不知訥親已知高宗的本意，且正當高宗大振乾綱之時，如何敢以輕舉妄動之言入奏？這是旗人口語所謂「擰了！」高宗之意，莎羅奔既然請降，則已勢窮力竭，以張廣泗的經驗，何不可一舉而滅之？其中必有曲折難明的緣故，固而特召張廣泗入京，於年底在瀛台親審；並頒上諭：

金川用兵以來，張廣泗貽誤於前，訥親貽誤於後，兩人之罪狀雖一，而其處心積慮，各有不同。至於自逞其私，罔恤國事，則實皆小人之尤矣，朕昨御瀛台，親鞫張廣泗，其狡詐欺飾，緊要情節，俱經一一供認不諱，而其茹刑強辯，毫無畏苦之狀，左右大臣，皆以為目所未見，即此一節，與市井無賴何異！

所謂「茹刑」即熬刑。張廣泗亦知只要一認錯，必死無疑；因而數審受刑仍極口稱冤。但「三木之下，何求不得」？張廣泗「茹刑」，未必就是市井；明朝東林黨人，受刑不屈者甚多；但高宗則已與酷吏無異了。

以下痛斥訥親：

及今日接到富成所奏，訥親明白回奏一摺，其乖張舛謬之處，凡朕所指出者，悉無可置辯，惟思求見朕面，不知伊尚有何顏見朕？且求赴軍營效力，伊曾為大學士，將欲如士卒奔走，猶覬升驍騎校耶？其頑鈍無恥實甚。觀此則張廣泗乃剛愎之小人，訥親乃陰柔之小人。

以十三年親信重臣，不管多大的罪名，欲面見一陳衷曲，在情理上應無不許之理，而竟如此峻拒痛斥者，可知高宗必有不能與天下共見的私意在。以高宗的精明，說不知訥親未經戰陣，不諳軍旅，是決不會有的事。

明知軍事非其所長，而要以督師之任，則錯在高宗；倘謂不知其不諳軍旅，則十三年近侍，並此不明，其爲昏暗，可想而知。不論是前者，還是後者，高宗皆不得辭其咎。

以情況判斷，自是明知訥親不長於軍事，而要以督師之任；其中緣故，就大可玩味了。拿訥親所言輕舉妄動之語不敢形之章奏；以及不准面見的情形來說，則高宗當有經不起訥親一見陳詞之處。

照我的推想，訥親受命之前，必曾疏辭，而高宗必有安慰之語，亦爲保證之語；欲面見即一陳當時的密諭，冀獲一條生路，並自請赴軍營以爲贖罪。是則，高宗之不願見訥親，即爲不願承認當時有何安慰保證之語的表示。

由此論斷高宗的用心，實爲明知訥親必敗，便可藉此誅除權臣。倘或訥親成功，藉以增加威望，是爲意外收穫；而同時亦可以其長於韜物爲藉口，派爲另一場大征伐的專閫之將，隔離在外，功成還朝，則已換成另一幅局面，訥親的羽翼不存，亦就無能爲力了。

其次，如准訥親回京，則有張廣泗在對質之下，會反映出領導的錯誤，即敵人既已投降，緣何不納而須趕盡殺絕？所以不准訥親回京，張廣泗便已死定；但照高宗所論其罪狀，亦自有取死之道：

當張廣泗初抵軍營，以為金川賊酋，亦如黔苗之易辦，屢次妄為大言，可以克日奏功，既已久無成效，時復失機，則又諉過屬弁，藉口兵單，及聞訥親前往，伊復持兩端，懷觀望，訥親能辦此事，伊固可依附而邀次等之功；事不成咎在訥親，伊乃一切推諉，使陷於敗，仍可復據其任。

是以於訥親種種乖方，並無一語入告，其後見訥親之必敗乃向屬員訕笑誹議，備極險忮情態，蓋恐此時據實奏聞，猶或致譴責，不若含混詭隨，坐觀其決裂之為得計也。此其心展轉數變，狡獪叵測，經朕詳悉推勘，洞見肺肝，始將實情吐露，訥親且在其術中而不覺矣。

既誅張廣泗復有上諭：

十三年來，受恩深重者，孰如訥親，伊在皇考時已在軍機處行走數年，辦事原屬勤幹；惟時大學士傅恆，適遇孝賢皇后大事，未便釋服即戎，且亦老練不及訥親，此遣訥親前往之由也。孰意其福淺孽深，臨事乖戾，迥異平日。一至西安，將軍巡撫迎見，訥親傲慢睥睨，仰面不顧，於地方情形，全不置問。

秦蜀接壤，軍營動靜，亦概弗諮詢，而其沿途肩輿自適，騶卒動遭鞭朴，流血浹背；或至顛踣，為人馬踐踏，轉在轎中視而笑之，此豈復有人心耶？及至軍營，安坐帳中，從不親身督戰。每日至巳午間方起，屬員概不接見，遂致諸務歧誤！

而張廣泗當訥親初到，曲意逢迎，欲得其懽心，及見伊漫無成算，則轉諂坳為誹議，為訕笑；又見伊大局將敗，則復轉輕慢為傾害，布散流言，搖惑士眾，欲擠之死而攘其職，而於種種貽誤，並無一語參奏。此小人之尤，經朕於瀛台親鞫，具得實情，是以立寘重典。

此論爲命軍機大臣兵部尙書舒赫德，馳赴四川，會同接訥親之任的傅恆，審問訥親時所發。後數日接到傅恆奏報，方知征金川「道路之險阻，兵民之疲憊，一切艱難困瘁之狀」，「頗爲追悔」此一番用兵，「但辦理已成，無中止之勢」，惟有借訥親的人頭，振將頹的士氣。因命侍衛鄂賓，授訥親之祖遏必隆的一把刀，斬訥親於軍前；並頒上諭：

訥親、張廣泗二人，乃軍前之勞人憊卒，所共切齒，張廣泗雖經伏法，而士眾尚未親睹；訥親若在成都審明待報，未免往返稽遲。著舒赫德將訥親帶往軍前，會同經略大學士傅恆，一面訊明，一面將伊祖遏必隆之刀，於營門正法，命軍前將弁士卒共見之。

此與武侯斬馬謖相提並論，則高宗的作爲，顯然出於私意。因可和而不和，徒傷士卒，而又有訥親與張廣泗，有意無意表示，嚴旨所迫，必須勉爲其難，則軍中必有歸怨於上之心，故高宗須如此以遏必隆爲道具，做一個殺元戎的「秀」，讓他的「觀眾」稱快洩憤。事實上高宗應下罪己之詔。

如行軍輪糧、道路險阻、兵民疲憊，一切艱難困瘁之狀，維責訥親，張廣泗早不奏聞，說是「即此而論，訥親、張廣泗，誤國之罪，可勝誅耶？」

此明明爲諉過於人之語。按：大小金川在今四川西部與西康接界之處；兩處平定後設懋功直隸廳爲治，懋功之名，至今猶在。大小金川所匯，今稱大渡河，而在當時稱爲瀘水。「讀史方輿紀要」謂雲南大川金沙江，「東達四川之會川衛西南而合瀘水，於是金沙江亦兼瀘水之名。由會川衛而南過金沙江，即武侯五月渡瀘處。」

「出師表」：「五月渡瀘，深入不毛」，雖一南一北，相距尚遙；但大小金川在邛崍、大雪兩山脈間，既未設治、形同化外，則其地之險阻，可想而知。退一步言，勞師遠征、派重臣經略，自是一次大征伐，豈有不先研究地形，而貿然從事之理？

事實上，高宗對大小金川用兵不易是知道的；當前一年莎羅奔作亂決定討伐時，曾有如下的上諭：

朕思此等苗蠻，雖屬化外，而叛服靡常，端由辦理不善，但如謂「得其人不足臣，得其地不足守」，比之禽獸虺蛇，亦何妨聽其涵孕卵育，並生宇宙之間，而此等蜂屯蟻取之眾，果可度外置之乎？

即如瞻對大金川之地，亦豈好大喜功？實因伊等聲勢日張，不得不勞師動眾。然前此進兵，既不能遽得要領，臨事又惟草率了局，官兵甫撤，旋復煽動，傷威損眾，勞費實多。若但來則應之，去則弗追，十至而十應，可如以十應之勞，用之於一舉毀穴焚巢，芟除蕩滌之為愈也。

稽之前事，如漢之馬援、諸葛亮，至今懍其遺烈，即前明韓雍、王守仁輩，亦能震以兵威，群蠻膽落，坐收一勞永逸之利。近日滇黔古州等境，悉成樂土，具有明效；川省諸番，亦當加意經畫，況我朝大威，無遠弗屆，即蒙古四十八旗，自古所不臣，何嘗不在五服要荒之外而奉令守藩，輸誠內嚮，甯輯至今，可見含齒戴發之倫，斷無不可化誨；惟在德足綏懷，威足臨制，得柔遠之道耳！

可傳諭慶復、張廣泗等，悉心區畫，因此番用兵，將全蜀情形，通盤計度，如何可令蠻眾弭耳貼服，永為不侵不叛之臣，使叢篁密箐，息警消烽，共安至治，熟籌長策，詳悉奏聞辦理；如果有不能辦理，或不可辦理情節，亦蓋將實在情形，緣何不便之處，密行陳奏。

觀此一諭，高宗決心討伐之意，極爲明白，且目標在令蠻眾「永爲不侵不叛之臣」，則應師武侯之七擒孟獲，不以一次克敵爲已足；意中不求速效，願以「十應之勞用之於一舉」，則「叢篁密菁」，用兵艱苦之狀，自然籌思已熟，何能諉過於訥親、張廣泗？

總之，這一次戰役失敗，基本上是廟算失策，亦就是戰略上先發生了錯誤；即令訥親、張廣泗作戰不力，勞師無功，亦應君臣分任其咎，而竟以最嚴酷的刑罰，加之於一向寵信的訥親。

平苗有功的張廣泗，其不測之威，固可懾服臣下，但亦使人寒心。平郡王福彭，即是受了這種憂懼震慄的刺激，中風而死。這一段我留到後面再談，先交代上引上諭中所謂「瞻對大金川」之事。

瞻對爲大金川附近苗人的部落，分上下瞻對，共二十餘寨，其地在鴉礱江上游，去打箭爐（今西康康定）七日途程。乾隆十年夏天，上下瞻對兩土司發生衝突，演變爲叛亂，川陝總督慶復奉命進兵平亂，作一勞永逸之計；至十二年六月事定，但首要之敵下瞻對土司班滾在逃；慶復徇庇四川提督李質粹，誑招班滾已經燒死。及至張廣泗征金川，奏聞其事，慶復、李質粹皆革職下獄。

十四年九月，慶復賜自盡。慶復佟國維第六子，爲隆科多胞弟；隆科多獲罪，而慶復見用，襲封公爵，此爲世宗一貫的手法。

高宗即位，以慶復代平郡王福彭爲定邊大將軍；與噶爾丹策零息兵後，召還京；乾隆二年督兩江，移雲貴、移兩廣、移川陝，爲政雖無赫赫之功，亦尚平穩；至是竟因未獲渠魁而罹極刑；實爲高宗抑制外戚，收權自用的手腕，但施威實不免過濫。

至於平郡王福彭，在乾隆初年，權力與莊親王、張廷玉、鄂爾泰相當，而清朝公私文書中，對於他在軍國大計中所能發生的作用，殊少記載；此因雍正十一年，福彭雖一度在軍機大臣上行走，但自軍前召回後，先任總理事務大臣；至乾隆二年十一月，軍機處裁而復設，諸王皆不入軍機處，平郡王福彭似已投閒；而實不然。乾隆三年預於「議政」之列，始終爲高宗親信的顧問。

軍機處之裁而復設，爲高宗收權之漸。

「實錄」卷五：

乾隆二年十一月庚辰，總理事務莊親王允祿等請解總理事務。諭曰：莊親王等奏辭總理事務，朕思皇考御極之初，命王大臣等總理事務至二十七月釋服之後准其辭者，蓋皇考春秋已逾四旬，且至聖至明，於天下政務一切情事無不周知洞悉。在朕今日豈敢與皇考比擬，正賴王大臣等輔弼贊襄，其臻上理，何得援例懇辭！但覽王大臣所奏，情辭懇切，請各歸本職辦公，仍是靖共佐理之忱悃，朕祇得勉從其請。

按：總理事務處雖有鄂爾泰、張廷玉及協辦之訥親、班第，但與諸王共事，體制所關，不能盡意；而高宗指揮，亦難如意。以故運用手腕，促使莊親王胤（允）祿等辭總理事務。前一日辭，後一日即有覆軍機處的上諭：

昨莊親王等奏辭總理事務，情辭懇切，朕勉從所請。但目前兩路軍務，尚未完竣，且朕日理萬機，亦間有特旨交出之事，仍須就近承辦。皇考當日原派有辦理軍機大臣，今仍著大學士鄂爾泰、張廷玉、公訥親、尚書海望、侍郎納延泰、班第辦理。

海望與納延泰亦爲軍機處舊臣。至是，每日由鄂爾泰領班晉見，一切大政，部由高宗親裁。原任總理事務的諸王，失去法定的實權；高宗即可有選擇地加以任用。

撤銷總理事務處，恢復軍機處，並由臨時組織變爲正式機構，成爲行使「相權」的最高權力機關，爲清朝政治制度上，一項具有重大深遠影響的改革。

高宗之能擴張「君權」，獲致全盛，以及後來朝廷之能應付若干重大的危機，均得力於這一次的改革，因此有作一番比較詳細的說明之必要。

按：照清太祖最初所規定的政體，爲合議制度；但他的遺命可說根本未曾實現。雄才大略的太宗皇太極，在禮親王父子的擁護之下，定於一尊。但權力卻非獨享，表現在上者，爲議政制度，親貴重臣，均有一定程度的發言地位；表現在下者，下五旗的旗主對本旗有極大的支配權。是故世祖崩逝，在孝莊太后與湯若望，以及四輔政定策，改變傳位於安親王岳樂的遺命，由皇三子以沖齡接位，仍須諸王貝勒設誓於正大光明；四輔政始得放手辦事。

康熙一朝，基本上仍與親貴共享統治權，但由於聖祖天縱英明，故諸王貝勒不致越權而形成掣肘。

世宗得位既然不正，則諸王貝勒各行其是，將嚴重地妨害了「君權」，此所以一方面誅除異己；一方面千方百計想將下五旗的旗主制度打破。這個工作雖有成效，卻未完全成功。至雍正十三年八月世宗賓天爲止，上溯聖祖殺鰲拜，眞正親政，約六十五年間，政治制度一變再變，胥視皇帝個人的遭遇，以及統治權的強弱爲轉移，其變遷之跡，大致如下：

一、康熙初期，以王大臣議政爲主；親信參議，以憑親裁爲輔。如議政王大臣所議，與親信建言相合，當然行之無疑。如兩者不合，而欲推翻議政王大臣的結論，採行親信之議，常有窒礙。

但聖祖受祖母之教、及湯若望等之啓沃，自幼便知世無坦途，而清朝開國及其得位的經驗；宗教上殉道的故事；中國傳統經典中擇善固執的教訓，在在使得聖祖深信，理想必須自奮鬥中實現，所計議政與親裁之間的分量，逐漸轉移，最後，議政制度，能眞正成爲一種可收實效的統治工具。

二、康熙中期，大政皆由親裁，其方式有二，一爲「御門」聽政，即爲議政制度的擴大；有時，亦是眞正的「御前會議」，與日本大正、昭和時代的「御前會議」徒具形式者，絕不相同。二爲專摺奏事，親自裁定了原則，再經由正式的程序，用「題本」達部，經內閣票擬裁定。

三、聖祖早期親裁庶政的助理人員有二：一爲南書房翰林；二爲御前侍衛，出納王命，口啣天憲，同時亦爲天子耳目。此所以高士奇之流，得以攬權納賄。

四、雍正即位之初，創始「總理事務」制度，最初以皇八子封廉親王的胤禩；皇十三子怡親王胤祥，「舅舅」隆科多及大學士馬齊四人處理政務，合稱爲「總理事務王大臣」；在此階段，此四人的權力與明朝的內閣完全相同。

但此爲世宗得位不正，迫不得已與胤禩、隆科多分享統治權，及至胤禩、隆科多成爲他誅除的目標以後，「總理事務」制度，無形解體，約自雍正三年起，議政制度又逐漸發生作用，但實爲世宗操縱的工具。同時內閣的地位亦已提高；鄂爾泰與張廷玉可能爲清朝罕有的兩個名實相相的大學士。

但爲山九仞，功虧一簣，勢不可止，如剋日蕩平，固所深願，倘有遷延，則以全蜀物力，婦藏脂膏，塡於蠻荒邊徼一隅之地，亦覺可惜，故籌餉至十四年二、三月敷用爲止。易言之，屆時尚未收功，惟有息兵。十二月底曾特頒一諭云：

金川用兵，定不可過四月初旬之期，朕已屢經傳諭。今晨恭請皇太后聖母萬安，蒙詢及此事，以經略大學士傅恆，如不成功，無顏以見眾人之語陳奏；皇太后懿旨：「經略大學士傅恆此見，實為太過！經略大學士此行原為國家出力，非為一己成名；如為名起見，豈有國家費如許帑項，如許生命，以專供一己成名之理？況退縮貽誤者，朝廷既治其罪，而經略大學士傅恆，忠勇奮發，勤勞任事如此，何不可見眾人之有？且人事既盡，成功與否，則當聽命於天；若天意不欲殄滅醜類，人力何可強違？

經略大學士傅恆之出力，期於國事有益也；必謂不能成功，即不可見眾人，試思果如所見，於國事有益否乎？自宜遵奉朝廷前旨為是。」

拿這些上諭，跟殺訥親、審張廣泗以後所頒布的諭旨對照來看，形成過無不及的兩極端；而出以奉「懿旨」方式，更爲別具深心。

高宗對太監用事及外戚干政，非常敏感，何以上諭中公然有太后過問國事的宣示？原來這是一種撫慰后家的手法；以家務的觀點來看，孝賢皇后由於高宗所加予的種種刺激，憤而投水，這在姻親之間，已構成非常嚴重的糾紛；尤其是傅恆，縱有紅頂之榮，未掩綠帽之羞，更須有適當的疏導，才不致激出變故。

高宗派傅恆爲經略，本意就是借此機會，要給他一個大大的好處，作爲補償，同時在親鞫張廣泗時，已盡悉大小金川的底蘊，勞民傷財之誤，在不納莎羅奔之降，務求掃穴犁庭，逼得苗蠻憑藉地利用困獸之鬥。

所以一面密諭岳鍾琪格外盡力，爲經略之輔；一面定下限期，暗示傅恆此去，只要保住面子即可，亦即是不妨接納莎羅奔投降。

但傅恆不知是負氣，還是不明暗示，抑或故意表示忠勇，上奏自道：「此番必期成功，若不能殄滅醜類，臣實無顏以見眾人。」果然如此，必成不了之局，不特傅恆將蹈訥張的覆轍；而且戰事必不能在短期內結束。

鄂爾泰於乾隆十年加太傅；張廷玉於乾隆四年加太傅，論位望亦屬相當；惟有傅恆年不過三十，出師尚未立功，驟拔之於三公之位，實在出人意表。又一月後，爲乾隆十四年，正月初三降諭云：

今日新正令辰，恭迎皇太后聖母鑾輿，內廷春讌，仰蒙慈諭；經略大學士傅恆，忠誠任事，為國家實力宣猷，皇帝宜加恩錫封。俾以公爵，以旌勤勞，欽承恩訓，深愜朕心；但封公之旨，應俟奏捷到日頒發，著先行傳諭，俾知聖母厚恩。

在經略大學士，素志謙沖，必將具摺懇辭，此斷可不必，經略大學士此番出力，實為國家生色，朝廷錫命褒庸，何嘗有汗馬勞耶！若經略大學士因有此恩旨，感激思奮，不顧艱險，必期圖所難成；抑或避居功之名，必欲盡掃蠻氛，生擒渠首，方馳露布，而凡有克捷，概不具報。皆非朕所望於經略大學士者，經略大學士即不具奏，舒赫德亦應一一據實奏報。總之馳報軍情宜於頻速，必朝夕相聞，瞭如目睹，方足慰朕懸切。

以下又諭：

朕前諭四月初旬為期，乃再三審度，更無游移。用兵原非易事，何可逞人意以違天意耶！經略大學士試思在京辦事之時，識見才力，視朕何如。今朕意已定，自當遵旨而行，況經略大學士即能成功，亦皆眾人之功。

朕降此旨，所以擴充經略大學士之識量，使盡化一己功名之見耳！一切機宜，連日所降諭旨，俱已備悉。惟望經略大學士仰體慈懷，欽承渥澤，諸凡從長妥辦，俾國家軍民，均有裨益，朕實幸焉。

所謂以「四月初旬爲期」，則是高宗已預見到，必須速戰速決，倘十四年三月間尚未奏功，即當撤兵。在傅恆初到四川時，細陳缺馬缺糧的情形，奏請優遇「軍糧飛班」，戶部收捐（捐官停止六個月，俱令於四川報捐，本折兼收（本爲本色即米；折爲折實即銀），其運米至軍前者，准以「飛班」即用；戶部停選六個月，僅四川捐班人員先用。

於此可見四川用兵，軍需供應情況之嚴重；因而高宗批答，復又歸罪訥親、張廣泗，對四川「民力拮据，空虛疲憊，一至於此」，竟未「剴切敷陳」。

賈母王太夫人遵旨進宮，見元妃痰塞口涎，不能言語。見了賈母，只有悲泣之狀，卻沒眼淚。……

此即寫福彭病歿經過。鳳藻與龍翰並稱，楊夔「送張相公出征」詩：「援毫飛鳳藻，發匣吼龍泉」，可知宰相文筆稱爲「鳳藻」；故可與天子揮毫的「龍翰」爲對。賈元春封爲「鳳藻宮尚書」，即指福彭於雍正十一年四月入軍機。

高宗的不測之威，足以令人憂懼致死；然則他的逾格之恩又如何？現成的例子，即是代訥親而為經略大臣的傅恆；在乾隆十三年出師時，賜宴重華宮，於東長安門御幄前上馬，命皇子等送至良鄉；十二月初降諭云：

諭經略大學士傅恆：自奉命經略以來，公忠體國，殫竭悃忱，紀律嚴明，軍行甚速。途次衝冒風雪，晨夕馳驅；兼辦一切，咨詢機務，晷刻鮮暇，常至徹夜無眠。今日披覽來奏，甫入川境，馬匹遲誤，減從星發，竟至步行。自非一秉丹誠，心堅金石，安能若是。

將來迅奏膚功，當優議酬庸之典；而目前之勞瘁，實屬超倫。朕於臣工，有善必彰，即如那蘇圖所辦軍行供億，預備妥協，乃軍旅中之一節，尚加恩議敘；況經略大學士，如此忠勤，豈可不加優獎。在經略大學士沖挹為懷，以次及將來大捷議敘，定必力辭，而在朕賞罰權衡，大公至正之道，因不得以意為輕重也。經略大學士傅恆，著交部從優議敘。

既而吏部議奏：「請晉銜太子太保，仍加軍功三級。」此已優渥非常，而高宗以為不足，得旨：

經略大學士傅恆，公忠體國，懋著勤勞，殫力宣猷，誠精妥協，著晉銜太保，仍加軍功三級。

按：三公三孤，大多爲贈銜，生前加銜，必有特殊原因，鰲拜爲太師，則擅權時竊號自娛；范文程、洪承疇、金之俊，年遐齡加太傅，則范、洪確有殊勳；金之俊以撰「端敬皇后（董小宛）傳」而獲異常之「潤筆」；年遐齡加太傅，則以年羹堯已加太保，其父自當更晉一等。

在禮節上雖已糾正，但議政時並不能使王公免於盛氣凌人、呵斥責備的驕倨之態。因此，親貴干政，縱有眞知灼見，往往被遏，不得上達，此所以高宗必須排斥這一層羈絆，方能充分行使君權。

軍機處恢復後，首任軍機大臣共六人，照「清史稿」軍機大臣年表所載，爲鄂爾泰、張廷玉、訥親、海望、納延泰、班第。依次序似以鄂爾泰爲領班，其實不然；領班應爲訥親。軍機班行，先論品秩；品秩相同，始論資格，訥親襲其祖遏必隆的爵位爲果毅公。異姓封公，稱爲民公；五等爵中，公、侯、伯的品級，皆超過一品；子爵視武一品；男爵視武二品。因此，訥親位尊於大學士。

趙雲崧「簷曝雜記」曾記訥親「獨對」事，此亦訥親爲軍機領班的證明；軍機故事，雖同班進見，而發言者則只領班。訥親爲高宗一手所識拔，獨對「承旨」，而由汪由敦「述旨」，大政親裁；鄂爾泰與張廷玉雖爲元老，事實上亦幾同於「伙食宰相」了。

但對議政制度，高宗尚不敢公然廢除；則轉而加以利用，必要時可作爲制約親貴以及軍機大臣的工具。當時議政部分，高宗係交由莊親王主持；乾隆三年以福彭預議政，乃準備取代莊親王。自乾隆四年流產的宮廷政變發生後，莊王亦且涉嫌，故審鞫定罪，皆由福彭主持，彌見親信。

至十三年孝賢皇后大事出，高宗爲立威起見，對一向寵信的訥親、平苗有功的張廣泗，翻臉情，使得福彭大感刺激。

及至張廣泗被逮入京，高宗將親自鞫問，頗有牽連而成大獄之勢，福彭更不能不憂心忡忡；因張廣泗爲鑲紅旗漢軍，福彭爲鑲紅旗旗主，平時對張廣泗多予支持，自不免有徇庇之處，倘高宗追究到底，即不免株連牽累，因而血壓陡升，遂致中風；「紅樓夢」第九十五回，寫元春之死云：

且說元春自選了鳳藻宮後，聖眷隆重，身體發福，未免舉動費力。每日起居勞之，時發痰疾。因前日侍宴回宮，偶沾寒氣，勾起舊病。不料此回甚屬厲害，竟致痰氣壅塞，四肢厥冷。一面奏明，即召太醫調治。豈知湯藥不進，連用通關之劑，並不見效。內宮憂慮，奏請預辦後事，所以傳旨命賈氏椒房進見。

「懷舊詩」云：

皇考選朝臣，授業我兄弟，四人胥宿儒，徐朱及張嵇。設席懋勤殿，命行拜師禮。其三時去來，可亭則恆矣；時已熟經文，每為闡經旨，漢則稱賈董；宋惟宗五子，恆云不在言，惟在行而已。如坐春風中，十三年迅耳！先生抱病深，命與親往視；未肯竟拖紳，迎謁仍鞠跽，始終弗踰敬，啟手何殊爾。嗚呼於先生，吾得學之體。

朱軾謚文端，清操絕俗，而儀容甚偉，河目海口，宏聲廣顙，步闊二尺，殊不似規行矩步的理學家。生平軼事甚多，錄其可信者一則如下：

年羹堯既以大逆誅，父遐齡年八十餘，法當從坐，九卿俱畫諾矣，高安朱文端公獨不署名，憲皇帝責問，公奏以子刑父，非法也。臣簿錄年氏家書，遐齡訓羹堯甚嚴，羹堯不能從，以陷於罪，罪在子，不在父。上頷之，遐齡竟免。

按：朱軾其時爲吏部尙書，處分職官，本爲吏部專責；惟以年案係交廷議，故議奏時，奏章須全體署名。廷議本許兩議上聞，以憑欽定；或個別有異議，不願隨眾者，亦得在公奏中聲明，另行具疏。

惟關乎刑罰而所擬爲大群時，原則上仿三法司會鞫之例，須眾議僉同，方能成立。按：「三法司」者，刑部、都察院、大理寺；凡交三法司會審的職官，如處死刑，須三法司堂官完全同意，稱爲「全堂畫諾」，方能出奏。

議年案時，朱軾以吏部尙書不以爲年遐齡應坐子之罪，其意見當然應該重視。事實上，世宗以敦肅皇貴妃之故，不特決不願罪年遐齡，甚至年羹堯仍得重用；群臣不明世宗只爲抑制年羹堯的本意，一意逢迎，而朱軾獨持大體，能補君之過，此是眞道學，非熊賜履、趙申喬等假道學之比。

但在廷議時，欲爲一士之諤諤，亦殊不易；議政時王公在上，體制攸關，成一極端的以大壓小之勢，殊難盡言。

「清朝野史大觀」中，記議政情況云：

康熙二十六年正月二十六日，諸王大臣議禮永康左門。諸王以次環坐，內閣九卿科道議畢，閣臣白其議，向諸王長跪移時，武定李相國之芳，年老踣地，華亭高太常層雲，時官給諫，抗章彈奏云：天潢貴胄，禮當致敬，獨集議國政，無不列坐；況永康左門，乃天子禁門，非大臣致敬諸王之地，大學士輔弼大臣，當自重，諸王宜加以禮接。疏入，交宗人府吏禮二部議，凡會議時大臣見諸王，不得引身長跪，著為令。

所以然者，鄂爾泰以平苗起家，今苗亂復作，自不得辭其咎；但世宗又不欲顯斥鄂爾泰，但亦不能信任其處理復起的苗亂，能不受他自己過去的咎愆所影響；特命三王辦理者，非謂三王能當此任，而實爲監督鄂爾泰能秉公處理；同時亦防止張廷玉借此打擊鄂爾泰，以私怨而誤國事。

苗疆事務處的裁撤，剝奪了皇五子和親王的職權；軍機處裁撤以後，原任軍機大臣訥親、班第、索柱、豐盛額、海望、莽鵠立、納延泰、徐本等八人，出處不同。

①訥親、海望、徐本爲「協辦總理事務。」

②班第、索柱、納延泰「在總理事務處差委辦事」。

③莽鵠立、豐盛額各回本任。

這一來，大概歸於四總理事務王大臣；訥親、徐本雖為高宗親信，在「協辦」上可以照應到高宗的「君權」，但資望不足，無法以對等地位與四王大臣抗衡。高宗是早已看到了這一點，因而在即位之日，即特召文華殿大學士派往浙江視察海塘的朱軾回京。派為「協辦總理事務」。

此人籍隸江西高安，康熙三十三年甲戌科的翰林，與張大有、高其倬同年。自甲戌至雍正十一年癸丑，共開十六科；翰林故事：十三科以前尊為「老前輩」，此時科名，再無比朱軾更高者。

張廷玉與年羹堯同時，為康熙三十九年翰林；翰林晚一科，因「散館」、入館前後接踵，猶可稱為同年；晚兩科則必為後輩，甚至可能是師生——翰林「散館」而「留館」，二甲授編修；三甲授檢討，亦可派為「教習庶吉士」的差使，通稱「小教習」，此即成為名符其實的師生。

朱軾一到，可以節制張廷玉；鄂爾泰是舉人，以科名而論，更當尊禮；至於對莊、果兩王，則朱軾為世宗特拔的儒臣，曾在南書房行走，且曾為怡親王的主要助手，兩王亦不能以一般的漢大臣視之。而且必要時，他可以援用世宗的遺訓，以為制衡。所以，高宗這著棋是很厲害。

那末朱軾與高宗的關係呢？前面曾經談過，他是高宗的師傅，清操宿學，是高宗所欽服之師，稱為「可亭朱先生」。

由以上的變化可以明顯地看出，清初的政治制度，彈性極大；權力的分配轉移，在君而言，常由被動而轉為主動，亦即從被支配之中掙扎而獲得自我支配。高宗的情況，亦復如此；他的取得皇位，基礎之薄弱，並不下於乃父，所以在即位之初，亦不能不採取總理事務的制度，以莊親王胤祿、果親王胤禮、鄂爾泰、張廷玉輔政；接著下上諭，以果親王、莊親王、鄂爾泰分別總理刑部、工部、兵部，成為「太上尚書」。此時的政府，出現了「三頭馬車」的局面：

(一) 總理事務處。

(二) 軍機處。

(三) 總理苗疆事務處。

不過這種局面只維持了兩個月。雍正十三年十月十八日上諭：

從前西北二路軍務，交辦理軍機事務之大臣等定議。其苗疆事務，又另委大臣等定議。今西北二路既已無事，而苗疆之事亦少，大小事件亦交總理事務王大臣等辦理，其軍機事務與苗疆事務，亦著交總理事務王大臣等兼理。其原辦理軍機事務之訥親、海望、徐本著協辦總理事務，納延泰著照班第、索柱例行走，豐盛額、莽鵠立著不必辦理軍機事務，各在本任行走。

雍正七年以後，設置軍機房，稱軍機處，當時主要的目的，是爲了軍事保密，故稱「軍機」。實際上辦事者，仍爲世宗所親信的怡親王及張廷玉、蔣廷錫等三人；八年加入馬爾賽；十年加入貴州提督哈元生，則以征苗之事諮詢。馬、哈二人，甫進旋出；十一年平郡王福彭入軍機。

按：有清一代，道光以前以親貴入軍機者，計三人：怡親王胤祥、平郡王福彭及嘉慶四年成親王永瑆，旋以非祖制罷直。平郡王入軍機在雍正十一年四月；我作「紅樓夢中『元妃』係影射平郡王福彭考」，金陵十二釵圖，詠元妃之所謂「榴花開處照宮闈」，即指平郡王入軍機；因軍機直廬在隆宗門內，已入於「內廷」的範圍，故可謂之爲「宮闈」。

雍正十三年五月，以苗亂復作，特設「辦理苗疆事務處」，命果親王、皇四子寶親王、皇五子和親王及鄂爾泰、張廷玉經理其事。

因而迫不得已表明：

> 金川之事，朕若知征途險阻如此；川省疲憊如此，早於今秋降旨，以萬人交岳鍾琪料理；更不必調派滿兵，特遣重臣，費如許物力矣。

這是明白告訴傅恆，只信任岳鍾琪，自能了事。而傅恆似未喻其意，仍有親自冒險犯難的奏報，因而高宗搬出太后來勸諭，目的是要傅恆相信，煌煌上諭中，實有至親的關切在內，他不必耽心萬一無功，將爲訥親、張廣泗之續。

此役結果，一如高宗的籌畫，由岳鍾琪了事，「清朝野史大觀」載：

公（指傅恆）既至軍，任冶軍門大雄統軍，變易張訥弊法，壁壘一新。又偵知良爾吉之奸，召至幕中，責其貳心之罪，立置於法。又於雪夜攻克堅碉數處，察其道路險峻，非人力所易施，據實奏聞。

高宗知群鼠穴鬥，無須勞我兵力。會孝聖憲皇后中降懿旨，以休兵息民為念。賊亦懼，乞岳威信代請降。傅文忠命岳公往諭賊。岳公率從者十三人直入噶喇依賊巢，莎羅奔等衣甲持弓矢以迎，公目莎羅奔故緩其轡，笑曰：「汝等猶識我否？」眾驚曰：「果我岳公也。」皆伏地請降，導入帳中，手茶湯以進，公飲盡，即宣佈天子威德，群番歡呼，頂佛經立誓，椎牛行炙，留公宿帳中，公解衣酣寢如常。

此因深知莎羅奔投降出於誠意，故能放心如此：

次日莎羅奔率了郎卡入傅文忠營降，傅公擁蓮幕，諸將士佩刀環侍。岳公引二酋入跪啟事，傅坐受岳公拜，始呼二酋入撫以威德。二酋戰慄無人色，匍匐而出，謂其下曰：吾儕平日視岳公為天神，傅公乃安受其拜，天朝固未可量也。金川遂平，傅岳二公凱旋，高宗郊勞於黃新莊，行抱見禮，封傅文忠為忠勇公，賜雙眼花翎，四團龍褂，寶石頂，紫韁轡，復岳公舊爵，加威信二字寵異之，立碑太學，大赦天下。

有關傅恆的種種，後文談福康安時，還有附帶提到；此處論高宗弄權忒甚，以傅恆爲例，其他例子還多，不必贅述。

總之，乾隆十三、十四年間，爲高宗生平的第一變，由寅畏小心，一切務從寬大而一變爲生殺予奪，逞情而爲；但天生英主，書也讀得不少，故而工於詭辯。至於在此以前之寅畏小心，一半由於他本身有弱點；一半亦由於他在幼年受過一次極大的教訓，見過一次極大的榜樣——這個榜樣，就是他的胞兄弘時。

澳洲墨爾鉢大學教授金承藝兄，寄我一篇論文「關於清世宗皇三子弘時——看一代帝王的家庭悲劇」，爲故宮季刊第十五卷第二期的抽印本；承藝兄爲清太祖長子廣略貝勒褚英之後，研究雍正一朝的倫常骨肉之禍，堪稱權威。談弘時一文，考證詳明，足補拙作之不足，應該介紹給讀者。

金文中說，弘時本來行四，惟次子弘盼，三歲即殤，雖經命名，未予齒序，因此弘時變為行三。世宗居藩時先生三子弘暉、弘盼、弘昀皆不育；至康熙五十年初，僅有弘時一子，他生於康熙四十三年，其時八歲；而就在這一年，弘曆（高宗）出生，小於弘時七歲。

弘時於雍正五年八月初六申刻，以「年少放縱、行事不謹、削宗籍死」一節，前已談過，但金文考證弘時生前死後的情況，在我頗有啓發；茲先引敘要點，再談其他。金文中記載：

一、「世宗實錄」中，從頭到尾，未出現過「弘時」一名；只「高宗實錄」中載有雍正十三年十月二十四上諭一道：

「從前三阿哥年少無知，性情放縱，行事不謹，皇考特加嚴懲，以教導朕兄弟等，使知儆戒。今三阿哥已故多年，朕念兄弟之誼，似應仍收入譜牒之內。著總理事務王大臣，酌議具奏。」

按：「世宗實錄」為高宗所修；而「高宗實錄」為仁宗所修。是故金文中所說弘時之死，

「只因在政治上有難以言宣的苦衷，衡量輕重，最後才採用這種方式以出之」。（指「世宗實錄」中，並弘時之名亦無有。）則此「苦衷」，當爲高宗的苦衷。

二、弘時在雍正五年，已經二十四歲，早已成婚有子。承藝兄根據「雍親王致年羹堯函（按：此函收入「文獻叢編」，且影印原文），以及「滿洲國」所印的「愛新覺羅宗譜」，考證出他處所不得見的有關弘時的資料如下：

①弘時成婚於康熙五十八年，時年十六歲。

②嫡妻棟鄂氏，尚書席爾達之女；妾鍾氏、田氏。

③康熙六十年七月，鍾氏生一子，名永珅；雍正二年正月殤，年四歲。

三、承藝兄自「清宮述聞」中查出：「雍正元年，調安慶教授王懋竑來京，乾清門引見，奉旨，授翰林院編修，著在三阿哥處行走。」有一條是王懋竑在上書房行走，即充上書房師傅。並介紹王懋竑爲康熙四十二年狀元，江蘇寶應王式丹之侄，著有《朱子年譜》，爲儒林公認研究朱熹的權威之作。但王於元年到京，第二年堅以病體難支，乞假返里，從此閉門著書，直到乾隆六年才去世。

對於這一點，承藝兄的看法是：

「他（王懋竑）一到北京，在皇三子弘時府行走之後，立刻發覺弘時與世宗父子間的衝突日趨尖銳，自己已經陷身在危機四伏的環境中了，若不速求逃脫事外，日後將有殺身之禍。」

這是非常正確的見解。但關於「父子間的衝突」，承藝兄認為弘時當時血氣方剛，照現代心理學來解釋，屬於「反抗性最強的年代」；也是「嫉惡如仇，不計較後果去追求正義的年代」。承藝兄說：

「像弘時這種年歲的人，悟又適逢其會，他把祖父生前死後，政局上發生的突然變化，父親與隆科多的勾結，叔父胤禎的冤屈，連名字也被變更了（父親的原名大概也同時不見了），祖母之死，大部分的叔伯與宗室王公的幽禁……這一切都看在眼中了，是非曲直，對於不解真相的人才會有迷惑感，但在他心中是一清二楚得有若黑白似的那麼分明；身處「反抗性最強的年代」的弘時，他能夠隱忍住內心中的反感和憤怒嗎？在那種情形下，弘時對父皇有犯顏相抗的舉動，應該一點都不是稀奇的事。」

這番肯定了心史先生的看法的理由，說得非常圓滿。但我以為世宗與弘時父子間的衝突，還有一個更敏感的問題，即是將來皇位繼承的問題。

關於乾隆身世之謎，自莊練兄首先提出，而在我不斷探索之下，旁證、反證接二連三地發現；但迄今並無正面的證據，唯一的希望是等一部「朝鮮李朝實錄」印出來以後，細細檢查，有無記載。

但實渺茫；因爲高宗對於在這方面泯沒眞相的工作，做得非常徹底。因爲沒有正面的證據，因此我所提出的論斷，雖迄今爲止，未見到任何足以否定的評論；但亦並未獲得任何認同。是故就學術的立場而言，承藝兄推論世宗、弘時父子間衝突的原因，亦只能到此爲止。但在我不同，根據承藝兄對有關弘時的史實之客觀正確的分析，恰好成爲我的論斷的一個有力的旁證。

我認爲世宗、弘時父子間的衝突，弘時富於正義感，對他父親殺兄屠弟有所不滿，曾形於詞色，甚至犯顏相抗，是極可能的事；但爆發雍正五年八月初六，世宗處死弘時這一幕倫常慘劇的導火線，則是弘時對皇位繼承權之爭，有了「放縱不謹」至足以危害其父的舉動。以致世宗不能不下毒手。

按：王氏「東華錄」，於乾隆一朝，開首即書：

雍正元年次辛祈穀禮成，為世宗登極初次大祀之典，召上入養心殿，賜食一臠，意已為他日付託之本，仰告昊蒼，故俾承福受胙。秋八月御乾清宮，密書上名緘固，召諭諸王大臣，敬藏世祖所書「正大光明」匾額上。冬至月屆，聖祖周忌大祭，命代謁景陵。

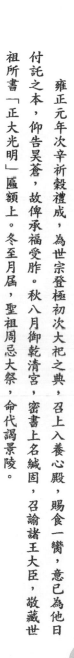

命皇四子弘曆代謁景陵，亦見「世宗實錄」；雍正元年十一月庚辰（初四）：

總理事務王大臣等遵旨議奏，謁陵之禮，始於東漢，歷唐宋明清間歲一行；至於周年親謁陵寢，未見記載。我皇上至仁大孝，一歲之中，兩謁山陵，孝思備摯，現今冬至將近，聖祖仁皇帝配天大典，指日恭行；伏望皇上以禮制情，停止親謁，於諸王命一人恭代。得旨：諸王大臣，援據典禮，勸止朕行，姑暫停往謁。今歲兩次躬送梓宮，地方百姓，亦甚勞苦，俟明歲清明，親往東謁。

及至十一月十三日，聖祖賓天周年之期，世宗親謁奉先殿行禮，並「命皇四子弘曆祭景陵」。弘曆時方十三歲；謁陵大典，派未成年的皇子行禮，看起來像是兒戲；其實這正是世宗別具深心的妙用，可予人一個很深刻的印象，皇四子弘曆確爲聖祖所鍾愛，派他去謁陵，是慰在天之靈。

但這一來，年已二十、成婚生子的弘時，豈不大爲難堪？相信他一定會在懋竑面前大發牢騷，並抖露出弘曆「出身微賤」的秘密。

王懋竑見此光景，任何一個人都會預料到，弘時與弘曆兄弟，將來必有衝突；爲爭皇位，可以骨肉相殘，是不解之仇，父母都無法化解，師傅又何能爲力？自康熙三十八年以來，現實的例子，一個接一個出現；而每一次發生糾紛，首先倒楣的便是雙方的師保近侍；這樣，王懋竑即不嚴譴，亦必堅決求去。

於此，又要提出一個高宗生母的問題；「永憲錄」卷二下，記雍正元年十二月事：

丁卯（廿二日），午刻上御太和殿，遣使冊立中宮那拉氏為皇后，詔告天下，恩赦有差。封年氏為貴妃、李氏為齊妃、錢氏為熹妃、宋氏為裕嬪、耿氏為懋嬪。

今按「東華錄」所載是日冊封后妃的姓氏封號爲：

皇后那拉氏；

貴妃年氏；

齊妃李氏；

熹妃鈕祜祿氏；

懋嬪宋氏；

裕嬪耿氏。

懋、裕二嬪的姓氏互易，暫且不論；最可怪的是熹妃爲錢氏，而非鈕祜祿氏。再查「世宗實錄」所載封妃的冊文，貴妃稱「咨爾妃年氏」，齊妃稱「咨爾妃李氏」；而熹妃與懋嬪宋氏、裕嬪耿氏，皆稱「咨爾格格」某氏；同爲「格格」，何以不見於「永憲錄」的鈕祜祿氏封妃，而宋氏、耿氏封嬪，此亦疑問之一。

疑問還有，而且可能是最大的疑問，即在乾隆十七年，高宗已奉太后南巡以後，民間還不知道眞正的皇太后是誰！此話怎講？要再一次略提「永憲錄」。

「永憲錄」作者，揚州蕭奭自序所記年月爲「乾隆十七年」；而此書之爲信史，乃史學界所公認。記載亦力求其詳。如「丁卯」立后封妃一節，下記恩詔及立后封妃的儀節以後，忽然有這樣一句話：

齊妃或云即今之崇慶皇太后。俟考。（以下又記：「今皇太后加上慈宣二字……十六年，聖壽六旬，又加上裕壽二字。」）

世宗元后崩於雍正九年；在乾隆年間，只有一位太后；即是所謂的高宗生母的「熹妃鈕祜祿氏」。蕭奭作「永憲錄」，既以求眞著稱；則即令不知后妃姓氏，豈能不知當時的皇太后，即爲先朝的熹妃，而誤之爲齊妃。

尤堪玩味的是綴上「俟考」二字。此非年深久遠，史料湮沒的難考之事，況爲天下第一尊貴之人的姓氏，知者必多。如果說蕭奭連這一點都不知道，豈復有作史的資格？是故，這「俟考」二字，是一暗示；是一隱筆兼曲筆的巧妙暗示：齊妃非高宗生母，而故意這樣寫，是曲筆；齊妃李氏，暗示高宗生母姓李，此爲曲筆。

這曲筆與隱筆兼用的雙重設計，所要暗示的是 甚麼是兩個字：李氏——皇太后爲熱河行宮的宮女，內務府包衣女子的李氏。

然則錢氏何在？鈕祜祿氏又是怎麼回事？衡以鄂碩以董小宛爲女稱董鄂氏之例，則高宗生母李氏，即爲四品典儀凌柱之女，稱鈕祜祿氏。而熹妃錢氏，當是受封未久即歿，正好張冠李戴，以故「實錄」與私人記載有此歧異。於此，我附帶另舉一證，以見官版隱沒宮闈眞相之甚。

明末山東諸城丘石常，副貢生，入清選利津訓導，升高要知縣，不赴；其人與詩文皆有奇氣，歿於順治十八年，著有「楚村詩文集」各六卷，「有感」七律云：

銀河只隔水盈盈，詔下文姬不許行！才貌如卿值一死，風流無主奈多情；嫌籠嬌鳥開何日？抱柱迂生哭有聲。聞道南宮皆賜配，夢中囈語望成名。

辛酉新年中，我曾據李天馥的「容齋千首詩」，考出順治七年下半年，冒辟疆曾悄然赴京，謀諸方孝標，方在湯若望的「小教堂」中，曾與董小宛相見。茲獲見上引楚村一詩，堪稱確證。但會面以後，非小宛不願南歸，而是已蒙孝莊太后准予領回，而臨時發生變化；楚村所寫，情事如見，箋釋如下：

銀河只隔水盈盈

銀河指宮牆。冒辟疆必是候於神武門（當時猶沿明稱「玄武門」；乾隆朝以避聖祖御名之諱改神武門）外，等宮中發出董小宛。

詔下文姬不許行。

臨時有詔，不放小宛；「文姬」遂不能歸漢。按：「詔」實懿旨；當是小皇子博果爾已不能須臾離小宛，故太后變卦。

才貌如卿值一死；風流無主奈多情。

上句指小宛。既「値一死」，何不殉情？故知下爲譏冒辟疆；辟疆爲有名的美男子，貴婦而願爲夫子妾者，不一而足，此即「風流」；但用情不專，是爲「無主」。既然如此，曷勿隨遇而安？奈又「多情」，故有煩惱。

嫌籠嬌鳥鬧何日？

此言小宛苦於宮中規矩的束縛；鄧文如所引容齋「古宮詞百首」中句：「日高睡足猶慵起，薄命曾嫌富貴家」，知「嫌」字確爲寫實。

抱柱迂生哭有聲。

「迂生」用微生高之典，言冒辟疆期小宛不至，痛哭失聲。然則何不效微生之信，雖死不去？與「一死」句參看，可知亦爲譏刺之詞。

聞道南宮皆賜配；夢中囈語望成名。

明英宗被幽之南宮，遺址在南池子大街東，在明爲普度寺，清初名瑪哈噶喇廟，即睿親王多爾袞府第。上句言多爾袞身後抄家，奴婢雖沒入辛者庫，而後皆賜配。冒辟疆果有求破鏡之意，不妨公然上書乞恩；不此之圖，而作「梅影庵憶語」，即下句之所謂「夢中囈語」。「望成名」三字，下得過重，未免有傷忠厚。

此中曲折，決無法求之於官書的明白記載，惟有從斷爛朝報的字裡行間，細心探索，庶幾得實。如上考證弘曆生母果爲「出身微賤」的包衣女子李氏，則弘時以居長而爲齊妃所出，當然欲與弘曆爭位。

但平心而論，世宗的選擇並不錯。弘時之不成材，早有明證；「永憲錄」記：

（康熙六十一年正月）甲午：封皇三子和碩誠親王胤祉子弘晟，皇五子和碩恆親王胤祺子弘昇為世子。

按：弘時其年十九，已有子；如果成材，豈不亦在受恩之列。此自是世宗此時已認定弘時爲不可造之材，故不以請封。

如上之例，可知多爾袞於順治七年年底薨於關外後，不過一個多月，由追尊成宗義皇帝而一變爲追論僭逆罪，奪爵抄家，廢爲庶民，這個大變化所引起的連鎖反應，影響至爲廣泛，但官文書上無跡可尋。

再往上看，自太祖以「七大恨告天」開始，爲掩飾受明之封而反明的叛跡，其「實錄」即不甚實在，但在康熙以前，隱沒眞相，不過有所諱而已，作用是消極的；而自雍正父子開始，隱沒眞相還有種積極的作用，即是用烘雲托月的手法，顯示其優越的地位。

如在熱河行宮，倘只看嘉慶「一統志」之類的官修之書，似乎只有世宗居藩時，方有「獅子園」賜園，獨承恩眷。事實上據「永憲錄」記載，諸王扈蹕皆有園，並引聖祖二十一子愼郡王胤禧詩：

過恆王故園云：「紫霞朱帳噴香猊，歌舞頻看落月低，廢井水乾黃葉滿，危樓人去白雲棲；風流一歇成長往，花蕚何堪見舊題？繫馬空庭淸淚洒，殘煙衰草雨淒其。」過誠隱郡王故園云：「碧泉丹障白雲隈，竹閣松樓取次開，燈月光中看妙伎，風花香裡送春杯；千山獵騎貔貅陣，五夜歌鐘錦繡堆。翡翠不來鸚鵡去，橫塘煙雨長蒿萊。」

此爲兩園在乾隆時皆已荒廢之證。觀「燈月妙伎、五夜歌鐘」之句，可見誠親王扈蹕時，還將府中的戲班子都帶了去的；門下淸客如陳夢雷等自必相隨，亦可想而知，但雍親王即無此氣派，則在康熙末年，皇三子的地位實高於皇四子，於此細節上便可判定。

高宗幼時，謂特蒙祖父鍾愛，其實亦只是點綴形跡而已。據「永憲錄」記，康熙十一年正月封誠、恆兩府世子後，是年三月廿三，亦即萬壽後的第五天，雍親王奏請臨幸，奉觴演劇，此爲循例舉行的慶祝；但這年因爲有未封雍府世子一事，聖祖可能要看看弘時兩弟，亦有成材者否，未幾即將弘曆帶往熱河。

我過去曾說，此因弘曆「出身微賤」，爲其兄弟所欺凌，聖祖憐憫這個小孫子而攜入宮中，交密、勤兩妃撫養。現在根據承藝兄的論文，參以「永憲錄」及「清詩紀事」等書，我的基本看法未變，但瞭解了更多事實。

高宗於乾隆三十八年，作「避暑山莊紀恩堂記」，其中頗有可玩味處，亦有可指摘處，先引原文如下：

圓明園之紀恩堂，紀受恩之自；避暑山莊之紀恩堂，紀受恩之蹟，名同而實異，文異而事同，一而二，二而一者也。蓋皇祖養育予於宮中之旨，原降於圓明園之紀恩堂，玆不復贅，然其時實仍居皇考藩邸中。及從皇祖來避暑山莊，乃賜居斯堂之側，堂即三十六景中所謂「萬壑松風」者。

夙興夜寐，日覲天顏，綈几繙書，或示章句；玉筵傳膳，每賜芳飴。批閱章奏，屏息侍旁；引見官吏，承顏立側。或命步射，以示眾臣；持滿連中，皇祖必為之色動。至於釣魚而得，則令持去，以給皇考。若隔旬餘半月，則遣往獅子園，以謁聖母。

而其年秋隨皇祖幸木蘭，又有紀者，入木蘭初，圍場曰：「永安莽喀圍中有一熊。」皇祖御火槍中之，熊伏不動；久之，皇祖謂其已斃，命御前侍衛引予去射之。意欲使予於圍得獲熊之名也。其時予甫欲上馬，而熊突起奔前，皇祖御虎槍殪之。事畢入武帳，皇祖顧溫惠皇貴太妃指予曰：「伊命貴重。」乃以射熊事告之曰：「使伊至熊所而熊起馬驚，成何事體？」

又一日，虞者告有虎，皇祖命二十一叔父後封慎郡王者往；予踸奏願去。皇祖曰：「汝不可去，俟朕往之日，汝去耳。」似此深恩，彼時不知；至今，每一念及，即欲墮淚。夫五十餘年之事，歷歷如昨，而予六旬有三，亦視曾孫矣，不有以紀之，子若孫其何由知之？此予所以追憶而涉筆也。子若孫其尚念我皇祖何以眷顧我之深；及我之乾乾矻矻，何以不敢負皇祖之恩，將億萬斯年永丕基，而承天眷，胥在是矣。詎惟一堂之記云乎哉？

按：溫惠皇貴太妃，即聖祖和妃，世宗尊為皇考貴妃；高宗尊為皇祖溫惠皇貴太妃。雍乾兩朝，凡聖祖妃嬪晉封者，皆有作用，或酬報、或籠絡，如追尊敏妃為敦敏皇貴妃，則以其為胤祥之母；孝懿皇后妹，亦尊為皇貴妃，則以其亦為隆科多之妹；和妃由雍正朝的「皇考貴妃」進而為乾隆朝的「溫惠皇貴太妃」，可知於高宗有恩，「溫惠」的尊號，可以說明一切；甚至亦曾照顧高宗的生母李氏。

細繹高宗御製上記，可分析出下列三點事實：

第一、聖祖晚年，凡生年長諸皇子的妃嬪，年齡大致亦都在五十以上；類皆安居深宮，不從巡幸。和妃薨於乾隆三十三年，壽八十有六，則在康熙六十一年爲四十歲，在朝夕侍從聖祖的妃嬪中，位分最高，年齡最長；對聖祖的影響力亦最大。撫高宗於宮中，疑爲和妃所建言。和妃無子，一女早殤；撫一孫輩，以爲感情寄託，亦情理中當有之事。

第二、「隔旬餘半月，則遣往獅子園，以謁聖母。」此「聖母」即高宗指其生母李氏。不言謁父，不言謁嫡母，而獨標聖母，爲無意中流露的眞相。又，此數語接於「釣魚而得，則令持去，以給皇考」之下，情事更爲明白。

見「皇考」則必見「母后」，父母常有相聚機會，故不必「隔旬餘半月」，特往謁見。惟「聖母」爲山莊宮女，且如民間大家的所謂「粗做丫頭」，別居窵遠之處，非專程而往，不得相見。

第三、關於愼郡王一段，疑所記非實。鄧文如在「清詩紀事」中記：

胤禧，聖祖第二十一子，封慎郡王。高宗列其詩國朝詩別裁之首，以代錢謙益者。號紫瓊道人，又號春浮居士，卒於乾隆二十三年，年四十八。著有花間堂詩鈔一卷，紫瓊巖詩鈔三卷，續鈔一卷。外家江南陳氏，故喜從南士遊。工書畫，作字神似鄭燮，居朱邸而有江湖之思，人情之相反也。

胤禧之母封熙嬪。聖祖晚年，後宮有三陳氏，一爲勤嬪，皇十七子胤禮之母，世宗尊封爲勤妃；一爲熙嬪；一爲貴人，生皇二十四子胤秘，歿後追封爲穆嬪。此三陳氏及胤祿之母初封密嬪的王氏，當皆爲聖祖南巡時，蘇州織造李煦所物色進獻者。

今按愼郡王胤禧歿於乾隆二十三年，年四十八歲，則與弘曆同年生，彼時皆十二歲。「虞者告有虎」，聖祖命十二歲的幼子當打虎之任，此非情理中應有之事。又乾隆「東華錄」開首即書：

> 在宮中時，「命學射於貝勒胤禧；學火器於莊親王胤祿」；胤祿的天算火器，為聖祖所親授，轉以授弘曆與胤禧，此則信而有徵；但胤禧既與弘曆同歲，即或能射，技亦不精，聖祖「命學射於貝勒胤禧」之語，亦覺難解。

但不論如何，弘曆曾從祖父一起生活過半年；同時其他各種條件，亦都優於弘時，所以世宗在得位之日，可能即已決定將來傳位於弘曆。這在弘時積怨積憤已久，而爆發於弘曆新婚未滿月之時，不獨因爲弘曆成婚而未分府；而且，我相信世宗另有明確的表示。

關於弘時之早已失愛，另有一個顯明的證據是，弘時始終未曾封爵。「世宗實錄」雍正十一年正月十五上諭：

朕幼弟胤秘、秉心忠厚、賦性和平，素為皇考之所鍾愛，數年以來，在宮中讀書，學識亦漸增長，朕心嘉悅，著封親王。皇四子弘曆、皇五子弘晝，年歲俱已二十外，亦著封為親王。

所以一切典禮，著照例舉行。

準此以論，可以看出世宗的一個原則，即皇子至成年即二十歲以外，方得封爵，然則雍正五年，弘時已二十四歲，仍無任何封號，衡諸太祖、太宗、世祖、聖祖四朝皇子分封的情況，爲一特例。若非對弘時厭惡特甚，何能如此？

因此，我推斷在弘時被誅以前，世宗可能有一明確的表示，即皇位怎麼樣也輪不到弘時。須知皇位之傳，有各種考慮的因素，其中最主要的一點是，皇嗣的問題；弘時十六歲成婚，十八歲生子，其子四歲而殤，便即無子。

民間一夫一妻無子，則爲雙方的責任；而皇子無子，則絕對爲男方的責任；因爲妻妾以外，尚有侍婢，只要皇子生理正常，決不可能無子。弘時至二十四歲，尚不能再得一子，則年齡愈長，精力愈衰，終將無子，即或有子，亦必不多，皇位一傳之後，不但不能擇賢而立，且恐帝系有轉移之虞。稽諸史實，一朝之衰，往往至皇嗣不廣而始。弘時即或賢能，考慮到他無子，世宗亦未必傳位；何況素所厭惡。

至於弘時既有一子，證明他生理本來正常；而只有一子，則原因非常清楚，自幼貪色，斫喪過度。只看他十六歲成婚後，即有兩妾——所生一子永珅，爲妾鍾氏所出——由此可知其好色；而此亦正是失愛於其父的主要原因。至於弘時爲了爭位，而作出「放縱不謹」之事，則可能有兩種情況，一是公然悖逆；二是謀殺弘曆。

自訥親被誅，傅恆班師後，即代而爲軍機領班，那時的銜頭是「保和殿大學士太保一等忠通公」；一直到乾隆三十四年，派往雲南經略緬甸軍務；三十五年六月班師，七月病歿，掌樞二十年之久。傅恆秉性謹愼寬厚，雍容謙和，是太平宰相的模樣；而高宗駕馭他的這個內弟，恩威並下。恩已如上所談；威則用殺雞駭猴的手段。

「清史稿」中記：高貴妃之兄高恆因貪污罪被誅，傅恆爲之求情，乞推高貴妃之恩，貸其一死。高宗答說：「貴妃兄弟犯法可以不死，皇后兄弟犯法，又當如何？」傅恆爲之戰慄。

「清朝野史大觀」記傅恆家之貴盛云：

傅文忠公（恆）以椒房勳戚當朝軸三十年，惟以尊奉前輩拔擢後進為務，一時英俊之士，多集於朝。如孫文定（嘉淦）、岳威信（鍾琪）、盧巡撫（焯）等起自廢棄；畢制府（沅）、孫文靖（士毅）、阿相（爾泰）、阿文成（桂）皆公所賞。子文襄王，復以英年擁節鉞，屢鎮邊隅，累世三公，門多故史，聞公款待下屬，多謙沖與共几榻，毫無驕狀。汪文端公死，公為之請廕，錄子承霈為部曹；舒文襄公籍沒遣戍，公代贖其宅，俟其歸而贈之。

所謂「文襄王」即福康安；後面會談到。此處先談高宗的一個內兄，即孝賢皇后之兄傅清，「清朝野史大觀」，記其與拉布敦殉難事云：

拉忠襄公（布敦）姓董鄂氏，以世廕起家，仕至古北口提督。乾隆戊辰，奉命與傅襄烈公（清）同為駐藏大臣。傅為孝賢純皇后兄，性忠鯁；其弟文忠公貴，尚於人前呵叱之。藏王頗羅鼐新故之子朱爾特扎布性凶悍，與準夷勾通謀逆，計日舉事。

二公密劾，命襄勤公（鍾琪）率兵討之，未至而賊逆謀日熾。二公計曰：語云：千里裹糧，士有饑色，況萬里乎！今賊謀日甚，若不矯詔誅之，使羽翼已成，吾二人亦必為屠害。而岳公不獲進討，非惟徒死無益，是棄二藏地也；不若先發制人，雖死猶生，繼之者亦易為力。

因矯詔召朱至樓上，宣詔豫去其梯，朱跪拜，傅公自後斷其首；賊圍樓數重，傅襄烈遂自刎死。拉忠襄揮淚挾刃跳樓下，殺數十人，自剖腸死。事聞震悼，封二公一等伯，建雙忠祠於石大人衚衕祀之。

按：拉布敦之父名錫勒達，亦作席爾達，正是弘時的岳父；而拉布敦則爲弘時的內兄，特建雙忠祠以祀，則錫勒達亦能世享蒸嘗，此爲高宗照應弘時岳家的一種作用。

傅清之子名明仁，病歿於金川前線；子寶綸世襲一等子爵，後裔不昌。比起傅恆一家來，高宗待內兄轉不如待內弟之厚。除了福康安以外，傅恆另有三子，長子福靈安；次子福隆安；福康安行三；幼子福長安。爵秩如下：

福靈安：多羅額駙，有戰功，予雲騎尉世職；早死，否則必將大用。

福隆安：尙高宗第四女和嘉公主、軍機大臣，兼領兵、工兩部，襲一等公。金川平，畫像紫光閣。四十九年卒，謚勤恪。高宗擴充圓明園，他的這個女婿，必然出了很多力。

福長安：軍機大臣、戶部尙書、內務府大臣，畫像紫光閣。嘉慶三年封侯。此人在仁宗接位後，還有一番大波折；留到後面再談。

這裡先談福康安；「清人筆記」中謂福康安「身被異數十三」，細數如下：

以領隊之臣隨征金川，攻克得楞山，賞嘉勇巴圖魯，後即以「嘉勇」二字疊為封爵佳號，異數一也。

索諾木就縛，金川平，封三等嘉勇男，班師，上幸良鄉行郊勞禮，賜御用鞍轡一，旋御紫光閣飲至，詔圖形閣中，上親製贊，異數二也。

甘肅逆回田五等滋事，授參贊大臣，擒賊首張文慶等，晉封嘉勇侯，異數三也。

台灣逆賊林爽文圍嘉義，詔以為將軍，馳驛往剿，立解圍。捷聞，封一等嘉勇公，賜寶石頂，四團龍服，異數四也。

生擒林爽文，檻送京師。台灣平，賜金黃帶、紫繮、金黃辮、珊瑚朝珠；又命於台灣郡城及嘉義縣各建生祠；再圖形紫光閣，上製贊如初，異數五也。

廓爾喀賊匪竄後藏，詔以為將軍，疊賊寨。秦入，御製誌喜詩，書節以賜，佐以御用佩囊，異數六也。

甲爾古拉集寨之捷，酋懼乞降，詔許班師，晉大學士，加射忠銳嘉勇公。會十五功臣圖像成，上復親為製贊。時大學士阿文成以未臨行陣，奏讓首功，異數七也。

尋賞一等輕車都尉，命照王公親軍校例，給六品藍翎三缺，賞其僕從異數八也。

由川督移雲貴，會黔苗石柳鄧圍大營嗅腦營松桃廳三城，楚苗石三保圍永綏聽，逆渠吳半生附之，有旨命督師進剿，未匝月立解三圍，賞戴三眼花翎，異數九也。

屢毀賊營，奪賊卡，降七十餘寨，詔晉封貝子銜，仍帶四字佳號，照宗室貝子例，給護衛，異數十也。

匪首吳半生降，賞公子德麟副都統銜，授御前侍衛，異數十一也。

積功無可加賞，晉公父文忠公貝子爵，異數十二也。

逮公薨，特旨賞郡王銜，賞庫銀萬兩治喪；並於家廟旁特建專祠，以時致祭，其父傅恆追贈郡王銜，子德麟襲貝勒。喪入城，親往賜奠，御製詩哭之，配饗太廟，並入祀賢良、昭忠二祠；復奉諭德麟承襲貝勒後，其子襲貝子，孫鎮國公罔替，異數十三也。

按：福康安生於乾隆七年壬戌，當領隊大臣時為三十一歲；三十四歲授嘉勇巴圖魯封號；三十五歲封男爵；四十三歲晉侯爵；四十六歲封公；五十四歲封貝子。嘉慶元年病歿軍前，享年五十四。

有清三百年，福康安的際遇之隆，無與倫比；但兩兄皆為額駙（福靈安為侄女婿）；而福康安雖蒙異數十三，獨不得尚主，其故安在，是非常值得探索的一個問題。

茲就現有史料，略誌數端，即可證明高宗與福康安有非常特殊的關係。乾隆五十三年正月福康安平林爽文之亂，福州將軍恆瑞帶兵赴援，遷延觀望；福康安多方袒護，爲高宗所申飭，上諭中有云：

福康安由垂髫豢養，經朕多年訓誨，至於成人。

清朝當創業之初，太祖與太宗撫養功臣遺孤，視同子侄則有之：順治朝僅孝莊太后曾以孔有德之女四貞爲義女，養於宮中。此後即未聞有類似舉動。福康安「垂髫豢養」，「多年訓誨」則是常在高宗左右。

其實，此亦無足深怪之事；但如有此事，必視爲殊榮，福康安傳中，必大書特書，而皆無跡，倘非上諭中無意流露，孰知福康安有此恩遇？然則史傳不書，必是故意隱諱，其中原故，反足深思。

自殺訥親、張廣泗，且以太廟配享一事，將張廷玉擺佈得動彈不得以後，內無權臣，外無悍將，高宗的才能暢行其志；而好大喜功，迷信權力的本性，亦逐漸流露。此種本性，流露在六次南巡方面最爲明顯。

南巡之議始於乾隆十四年春天，至十月間定議，定於十六年太后六十萬壽時舉行。瞿宣穎「人物風俗制度叢談」記康、乾兩朝南巡事云：

康熙乾隆兩朝南巡之文獻，今惟存官樣文章，至實狀實鮮記載，恐得虛榮者，為官紳士子，而被實禍者則閭巷細民而已。余嘗有句云：「江山台殿冠林霏，雙燕依然下翠微，御愛樹空樟葉散，聖因封老柳綿飛；一家滿漢承恩並，七群蘇杭望幸稀，惟有道旁獻賦者，上方賜帛最光輝。」偶閱無錫黃卬所撰「酌泉錄」，中有南巡紀略數條，似皆實錄。

按：乾隆十四年十月初上諭：「嚮導人員酌量先期簡派前往清蹕，所至簡約，儀衙一切出自內府，無煩有司供億。至行營宿頓，不過偶一經臨，即暫停亦不踰旬日，前歲山左，過求華麗，多耗物力，朕甚弗取，曾經降旨申飭。」此即瞿宣穎之所謂「官樣文章」，徵諸私人記載，殊不其然，如「酌泉錄」中記云：

聖祖六幸江浙，駐蹕惠山。聞初南巡時，湯斌為巡撫，務儉省，無紛華。御舟入邑境，縣令猶坐堂斷事，後漸加增飾；至丁亥乙酉號稱極盛，故老猶及見之，亦惟結綵為樓，懸燈映水，點染山色湖光而已。

今天子於乾隆十六年復修舊典，巡幸江南，鑾輿所至，萬姓聚觀，錫予便蕃，亙古未有。然自十四年之冬，至十六年之春，官民竭蹶將事。工作繁興，百事俱廢，下邑猶然，況於省會乎！今記所見聞，尚多遺漏，後有徵邑中故實者，可以資考焉。

乾隆十四年秋，兩江總督黃廷桂首疏請南巡，巡撫鹽政以下繼之，又命各知府取鄉紳耆老呈詞，詳院奏請，以明同心望幸之意。時邑紳皆列名，其親至府具呈者，蓋四人而已。

按：「丁亥乙酉」應作乙酉、丁亥，爲康熙四十四年、四十六年。丁亥以後，即不再南巡，亦由過於糜費，心所不忍之故。

所以須由地方大吏耆紳呈請者，因爲駕出無名。聖祖第一次南巡在康熙二十三年九月，目的是到高家堰看河工；治河都在已報安瀾之後，秋深水淺，並俟漕船回空後，始能動工。渡淮、渡江後，僅至蘇州、江寧兩地；在江寧曾祭明孝陵。到蘇州進，騎馬入閶門，縣官還在升堂審司。

第二次南巡亦是駕到之日，蘇州方開始張燈結綵；時當春日，菜花結實成子，聖祖不識此物，大聲告誡老百姓：「你們不要踹壞了田中麥子。」左右回奏，此爲菜子。命取一枝來細看，問巡撫宋犖：「何用？」回奏：「打油。」聖祖恍然，表示「凡事必親看」。

又，聖祖很欣賞無錫惠山寄樟園中，一株數抱的千年樟樹，回鑾後猶曾憶及；查初白賦詩云：「合抱淩雲勢不孤，名材得並豫章無？平安上報天顏喜，此樹江南只一株。」瞿宣穎詩中所謂「御愛樹空樟葉散」，即指此樹。

凡此固不妨成爲佳話；而高宗南巡之民怨沸騰，觀「酌泉錄」可知：

聖祖南巡時，未有營盤之設。今皇上每出巡，必具營帳，故按站為之。邑有二，一在石塘灣之北，曰北營盤。一在望亭，為南營盤。合兩處約費民田六百餘畝，高約三尺，挑築俱用民伕，四圍用大木樁無數，約入地五尺，俱用大鐵條鈎連以固之；樁內用木板障之，土用山泥黃沙；每填上一層，用巨石繫索，築令堅實。其面用細土合油灰築之，光潤可鑒。

至十六年正月大雨雪奇寒，及凍解，地皆濘泥，復雨不止，為期既迫，上官切責，縣令幾不欲生；後少霽，役民無算，曉夜填築，始幸無事。

營盤對河為照牆，長幾二里，木邊竹心，加蘆席數重，繪龍鳳雜綵。民田之當營盤役者，每畝費至一兩有餘，縣官上報費止五百。

高宗南巡，隨帶勁軍一千，以資保護，而實爲炫耀，因而不得不在御舟所泊之處，構築營盤。石塘灣在無錫之北；望亭在無錫之南，皆運河所經之處，復南即爲滸墅關。無錫如此，他處亦然；痛不欲生者，不只無錫縣官。

至於營盤對河，須加綵繪照牆者，是因爲高宗或許還須在此閱武；對河一望田疇，景觀不足，而力田的百姓，亦須隔絕天顏之故。

營盤、照牆之外，還有一樣費錢的工程：

邑自五牧至望亭，運河官塘為正路，石塘之圯者修之，土塘之壞者築之，聖祖南巡時僅此耳。今於修築外，更闢而廣之。又於官塘對岸亦築為塘，遇河港即架木為橋。有材村莊竹木者，俱斬伐毀之以通縴，自五牧至望亭皆然；南北塘近城濱河，有屋者沿河釘木樁，架板為複道，朱木為欄，曲折可觀，皆縴路也。

副路北自轉水河後，折過白蕩圩口，上接陽湖縣，南自帶鉤橋經談孤瀆橋，南行接長洲縣，舊本無路，俱以民田填土築之，闊與塘岸等，佔田當以千計，遇水即為浮橋，此護從兵馬所經行也。役夫皆出自輪年總甲，其費與營盤等。

這段記載，對生長在台灣，或者未見過江南運河的讀者來說，須加詮釋，方能明瞭。沿運河築一條路，稱爲官塘，或名塘路，實即堤岸，視路途是否衝要，或河水是否湍急，而定爲石塘或土塘。

石塘即堤壁用石，近城則人煙繁密，車馬頻數，故多用石塘，房屋建於石塘之上，後窗臨河，役夫無法通行，便須沿河釘樁，樁上鋪板，並設欄杆，所謂「複道」，即是縴路。

官塘本只一條，但爲護從兵馬方便計，於官塘對岸，再築一條塘路，即所謂「副路」，佔田爲路，是否有如現在的補償費可領，不得而知？惟築路役夫，皆出自保甲，則被佔之田的業主，怕亦只有自認倒楣了。

光是有路可行，並不算數；所經之路，猶須整齊可觀，因而須加點綴，在城外是：

運河下塘，相去十五六里，設竹籬茅舍，一屋三楹，覆以棕，或以茅，或間以松柏葉，編竹為籬環之，右設水車盤，左為亭，綴以朱欄，移竹植其旁，不匝月盡皆枯死。御舟所經，點綴村莊佳景，凡五處。

這有個專門名詞，叫做「點景」。如上描寫的農家，只能見之於王維、孟浩然的詩篇；或者李翰祥所導演的電影。在後人心目中，實不如聖祖之誤認菜子爲大麥來得有趣。至於城裡，又另是一種點綴。

> 自北塘入城，過大市橋，直出南城門，至清寧橋以下，皆御駕所經。舊街俱小黃石，督令盡去之，易以新磚；居民店肆門垣，以墨油塗澤如新；沿河無屋處，築牆掩之，施黝堊焉。砌街照門面，每間費銀四、五錢，查覈公費，俱開官辦云。

這不過是整頓市容，尚有專爲接駕而設的燈綵，更爲糜費：

> 御駕將至，遍地皆燈綵，黃埠墩、放生池、寶善橋、巖壑夔龍坊四處，則宜興、荊溪、江陰、靖江四縣令分任之。漪瀾堂、錫山及兩營盤，則本邑兩令所辦；舊皇亭則諸邑紳辦；惠山寺天王殿前則派兩貞節祠後裔；香花橋、金蓮橋派惠山各祠後裔；秦園則秦氏為之。
>
> 由秦園至惠山寺街，又至廟巷口，直到錫山麓，各照門面。自天王殿右觀泉坊，經華孝子祠，至尊賢祠前，則華氏通辦。凡燈綵一處，多者費至千金，木料布疋綵紬皆用買之，非可賃借也。凡駕所經行之處，遇牌坊皆結綵以掩之，有子孫則子孫承辦，一無著落者，始官任焉。自北

塘入城，至南塘，每戶懸一紫燈，巨室則二。書頌聖對聯，各設香案，桌圍更以黃布畫團龍。

陳寅恪先生所寫的「柳如是別傳」，曾引錢牧齋所寫「和老杜生長明妃一首」七律，是爲董小宛入宮一證。爰在高宗南巡途中，先了此重公案。

寅恪先生「柳如是別傳」（台北里仁書局版）頁七七五至頁七七八，約有一千五百字「附論」其事。所引錢牧齋「病榻消寒雜詠」第三十七、三十八兩首云：

夜靜鐘殘換夕灰，冬缸秋帳替君哀。漢宮玉釜香猶在，吳殿金釵葬幾迴？舊曲風淒邀笛步，新愁月冷拂雲堆。夢魂約略歸巫峽，不奈琵琶馬上催。（自注：「和老杜生長明妃一首。」）

秦淮池館御溝通，長養妖嬈香界中。十指琴心傳漏月，千行珮響從翔風；柳矜青眼舒隋苑，桃惜紅顏墜漢宮。垂老師師度湘水，縷衣檀板未爲窮。（自注：「和劉平山師師垂老絕句」）

寅恪先生的按語是：「和杜一首爲董白作，和劍一首爲陳沅作。」陳沅即陳圓圓，與本文無關，不必贅述。關於董小宛一首，寅恪先生一則謂：「小宛之非董鄂妃，自不待言。」再則謂：

「至董鄂妃之問題，亦明末清初遼東漢族滿化史一重公案」茲限於本文範圍，故不具論。三則謂：「此事數十多年來考辨紛紜，於此不必多論。」

但在「不待言」、「不具論」、「不多論」之後，卻有所言，有所論，終於肯定了：「清廷所發表順治十七年八月十九日董鄂妃之死，即小宛之死。」

而且，連「影梅庵」的來歷，亦爲讀者指出。推測寅恪先生所以如此呑吐其詞，乃因孟心史先生作「董小宛考」，自信特甚；且謂指董鄂妃即董小宛者，「事之可怪，莫逾於此」；「倒亂史事，殊傷道德」，故不欲公然否定心史先生之說。老輩忠厚，自不可及；但寅恪先生之不以孟說爲然，是一不爭的事實。

寅恪先生在此一千五百字的「附論」中，引用了四個證據，一是吳梅村詩「墓門深更阻侯門」，提出疑問：「然則小宛雖非董鄂妃，但亦是被北兵劫去，冒氏之稱其病死，乃諱飾之言歟？」

此「北兵」我曾考定爲多爾袞的部下；前談丘石常詩：「聞道南宮俱賜配」，亦可爲確證。二是引「影梅庵憶語」中，董小宛述夢一段，從而論斷：「可知辟疆亦暗示小宛非眞死，實被劫去也。」三即引錢詩「吳殿金釵葬幾迴」之語，說錢牧齋詩意是：「冒氏所記述順治八年正月初二日小宛之死，乃其假死。」

四是引姜白石「疏影」詞，指出「影梅庵」的涵義。這一點留待後文再談；且先箋釋錢詩。寅恪先生只指出「吳殿」一句；其實兩聯四句，無一非借昭君以存小宛生死下落的眞相。

由「不具論」、「不多論」兩語而觀，則以寅恪先生的功力，對於此案之眞相始末，自是洞若觀火；可惜，他的一肚子未盡的學問，俱入泉台！言念及此，更覺不可妄自菲薄，有一伸寅恪先生未竟之說的必要。

寅恪先生只引「吳殿」一句，用意亦是不欲過分彰明是非，以合其吞吐其詞的文氣。就事論事，亦就是就詩論史，最分明的一個典故是「邀笛步」；吳梅村於康熙三年應冒辟疆之請所作的「題冒辟疆名姬董白小像」八絕的引言，一開頭即言「笛步麗人」，此「笛步」即是「邀笛步」，但吳翌鳳所注「笛步」，與錢曾所注「邀笛步」，有詳略之不同。吳注引張敦頤「六朝事跡」云：

> 辯笛步舊名蕭家渡，在城東南青溪橋之右，晉桓伊善吹笛，有蔡邑柯亭笛嘗自吹之，王徽之泊舟青溪，伊素不相識，自岸上過，客曰：「此桓野王也。」徽之使人邀之曰：「聞君善吹笛，為我一奏。」伊時已貴顯，素聞徽之名，便下車踞胡床為作三調；弄畢，便上車去，客主不交一言，故名為邀笛步也。

按：桓伊官至護軍將軍，曾與謝玄大破符堅，晉書有傳。與王徽之一段因緣，自是晉人風流；但與吳梅村，錢牧齋笛步之典，毫無關係。

因爲毫無關係，故知錢曾所注，是一種障眼法。錢曾引王象之「輿地紀勝」云：「邀笛步在上元縣，乃在徽之遇桓伊吹笛之處。」

上元縣即江寧府附郭的首縣。既不言「蕭家渡」，亦不言「青溪橋之右」，即是有所隱諱；所隱尤在「青溪」。吳、錢詩中的笛步，實即青溪的別名；而青溪則指「板橋雜記」中所寫的奏淮河房。

合看兩注，錢曾所略去的「城東南，青溪橋之右」字樣，即是隱諱所在，亦即眞相所寄。明太祖於南京設富樂院以容官妓，此院先設於乾道橋，後以大火移武定橋；爲青溪與秦淮相接之處。

富樂院遺址，明末稱爲「舊院」，「板橋雜記」所謂「南曲名姬，上廳行首」之所匯萃；「曲」即北里，故牧齋詩中的「舊曲」指舊院。「舊曲風凄邀笛步」，道明了董小宛的出身；昭君生於香溪，何得徵青溪之曲？

玆從頭解此詩，第一句乃寫第二句的「冬帳秋缸」；江文「通別賦」：

春宮

春宮悶此青苔色；秋帳舍茲明月光；夏簟清兮晝不暮；冬釭凝兮夜何長？

「替君哀」則明寫漢元帝，暗寫冒辟疆，用生離而非用死別之典，表示冒是知道小宛的生死下落的。

三句「漢宮玉釜香猶在」的香，即「返生香」。錢曾作注，引東方朔「十洲記」云：

聚窟洲有神鳥山，多大樹，花葉香聞數百里，名為返魂樹。伐其木根心，於玉釜中煮取汁，更微火煎如黑糊狀，令可丸之，名回驚精香；或名為人鳥精；或名為卻死香；一種六名。斯露物也，香氣聞數百里，死者在地，聞香即活，不復亡也。以香薰死人，更加靈驗。

此言「影梅庵憶語」中雖說小宛已死；其實活在宮中。四句「吳殿金釵葬幾回」，典出「異夢記」：

王炎，元和初夢入侍吳王久，聞宮中出輦，鳴笳、吹簫、擊鼓，言葬西施。王悲悼不止，立詔詞客作挽歌，炎應教詩曰：「西望吳王國，雲書鳳字牌。連江起珠帳，擇地葬金釵；滿路紅心草，三層碧玉階。春風何處所？淒恨不勝懷。」王甚嘉之。寤能記其事。

「迴」與回通。若非一葬再葬，如何可問「葬幾回」？寅恪先生所謂「否則錢詩辭旨不可通矣」。正指此而言。又王炎詩句「擇地葬金釵」，亦有暗示影梅庵中小宛之墓為衣冠塚之意。

第二聯上句「舊曲風淒邀笛步」解已見前；下句「新愁月冷拂雲堆」，固為昭君之典，青塚即在拂雲堆，見「雲中志」。

但言「新態」，乃與舊時生離之恨，相對而言，自為死別，則此「拂雲堆」，自是指世祖孝陵。「月冷」用老杜「環珮定歸月下魂」詩意。再看下句「香魂約略歸巫峽」，則「生長明妃尚有村」的秭歸香溪，在巫峽與黃牛峽相接之處；與白下青溪，毫不相關，更為「舊曲」指小宛出身之地的有力反證。

茲續談高宗南巡。乾隆十六年正月十三起駕後，沿運河南下，經鎮江至蘇州，略事逗留，即由嘉興到杭州，時為三月初一；五日後奉太后渡錢塘江至紹興禹陵。這是最值得研究的一件事。

按：第一次南巡的主要目的，是為了太后六十萬壽。啓蹕之日，有「恭奉皇太后南巡啓蹕京師近體言志」詩；詩序云：

茲乾隆辛未建紀之歲，實茲寧六旬大慶之年，奉遊豫以祝釐，皇祖事垂燕翼；省閭閻而行慶，蒼生普被鴻恩。將見農人紅女，呼嵩者繞大安之輿；越水吳山、罨畫者邀王母之顧。

詩爲「七言八韻」的排律，中有兩聯云：

南人望幸心云慰，西母承歡願以申；四海一家何德我，三朝厚澤久孚仁。

讀如上「天章」，細細參詳，得有如下的瞭解：

一、南巡是爲了奉太后「遊豫祝釐」。這是勞民傷財之舉，因而以康熙成獻爲藉口。

二、既然如此，則南巡應到何處，胥視太后的意旨爲斷。而太后所必欲至之處，爲浙江，而尤在紹興；所以特爲標舉「越水吳山」。吳山固可解釋爲三吳之山；但有「立馬吳山第一峰」的詩句，而又綴於越水之下，則此吳山，當然是指杭州的城隍山。

三、詩中「西母」指太后，「西母承歡願以申」，可見「越水吳山」爲太后心願所繫之地；而「四海一家」自然有滿漢一家的意味在內。

然則太后何以格外關注於「越水吳山」——事實上是「越水」；「吳山」不過是陪襯而已——這就足耐細思了。

大致民間富貴之家的老太太，如謂出遊勝地，目的是在朝山進香；因此如說到杭州這個天下聞名的佛教聖地，至三天竺燒香，其事平常。而特爲渡江至紹興，爲了甚麼？

退一步言，不爲燒香，只爲遊覽，則所謂「山陰道上，應接不暇」，不過文人筆下溢美之詞，江浙兩地風景勝於紹興者，不知凡幾，又何以特標「越水」。

復檢史書，得知在事之臣曾經諫阻紹興之行。乾隆十五年三月二十六日上諭：

據嚮導大臣努三兆惠奏稱，由杭州府渡江至紹興禹陵南鎮一路，河道窄狹，僅容小船經過，石橋四十餘座，須拆毀過半。旱地安設營盤，地氣甚屬潮濕等語。

原奏當然不便率直請求停止紹興之行，只須提出蹕路上的糜費，即能促使高宗作出臣下所希望的決定。但所得到的答覆，通情達理，異常平實：

朕初次南巡，禹陵近在百餘里以內，不躬親展奠，無以申崇仰先聖之素心，嚮導及地方官，拘泥而不知權宜辦理之道，緦緦以水道不容巨艦，旱地難立營盤為慮。若為所議，拆橋數十座，即使於回鑾之後，一一宜為修理，其費甚鉅，且不免重勞民力，豈朕省方覲民之本意耶？

以下提出解決的辦法；其中有「春花」一詞，深可玩味：

朕在宮中及由高梁橋至金海，常御小舟，寬不過數尺，長不過丈餘，平橋皆可逕渡，最為便捷。越中河路既窄，日間乘用，俱當駕駛小船；石橋概不必拆毀。其原擬安立營盤之處，必須灣岸稍寬，可以停泊之地；即於此處造大船一隻，嵩備晚間住宿，可不必於岸地安營，既避潮濕，且免隨侍人眾，踐踏春花之患，其駐宿大船，惟取堅固，既不藉以涉大川、破巨浪，一應帆檣篙楫，亦不必齊全，所費不過造船工價，一二千金，遇沒物料，尚可受用，較之拆橋進艇多費周章者，相去遠矣。著詳悉傳諭該督撫著令其遵照指示，妥協辦理。

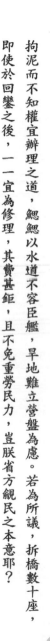

諭中包括三點：第一，不拆石橋；第二，只造大船一隻，代替行宮；第三，不立營盤，既免毀棄民田，亦免踐踏春花。

此「春花」一詞，為紹興府屬，特有的稼穡用語；寒族薄產，田戶以紹興人為多，筆者幼時習聞其詞，而在他處罕聞。兩浙稻田，一年一熟；收秋以後，冬季翻土，至來年初春，種植其他作物，約於三四月間收穫，名爲「春花」；青黃不接之際，常賴春花挹注，關係農村生計甚重，故上諭特以爲言，只不知高宗何以知有「春花」一詞？

上引詔旨，眞爲藹然仁君之言。但此恩澤，僅敷施於紹興，不及他處，此又何故？豈不可思。

第二次南巡，原定於乾隆二十一年舉行，並先期傳諭，「紹興一處，毋庸前往」，可知地方督撫，仍將紹興列入巡幸範圍；但紹興既非名勝之處，而假借祭陵之名，亦可一不可再，故有此論。

所以延遲一年的原因，高宗詩中有說明；他在正月十一啓蹕時，有「疊辛未舊作韻」云：

前秋適值逢災歉，昨歲因之罷豫巡。

是年丁丑；「昨歲」爲丙子，自注：

前降旨丙歲南巡，以乙亥江浙秋潦停止。

第三次南巡本定在乾隆廿六年辛巳；這年太后七十萬壽，亦因黃河水災，改在廿七年壬午。第四次南巡在乾隆三十年乙酉，太后七十四歲。此後即未曾出遊，自是由於高年不耐舟車勞頓之故；乾隆四十二年太后崩，享年八十有六。越三年，高宗始有第五次南巡，不親吳越已十五年；則以前四次南巡，完全是爲了奉慈輿遊觀，閱海塘不過借一個名目而已。

清朝的皇帝，對生母而言，除了世宗以外，大致都是孝子；而聖祖之孝祖母，高宗之孝生母，更逾常格，「清史稿」后妃傳，敘孝聖憲皇后云：

> 后年十三，事世宗潛邸，號格格……高宗即位……尊為皇太后……高宗事太后孝，以天下養，惟亦兢兢守家法，重國體……上每出巡幸，輒奉太后以行，南巡者三（按：應為「四」），東巡者三，幸五台山者三，幸中州者一。謁孝陵、獮木蘭，歲必至焉。遇萬壽，率王大臣奉觴稱慶，十六年六十壽；二十六年七十壽；三十六年八十壽，慶典以次加隆。
>
> 先期日進壽禮九九，先以上親制詩文書畫，次則如意、佛像、冠服、簪飾、金玉、犀象、瑪瑙、水晶、玻璃、琺瑯、彝鼎、磁器、書畫、綺繡、幣帛、花果、諸外國珍品，靡不具備。太后為天下母四十餘年，國家全盛，親自曾玄；四十二年正月庚寅，崩，年八十六，葬泰陵東北，曰

泰東陵。

如上所敘，孝聖憲皇后應生於康熙三十一年；四十三年十三歲，事世宗潛邸，號格格，五十年二十歲生高宗，則至康熙六十一年三十一歲時，不應仍號格格。

按：格格為旗人中有身分之未婚女子的尊稱；年齡固無太大的關係，但未婚則為一絕對的條件——清末恭王長女稱「大格格」；慶王四女稱「四格格」，則沿其未婚前之稱呼而來，且亦因在宮內猶如娘家之故。漢人大家之女，婚後歸寧，雖白髮盈顛，年齡相仿之長輩及媼嫗老僕仍有稱之為「小姐」者，其例相同。

如孝聖憲皇后，眞為鈕祜祿氏，則年逾三十，生子已十歲而猶稱「格格」，是件太說不通的事。

第四次南巡時，高宗以「聖母春秋高，而江浙經塗數千里，頓置煩數，非所以適頤養也，爰於四巡迴蹕時，面敕東南諸大吏，勿更以南巡籲。」於是兩江總督高晉，有「南巡盛典」一書之輯錄，計一百二十卷之多，首「恩綸」，次「天章」收集了高宗御製的詩文聯匾，其中不乏詞臣代筆之作。

值得玩味的是，「天章」中對浙江的觀感，與他的父親正好相反。世宗因汪景祺、查嗣庭兩案，認爲浙江士風澆薄，特派「觀風整俗使」加以整頓；並於雍正五年丁未，停止浙江舉人參加會試的權利，作爲懲罰，而高宗則對浙江特具好感，亦格外關切，如二十二年二次南巡，「入浙江境」詩云：

連江頓覺民風異，轉埊都關吾意存；恩沛寧無需再沛？疇咨大吏悉心論！

「過嘉興府城」詩注：

前秋南省偏災，江浙接境，江蘇請賑之地頗廣，而浙省報災特輕，且全遺嘉郡，因特命加賑。

「到杭州行宮駐蹕八韻」詩注：

乙亥秋歲歉收、杭人惟靜候賑卹，未嘗以米價騰踴，越分妄干。

或謂：這是浙江人比較安分，故能上邀眷顧。但「籲俊」一編中，卻有與眾不同的表示，「盛典」卷七十六記：

乾隆十六年二月初十日，浙江學政臣雷鋐，至淮上恭請聖安，面奉上諭：「浙省生監有進獻詩賦者，爾可擇其有學有品者，代為進呈。」

其時江蘇學政爲乾隆四年己未狀元莊有恭，自然亦在淮陰接駕，卻未蒙此恩諭。及至二月廿七日蘇州啓駕，進入浙江境內，更下上諭，對進獻詩文者，予以甄別，發展而爲一種「召試」制度，據奉旨議奏的大學士傅恆、協辦大學士梁詩正、兵部侍郎江由敦等奏覆：

臣等會議得江浙兩省進獻詩賦之生監人等，作何分別考試之處，竊惟江浙為人文所萃，重以聖朝作養，久道化成，士風日盛。玆值翠華臨蒞。更荷特沛溫綸，增廣學校取額，異數優渥，無有倫比；其進獻詩文賦頌，自出於歡忭感激，不能自已之至情。今復蒙諭旨，考試甄錄，仰見遴選真才，敦尚實學之至意。

伏查江南省自入境以後，江蘇各屬進士、舉人、生監人等，陸續進呈詩文，業經學政臣莊有

> 恭，遵旨詳閱，前後兩次，開列名單奏聞，共二十九名；並蒙御覽，賞給緞疋之翁照、陸遵書、陸授詩等，俱應令其與考，伊等現已各回原籍，應令學政莊有恭，行文所屬，指名調赴江寧省城，恭候駕至江寧之日，定期考試。
>
> 再據安徽學政臣雙慶稱：安徽各屬所有進獻詩賦之生監等俱在江寧，恭候迎鑾；亦應俟駕至江寧之日，令該學政分別去取，其入選者與江蘇獻詩人等，俱在江寧一體考試。
>
> 至現在浙江省所有士子進獻詩文，應交學臣雷鋐，隨接隨看，分別去取，彙齊開列名單進呈；所有應考士子，改令在杭州省城，靜候考試，應於駕至杭州、江寧，臣等會同酌擬日期，奏聞請旨，並特派監試大臣、侍衛、護軍人等監視稽查。屆期該學政等恭請欽命試題，收卷進呈，其考試地方預備士子本日飯食茶水等項，交各該督撫辦理，務令嚴肅整齊，以仰副我皇上優渥隆恩。有加無已之至意，恭候命下遵行。

奉旨如議，即在杭州舉行第一次召試，專試浙江進獻詩文的士子；而江蘇、安徽兩省，則於回鑾至江寧時召試，自此成爲常例，四次南巡，皆是如此。

召試計試一詩、一文、一賦，高宗親自出題。由題目中亦可看出他對當地的觀感。十六年第一次召試，浙江的題目是：

賦得披沙揀金（得真字五言八韻）；

明通公溥論；

無逸圖賦。

試帖詩題明示欲在浙江選拔眞才。文、賦兩題則爲勉勵之意。江蘇的題目是：

蠶月條桑賦；

賦得指佞草（得忠字五言八韻）；

理學真偽論。

賦題意在勸農，詩題及文題則必有所指；對象爲張廷玉。清史列傳敘張廷玉乞休，高宗多方杯葛的經過特詳，雖無張廷玉明白反對南巡的記載，但蛛絲馬跡，猶可覆按。

張廷玉雖早於乾隆七年年底，不准其長子承襲伯爵，已爲失寵的明證，但仍加優禮；及至南巡之議起，十二年以廷玉保薦不實，交部議處，十三年正月即具疏乞休，不允，殆爲不以南巡爲然之故。十四年十月，既頒定十六年正月南巡的明旨，十一月「以其年老，不能復兼監修總裁之任」，特派傅恆前往安慰，希望他留京不去。

因爲以張廷玉的身分地位，如果出面干涉地方官承辦南巡事宜，督撫亦拿他無可奈何；至如南巡時，張廷玉領頭提出地方上興革的建議，高宗亦很難不給面子，此所以不願他回桐城。那知張廷玉倚老賣老，竟似不省，依舊上疏「請得暫辭闕庭，於後年江寧迎駕。」

按：地方大吏接駕，應至入省之地，山東與江蘇交界之處，在郯城縣南的紅花埠。以張廷玉的身分，非其他在籍紳士可比，接駕自然亦應至入江南之初的地點，而但云至江寧，則自置於一般士紳之列，在高宗看，是對南巡一舉表示冷漠，於是禍作。「清史稿」本傳：

十五年二月，皇長子安親王薨，方初祭；廷玉即請南還，上愈怒，命以太廟配享諸臣名示廷玉，命自審應否配享？廷玉惶懼，疏請罷配享治罪；上用大學士九卿議，罷廷玉配享，仍免治罪。

又以四川學政編修朱荃坐罪，荃為廷玉姻家，嘗薦舉，上以責廷玉，命盡繳歷年頒賜諸物。二十年三月卒，命仍遵世宗遺詔，配享太廟，賜祭葬，謚文和。乾隆三年，上將臨雍視學，舉古禮三老五更，諮鄂爾泰及廷玉；廷玉謂無足當此者，撰議以為不可行。四十三年，上撰「三老五更說」，闢古說椿駁，命勒碑辟雍。五十年，復見廷玉議，以所論與上同，命勒碑其次，並題其後；謂「廷玉有此卓識，乃未見及朕必遵皇考遺旨，令其配享；古所謂老而戒得，朕以廷玉之戒為戒，且為廷玉惜之。」終清世，漢大臣配享太廟惟廷玉一人而已。

第二次南巡召試賦題爲「黃屋非堯心賦」，「黃屋」即黃幄，爲天子行帳，高宗命此賦題，所以表示南巡純爲承歡太后，非其本心。以後第三次、第四次南巡，均循例召試，欽命大臣閱卷，每次一等承三名，授內閣中書。

其中頗有知名之士，如第一次所取嘉定附生錢大昕；第二次所取江蘇青浦進士王昶、嘉定優貢曹仁虎；第三次所取長洲進士吳泰來，皆有文名，在「吳中七子」之列。其事功特著者，有孫士毅，在清史稿中，與福康安、明亮並列爲一卷。

孫士毅是杭州人，乾隆二十六年進士，用爲知縣；孫士毅不願爲「風塵俗吏」，恰逢第二次南巡，獻詩而得召試，取爲一等第一，授爲內閣中書，轉爲軍機章京，受知於大學士傅恆。三十三年傅恆征緬甸，以孫士毅典章奏，敘軍功遷戶部郎中，升大理寺少卿，出爲廣西藩司，擢雲南巡撫。

四十五年雲貴總督李侍堯以貪贓革職；孫士毅以不先舉劾，革職遣戍伊犁，抄家時不名一錢；因得赦回，授翰林院編修，開始了他的封侯事業。此當與福康安、和珅一起談，這裡暫且擱下。

四次南巡前後約三十年，號稱全盛，而盛極必衰，禍根亦伏於此時。自古以來，國庫充盈，則必有黷步、遊觀、土木、祠禱之事，爲失國之漸；高宗佔其三項，而以遊觀——南巡的影響最爲嚴重，士習吏治，由此而壞；官商勾結病民，爲內亂之因，而高宗竟爲領導製造此種亂源者；一代英主，有此愚行，令人駭怪。

孟心史「清代史」記此，最爲精審；敘鹽務云：

> 鹽務之壞，壞於高宗之侈心。清代家法以不加賦為永制，不加賦云者，固念民生，尤杜子孫之以侈得禍也。聖祖六次南巡、東巡及親征漠北，累巡塞外，俱不聞所過病其勞費。高宗亦六次南巡，則昭示太平，蹕路所過，皆是點景，尤以揚州為極盛。高宗所謂「商人捐辦，不礙務本之民」，此即取之鹽業，一時自謂得計，實則節次內亂用兵，平教匪者三，平海盜者一，何一非由私鹽利厚而成？然事非直接，上下相蒙，不發其覆；至道光間國課積虧，乃始嘩然鹽法之弊，此士論以鹽為集中之點者一也。

南巡盛典中有「褒賞」一編，在事官吏將弁，皆蒙賞銀；所經各地，則普免錢糧，唯獨於兩淮鹽商，在冠帶榮身之外；「食鹽於定額之外，每引賞加一十觔」，此即是每一引鹽得增免稅之鹽十斤。

高宗上諭中，期望「減一分售鹽之價，即利一分食鹽之人」，然則此爲嘉惠小民，而非對鹽商的「褒賞」。明知鹽商不可能有十斤免稅之鹽而減價，故作此言，豈非自欺的違心之論。心史又言：

「史稿食貨志」：「乘輿屢次巡遊，天津為首駐蹕地，蘆商供億浩繁，兩淮無論矣。」此說蓋指高宗之南巡。

夫謂長蘆兩淮因供億乘輿而致困商耶？則正不然。虧帑許其病國，加價許其病民，商挾帝眷以揮霍於其間，正是最得意之日。蘆商海寧查氏，聲氣之廣，交結之豪，世稱天津水西莊。至所謂查三膘子，歷見諸家筆記，至今流為戲劇。淮商則揚州畫舫錄所載，園林櫛比，盡態極妍，備一日之臨幸，即為諸商家豪侈娛樂之所。

河道稍寬，則就鑿為湖，所鑿之土壘於湖中，名小金山；巖石嵌空，樓台曲折，經營於其上，導御舟至其地登岸；蒙允則一夕造成御碼頭，白石廣平，翼以欄盾，登岸即天寧門外上下，或賜宴，賞賚渥厚，擬於大僚，而奢侈之習，亦由此而深。」此商倚國而為豪舉。

帝自以為不累民，而鹽貴私盛，養成梟盜，不知凡幾。國取潤於商資，商轉嫁於民食，國取其什一，商耗其百千，謂民食貴鹽而即有礙生理，其說為主張加價者所笑，謂斤加數文，人食鹽多不過三錢，斤鹽可供兩月之食，一人一月多負擔數文，何至告病。不知商品賤則銷，貴則滯，所爭在毫釐之間。官鹽價貴，即為梟販敲除。內亂之萌，起於梟販，梟販必有結合，則所謂秘密社會，皆發生於是。近時人留意秘密社會史料，吾以一言蔽之：官鹽價不敵私鹽，有以造成之耳。

此所謂「秘密社會」，即指清幫與洪門。清幫與鹽梟，關係尤爲密切；販私鹽者幾無不在幫。私鹽有各種名目，其中之一稱爲「漕私」，即是利用糧船走私。心史先生論鹽梟有兩句極深刻而極平實的話：

為他劫掠之盜，民必仇之，助官蹤跡除患；為梟盜則與國爭利，無累於民，民反得廉價購鹽之益，故不加嫉視，或反陰庇之……官鹽價平，至私鹽無利而梟自散，無所用其捕也。

因為如此，所以有「私鹽越禁越好賣」的說法。官鹽與私鹽的差價太大了，蓬門華戶如果食用官鹽，會感到是一種不輕的負擔，所以不論如何，非買私鹽不可；而一禁則私鹽反可抬高價格，此即「私鹽越禁越好賣」的道理。

鹽的成本極低，鹽民生活至苦；然則官鹽何以不能抑低至平民負擔得起的程度？則因自古以來，鹽為剝削百姓的主要工具。至清朝則高宗亦參加剝削集團，儼然為其渠魁，此所以心史先生不能不感嘆「尤可怪異」。

「清史稿」食貨志記載：

「內府亦嘗貸出數百萬，以資周轉。帑本外更取息銀，謂之帑利。年或百數十萬、數十萬、十數萬不等。自三十三年，因商人未繳提引餘息銀，數逾千萬，命江蘇巡撫彰寶查辦。」

內府之銀為皇家私財，借與鹽商數百萬，牟取重利；鹽商每年每引提銀三兩作為「帑利」，但歷年不奏明確數，籠統報一總數，這樣到了乾隆三十三年，忽為高宗所發覺，因而掀起大獄，稱為「兩淮鹽引案」，為乾隆朝三大案之一。「清稗類鈔」記其始末云：

是案因尤拔世任兩淮鹽政，風聞鹽商積弊居奇，索賄未遂，乃奏稱：上年普福奏請預提戊子綱引，仍令各商每引繳銀三兩，以備公用，共繳貯運庫銀二十七萬八千有奇。普福任內所辦玉器、古玩等項，共動支銀八萬五千餘兩；其餘見存十九萬餘兩，請交內府查收。朝廷以此項銀兩，歷任鹽政，並未奏聞，私行支用，檢查戶部檔案，亦無造報派用文冊。且自乾隆乙丑提引後，二十年來銀數已過千餘萬，顯有蒙混欺蝕情弊，密派江蘇巡撫彰寶，會同尤拔世詳悉清查。

按：此案發生於乾隆三十三年戊子；乙丑則為乾隆十年，歷時二十二年之久，可見積弊之深。結果查出鹽商侵蝕達六百餘萬，結交官員又費三、四百萬，總計應追賠銀一千萬兩以上。此案坐誅者有高恆、普福。「清史稿」高恆傳：

高恆字立齋，滿洲鑲黃旗人，大學士高斌子也。乾隆初以蔭生授戶部主事……二十二年授兩淮鹽政……是時上屢南巡，兩淮鹽商迎蹕，治行宮揚州，上臨幸，輒留數日乃去，費不貲。頻歲上貢稍華侈，高恆為鹽政，陳請須提綱引歲二十萬至四十萬得旨允行。復令眾商每引輸銀三兩為公使錢，因以自私，事皆未報部。三十三年，兩淮鹽政尤拔世發其弊，上奪高恆官，命江蘇巡撫彰寶會尤拔世按治。

諸鹽商具言頻歲上貢，及備南巡差，共用銀四百六十七萬餘，諸鹽政雖在官久，尚無寄商生息事，及責其未詳盡，下刑部鞫實，高恆嘗受鹽商金坐誅。

高恆為高皇貴妃之兄；傅恆曾為乞恩，碰了個大釘子，其事已見前記。高恆之子高樸，於乾隆四十三年，亦因貪污被誅。

兩淮鹽引案之所以成為有名的刑案，除了案情本身及國戚亦被顯戮外，另一原因為牽涉到當時在士林中負盛名的盧見曾。此人山東德州人，字抱孫，號雅雨，兩榜出身，有吏才；乾隆元年任兩淮鹽運使，以不買鹽商的帳，致被吏議，在乾隆五年充軍；九年復起，由知州升知府。直隸總督那蘇圖，上疏舉薦，謂其「人短而才長，身小而智大」。十六年遷長蘆鹽運使；十八年復任兩淮鹽運使。捲土重來，識得鹽商的厲害，作風便大改了。

「清史列傳」盧見曾傳云：

揚州地故瀕海，土薄水淺，溝道久湮，見曾醵貲浚之，揚城遂無水潦患。又修小秦淮，紅橋二十四景，及金焦樓觀，以備宸游，後以告歸。三十年高宗南巡，賜御書德水耆英匾額，時年七十六矣。

見曾勤於吏治，所至皆有殊績，然愛才好士，官鹽運時，四方名流咸集，極一時文酒之盛。金農、陳撰、厲鶚、惠棟、沈大成、陳章等前後數十人，皆為上客。嘗校刊乾鑿度高度戰國策、鄭氏尚書大傳、李鼎祚周易集解、及子史等書；又稱刊朱彝尊經義考，皆有功後學。

又采山左諸人詩，仿中州集例，系以小傳，為山左詩鈔，足備鄉邦文獻。青浦王昶謂其愛才好士，百餘年來所罕見。所著雅雨堂詩八集，文十餘卷，其出塞集一卷先已刊行，餘燬於火，後人采掇刊之，為文四卷詩二卷。

「清史列傳」爲清國史館所修，已許以「愛才好士」，謂其「官鹽運時，四方名流咸集，極一時文酒之盛」；野史所記軼事更多。「十朝詩乘」所記，最爲翔實；卷十二云：

兩淮都轉，時稱膴仕，其能宏獎風雅者，獨推曾賓谷、盧雅雨。賓谷平進至開府，雅雨則屢遭蹉跌。

按：曾賓谷名燠，江西南城人，官至貴州巡撫；此人爲盧見曾後輩。盧在兩淮卸任時，年已七十，有留別揚州詩云：

脫卻銀黃敢自憐，不才久任受恩偏。
齒加孫晃餘三歲，歸後歐公又九年。
犬馬有情仍戀主，參苓無效也憑天。
養疴得請懸車日，五福誰云尚四全？
（其一）
平山迴望更關愁，標勝家家醉墨留。
十里亭台通畫舫，一年簫鼓到深秋。
每看絳雪迎朱旆，轉似青山戀白頭。
為報先疇墓田在，人生未合死揚州。
（其二）
長河一曲繞柴門，荒徑遙憐松菊存。
從此風波消宦海，始知烟月足家園；
歲時社集牛歌好，鄉里餘生鶴髮尊。

癡願無多應易遂，杖朝還有引年恩。

（其三）

詩中有倖免風波，並求安度餘生之意，而終不能免禍。乾隆三十三年事發，下揚州獄，定罪絞監候，瘐斃獄中，年七十六。

此案並牽連名士多人。紀曉嵐時爲侍讀學士，南書房行走，與盧雅雨爲兒女親家，因洩漏抄家事被遣戍烏魯木齊，「清朝野史大觀」記：

兩淮運使盧雅雨見曾以愛士故，賓至如歸，多所餽貽，遂至虧帑。事聞，廷議擬籍沒，紀時為侍讀學士，常直內廷，微聞其說，與盧固兒女姻親也。私馳一介往，不作書，以茶葉少許貯空函內，外以麵糊加鹽封固，內外不著一字。盧得函折視，詫曰：此蓋隱「鹽案虧空查抄」六字也。亟將餘財寄頓他所，迨查抄所存貲財寥寥，和珅遣人偵得其事白之。

上召紀至，責其漏言，紀力辯實無一字。上曰：「人證確鑿，何庸掩飾乎？朕但詢爾操何術以漏言耳！」紀乃白其狀，且免冠謝曰：「皇上嚴於執法，合乎天理之大公；臣惓惓私情，猶蹈人倫之陋習。」上嘉其辭得體，為一笑，從輕謫戍烏魯木齊。

此記大致得實，但謂「和珅遣人偵得其事」則大謬。和珅於乾隆三十四年後始襲世職；三十七年授三等侍衛，皆在此案之後。

此外有王昶及趙文哲，則皆以名士而爲盧雅雨所禮遇，故急難加以援手。王昶南巡召試一等，授內閣中書，二十四年充軍機章京；兩淮鹽引案，王昶漏言於盧雅雨之孫蔭恩，奉旨革職。後由阿桂帶往雲南軍營效力，以軍功復起，官至刑部右侍郎；乾隆末年，常赴各省查案，亦秋官中佼佼者。

趙文哲上海人，亦以召試授內閣中書，轉軍機章京；同因漏言獲咎，同爲阿桂帶赴雲南，前半段經歷，與王昶相同；但運氣不及王昶，三十八年金川之役，與武英殿大學士定邊將軍溫福同時殉難。

趙文哲爲「吳中七子」之一，當時詩名在同輩之上；而今則只知王鳴盛、錢大昕、王昶；「清史稿」列趙於「忠義傳」，而非「文苑傳」中，知者亦罕。趙傳出章式之之手，實爲佳傳，引錄如下：

趙文哲，字升之，江蘇上海人，生有異稟，讀書數行下。同時青浦王昶，嘉定王鳴盛、曹仁虎，皆以能詩名，獨心折文哲。為人瘦不勝衣，而意氣高邁，由廩生應乾隆二十七年南巡召試，賜舉人，授內閣中書，在軍機章京上行走，以原任兩淮鹽運使盧見曾查抄案，通信寄頓褫職。

時大軍征緬甸，署雲南總督阿桂，奏請隨軍。阿桂由緬甸至蜀，將軍溫福方督師征金川，見文哲與語，大悅之。時溫福與阿桂分兵，文哲遂入溫福幕。溫福重文哲，片時不見，輒令人覘文哲何作。已而連克金川地，三十七年十月，遂剿平美諾，以功復中書，又授戶部主事，仍隨營治事。

三十八年，兵至木果木。六月，小金川降者叛，與金川合抄後路，師將潰，在軍者逆知賊大至，相率逃竄。文哲毅然以為身為幕府贊畫，且疊荷國恩，距可捨帥臣而去，卒與溫福同死。

兩淮鹽引案雖曾雷厲風行，震動一時，但向商人追賠之款，分限繳納，一兩次後，便即拖欠，不了了之；至乾隆四十六年、四十九年，更兩次豁免之三百六十餘萬兩。這兩次豁免，由於高宗第五次、第六次南巡；揚州鹽商全力供應，務極鋪張。

清稗類鈔巡幸類記：

高宗第五次南巡時，御舟將至鎮江，相距約十餘里，遙望岸上，著大桃一枚，碩大無朋，顏色紅翠可愛。御舟將近，忽煙火大發，火焰四射，蛇掣霞騰，幾眩人目。俄頃之間，桃忽然開裂，則桃內劇場中峙，上有數百人，方演「壽山福海」新戲，彼時各處紳商，爭炫奇巧，而兩淮鹽商為尤甚。

凡有一技一藝之長者，莫不重值延致；又揣知上喜談禪理，緇流迎謁，多荷垂詢，然寺院中實無如許名僧，故文人稍通內典者，輒令髡剃，充作僧人迎駕。並與約，倘蒙恩旨，即永為僧人，當酬以萬餘金，否則任聽還俗，亦可得數千金。故其時士子稍讀書者，即可不憂貧矣！

又南巡時須演新劇，而時已匆促，乃延名流數十輩，使撰雷峰塔傳奇，然又恐伶人之不習也，乃即用舊曲腔拍，以取唱演之便利。若歌者偶忘曲文，亦可因依舊曲，含混歌之，不至與笛板相迕。當御舟開行時，二舟前導，戲台即架於二舟之上，向御舟演唱，高宗輒顧而樂之。

上記煙火中現舞台一節，近乎齊東野語，士子假扮爲僧，以及水上演戲，可信其爲事實。兩淮鹽商如此刻意相媚，目的即在求得豁免恩詔；從而可知，乾隆三十年後，越十五年始有第五次南巡，未始不由於兩淮鹽引案之故。

至於此事之影響於國計民生者，心史先生有一段議論：

尤拔世為鹽政時，題明所提為每引三兩，則至少以年銷五十萬引計，亦應有三千萬兩，以故興起大獄。夫鹽引所提，皆鹽價所出；孟子所謂「上下交征利而國危矣」。財貨不自天降，不自地出，必有自來。理財者以取於鹽為最輕微而易成為大數，是誠然矣；殊不知有私鹽以擬其後，此則國危之真諦，聖賢所垂戒，斷非揣測過甚之詞也。乾隆中葉以後，教匪海盜，迭起不止。民生之糜爛，軍餉之耗費，不可數計。而養盜之源，尚無人指陳鹽弊者。

鹽務積弊，以及整頓經過，留待以後再談。此處所得而言者，乾隆中葉以南巡而造成奢靡粉飾的風氣；在奢靡粉飾的風氣中，產生了無數貪官污吏，雖以高宗的英察，不惜以嚴刑峻法處置國戚，而不能收炯戒之效。「清史稿」卷三百四十，爲貪墨專傳；流芳遺臭，各自千秋，題名如下：

一、恆文：烏佳氏，滿洲正黃旗，雲貴總督；乾隆二十二年，以議製金爐進貢，而剋扣金價。案情不算重，但有損高宗聲名，被逮入京時，中途賜死。

二、郭一裕：湖北漢陽人，雲南巡撫，與恆文一案，充軍。

三、蔣洲：江蘇常熟人，大學士蔣廷錫子，山西巡撫，因貪縱命屬吏彌補虧空，乾隆二十二年被誅。

四、楊灝：直隸曲陽人，湖南藩司，辦平糶侵吞三千餘金，被誅。

五、高恆、高樸父子：前已談過，不贅。

（按：以上大致皆乾隆二十二年至三十年事。貪瀆的情節不算嚴重；以下就不同了。）

六、王亶望：山西臨汾人，自乾隆三十九年任甘肅藩司至四十六年任浙江巡撫，連年貪污，抄家時，金銀逾百萬。王亶望起居豪奢，軼事甚多。一妾名吳卿憐，蘇州人，國色而有才，王敗後，卿憐歸和珅；和珅又敗，卿憐年廿九，沒入官，作詩八章自傷，有「回首可憐歌舞地，兩番俱是個中人」之句。

王亶望論斬後，同案被誅二十二人，高宗謂此二十二人，皆死於王亶望，因而禍及子孫，長子革職充軍，幼子被逮下獄，年至十二，即次第發遣，逃者斬。五十九年國史館進江蘇巡撫王師傳，師爲亶望之父，有治績。高宗遂赦亶望長子，幼子亦不發遣。此當是和珅所設計的花樣。

按：「清史列傳」中，未見有王師傳；「清史稿」王師傳附於徐士林下，在直隸任州縣時有賢聲。乾隆十五年十一月任江蘇巡撫，十六年八月歿於任上，首尾十個月，正當第一次南巡時，不知有何治績？且身歿已久，不當於四十餘年後，突爲立傳。頗疑此爲和珅弄權，有意出此，俾爲王亶望子孫乞恩之藉口。

七、國泰：富察氏，滿洲鑲白旗，四川總督文綬之子；文綬屢黜屢起，或因其爲孝賢皇后同族，高宗另眼看待之故。國泰出身紈袴，驕恣乖張，豪奢貪污；好聲色，巡撫衙門，歌管不絕，曾與藩司大學士于敏中之弟易簡，串演「長生殿」。

國泰去旦角而易簡扮明皇，至「定情」、「窺浴」諸折，易簡以上官而不敢過爲褻，關目科諢，草草了事。國泰大爲不悅，責易簡迂闊，以「做此官、行此禮」之諺相喻。易簡素無骨氣，在官廳見國泰，至長跪白事；此時見國泰有怒容，不敢不遵。於是極態盡妍，任情唐突，國泰反而大悅。

「清史稿」本傳：

四十七年，御史錢灃劾國泰及易簡貪縱營私。徵賂諸州縣，諸州縣倉庫皆虧缺。上命尚書和珅，左都御史劉墉按治，並令灃與俱。和珅故袒國泰，墉持正，以國泰虐其鄉右。灃驗歷城庫銀，銀色不一，得借市充庫狀，語互詳灃傳。國泰具服婪索諸屬吏，數輒至千萬。易簡諂國泰，上詰不敢實對。獄定皆論斬，上命改監候，逮繫刑部獄。巡撫明興疏言，通察諸州縣倉庫虧二百萬有奇，皆國泰、易簡，在官時事。上命即獄中詰國泰等。國泰等言因王倫亂，諸州縣以公使錢佐軍興，乃虧及倉庫。上以王倫亂起滅不過一月，即謂軍興事急，何多至二百萬？即有之，當具疏以實聞。國泰、易簡，罔上行私，視諸屬吏虧帑，契置不問，罪與王亶望等，均命即獄中賜自裁。

錢灃即寫顏字與劉石庵（墉）齊名的錢南園。「清史列傳」本傳於此案有生動的描寫：

始受命，灃先期行，微服止良鄉，見幹僕乘良馬過，索夫役甚張，迹之，則和珅遣往山東齎信者也。灃詳審其貌，未幾僕還道遇灃，灃叱止之，搜其身得國泰私書，具言借款填庫備查事，中多隱語，灃立奏之。

灃在道衣敝，和珅持衣請易，灃辭，和珅知不可私干，故治獄無敢傾陂，比到省盤庫，則和珅先言不用全數彈兑，第抽盤數十封，無短絀可也。和珅遽起回館舍，灃請封庫。次日徹底拆封，則多圓絲雜色，銀是借諸商家以充數者，因詰同庫吏得實，迺諭召諸商來領，大呼曰：遲則封庫入官矣！於是商賈紛紛具領，庫藏為之一空。復改道易馬，往盤他處亦然，案遂定，和珅亦無如何也。於是國泰遂伏法。

錢南園軼事甚多；信而有徵者，如本傳又記：

充湖南學政，每試士危坐廳事，目炯炯終日不倦，然優於待士，數年中未嘗褫一諸生。士之服其教者，謳頌勿衰。歲大旱，巡撫陸耀以禱雨得熱疾卒；代者至，將稱觴為壽，閽者請醵，澧曰：「前巡撫方以死勤事，今遽舉觴稱慶耶？」命餽燭二梃，藕數斤。巡撫聞之，懼而止。

此「代者」爲浦霖，浙江嘉善人，科甲出身；到任做壽，無非打屬員的秋風，「聞懼而止」，爲恐錢南園參劾。浦霖後在福建以贓被誅，則以總督伍拉納早有貪名，以故浦霖同流合污，小人知憚正人君子，則不致爲大惡，是故在上者，能明辨是非，扶持正道，保全善類，國勢雖危，可轉而爲安。

此一心法自聖祖以來，一脈相傳，至同光之際，雖垂簾之太后，遵行不替。到得慈禧退位而不顧棄權，以致正道消沉，是非不分，君子與小人之界限，每不知何在？則去亡國已不遠。此亦是談清朝的皇帝應留意的一大端。

「清史稿」卷三百四十，爲伏法的貪官污吏立傳者，人數尚多；後面談和珅、談福康安時，將會附帶列敘，爲免重複，姑且到此爲止。此傳後附論贊云：

高宗譴諸貪吏，身大辟，家籍沒，僇及子孫，凡所連染，窮治不稍貸，可謂嚴矣！乃營私玩法，前後相望，豈以執政者尚貪侈，源濁流不能清歟？抑以坐苞苴敗者，亦或論才宥罪，執法未嘗無撓歟？然觀其所誅殛，要可以鑒矣！

高宗用嚴刑峻法之果敢，實不下於明思宗，而吏治之終於不振，亦猶如崇禎年間軍事頽勢之終於不能挽回；其間因果，後世看來，歷歷分明。我曾不只一次提出我的看法：明思宗自謂「朕非亡國之臣」，大謬特謬，唯其有亡國之君，乃有亡國之臣。乾隆末葉，亦復如此，唯其有弄權之君，乃有弄權之臣，倘無高宗，即無和珅；倘無和珅，又何能有串戲爲屬員配小旦的山東巡撫國泰；丁憂演劇的平陽縣令黄梅；索賄至倒懸縣令的閩浙總督伍拉納（此兩事詳後）？由以上引列之例，可以看出貪污案發生在和珅當政後者，情節遠重於他未當政之前，若謂和珅死有餘辜，則高宗又將如何？

我以前說過，高宗平生凡三變，亦就是三副面目，乾隆十三年以前一副；十三年以後一副；至三十八年以後又一副。

論此一副面目，應先引錄三十九年正月的一道上諭：

朕臨御以來，以敬天報本為要，不敢稍有疏略，凡遇郊壇大祀，必親詣行禮，自降輿以至禮成，一切典禮，俱有加增。四十年來，罔敢少懈。及至三十七年，朕逾六旬，始命大學士、禮部，將降興遠近，稍為酌減，此所以節縟儀而省精力，欲盡禮於大祀也。然以因朕逾六旬始然，而誠敬益得申致，我萬世子孫，謹懍朕意，若年未六旬，切不可稍減典制。儻蒙上天眷佑，臨御年過六旬，方可如朕見行儀制舉行，著永遠為令。

這道上諭，顯示出高宗躊躇滿志，信心十足的心態。高宗廿五歲即位，至乾隆三十九年，前後通計，在位已四十年；年六十有四。自漢高祖以來，壽過六十，而臨御三十年以上的皇帝，除聖祖以外，不過漢武帝、後漢光武帝、蜀漢後主、吳大帝、梁武帝、唐玄宗、宋高宗、遼聖宗、遼道宗、元世祖、明太祖、明世宗等十數人而已，其中爲高宗所佩服的，只有漢武帝、漢光武，元世祖、明太祖等四帝，論臨御年數，已超過元世祖及明太祖；漢光武在位三十三年，卒年六十三，在高宗已兩皆超過；惟有漢武帝在位五十四年，卒年七十一，則兩皆未及。

高宗的目標，是希望超越漢武帝；但年齡趕上較易；臨御年數超過較難，能至乾隆五十五年，高壽八十，此時唯一未能趕上的，只有他的祖父聖祖，在位六十一年；而高宗有意讓聖祖保持此項紀錄，所以決定臨御至六十年內禪，退爲上皇。此是高宗於臨御、年壽，兩皆超越漢光武時的打算。

至於乾隆六十年九月，立嘉親王爲皇太子時，宣詔踐位之初，「即焚香默禱上天，若蒙眷佑，得在位六十年，即當傳位嗣子，不敢上同皇祖紀元六十一載之數」，不過爲了呼應聖祖的所謂「福過於予」，如此說說而已。

當高宗踐位時，還有兩名「候補皇帝」等在那裡，能做幾年，根本不可知。即令無此情況，若謂希望壽至八十五，做六十年皇帝，這野心未免也太狂妄了。

我研究高宗的心態，決意要趕上漢武帝，不獨在年壽及臨御年數這兩點上；而且武功文治，也希望超過漢武。當時小金川已復；四庫全書已經開館，此兩事足爲武功、文治的表徵。

在乾隆三十九年時，高宗心理上還有一個足以激發他空前的雄心的因素是：至此爲止，不但早無先朝老臣；而且連早年共事的大臣，亦皆凋謝，如年紀最輕，人稱「小尹」的尹繼善，歿於乾隆三十六年；共事最久的兩劉——劉綸、劉統勳，則在上年先後病故。滿朝文武，無一非由高宗一手所培植，這造成了他眞正的「唯我獨尊」的感覺；從而產生了放手弄權的心理。

乾隆三十九年以後，高宗始終寵信不衰，而且確實支配了政局的兩個人，竟爲薰蕕同器，一個是阿桂；一個是和珅。

「清史稿」以專卷爲阿桂立傳；緊接著以于敏中、和珅合一卷，體例可取。阿桂在滿清三百年中，爲旗中人數一數二的人才；「清史稿」本傳敘其早年云：

阿桂，字廣庭、章佳氏。初為滿洲正藍旗人，以阿桂平回部，駐伊犁治事有勞，改隸正白旗。父大學士阿克敦……阿桂、乾隆三年舉人，初以父蔭授大理寺丞，累遷吏部員外郎，充軍機處章京。十三年、從兵部尚書班第參金川軍事。訥親、張廣泗以無功被罪，岳鍾琪劾阿桂結張廣泗，蔽訥親、逮問。

十四年，上以阿克敦年老無次子，治事勤勉，阿桂罪與貽誤軍事不同，特旨宥之。尋復官擢江西察使，召補內閣侍讀學士。二十年、擢內閣學士。時方征準噶爾，命阿桂赴烏里雅蘇台督台站。逾年、父喪還京，旋復遣赴軍，授參贊大臣，命駐科布多，授鑲紅旗蒙古副都統。二十二年秋、授工部侍郎。

按：尹繼善亦爲章佳氏；怡賢親王生母敏妃亦出於章佳氏；而實爲漢人。其間因緣特殊，深可玩味；而凡旗籍漢人有才者，莫不爲高宗所重用，其故更可思。

阿桂之才，初展於乾隆二十五年：二十五年，移駐伊犁，阿桂上言：

伊犁屯田阿克蘇調兵諸事，上嘉其勇往，命專司耕作營造，務使軍士回民皆樂於從事。

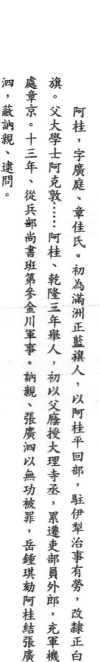

時西域初定，地方萬餘里，伏莽尚眾，與俄羅斯鄰。上詔統兵諸大臣議，咸謂沙漠遼遠，牲畜凋耗難駐守。阿桂疏言：守邊以駐兵為先，駐兵以軍食為要。伊犁河以南海努克等處，水土沃衍，宜屯田，請增遣回民嫻耕作者往屯，增派官兵駐防，協同耕種，次第建置城邑，預籌馬駝，置台站，運沿邊米赴伊犁，簡各省流人嫻工藝者發備任使；又奏定山川土穀諸祀典。上用其議，阿桂造農器，督諸屯耕，獲歲大豐。

按：乾隆十大武功，以平回部爲第一；高宗亦以此爲最得意，因新疆入中國，擴自古所無之版圖。但平回部的武功，雖以傅恆、兆惠爲最，而新疆既入版圖，倘無阿桂經營屯田，則變亂仍將復起，成爲大累。乾隆二十六年第一次圖功臣像於紫光閣，親自作贊。定伊犁回部五十人，阿桂名列第十七。

第二次圖像在乾隆四十一年，大小金川皆平以後，亦爲五十人，阿桂居首；第三次則在林爽文之亂以後，領兵大臣雖爲福康安，而全盤策劃，則爲阿桂，因而仍居首位；第四次爲定喀爾喀，計十五人，本亦居首，讓於福康安，退居第二。於此可知，乾隆十大武功，阿桂無役不與，謂之爲高宗第一功臣，名實皆符。

與阿桂同時被重用者爲和珅，此即高宗玩弄權力的一種狂妄野心；自古有道天子，近賢遠佞，而高宗自以爲天縱聰明，因材器使，無不如意，所以既用阿桂，又用和珅。此人之爲小人，高宗豈能不知？只是自溺於弄權欲中，欲使小人亦能辦大事，創一超過前代，不拘一格用人材的未有之例，結果成了玩火。

高宗如在他第三變的後二十年中，只重用阿桂，就決不會有嘉慶年間川楚教匪之亂；而道光年間的鴉片之戰，亦不會敗得奇慘無比，以後的歷史便都要改寫了。

和珅之獲重用，以及始終寵信不衰，故其何在？至今天還是一個謎。有人以爲是同性戀所致。

歷史上漢文帝賜鄧通以銅山；漢哀帝則竟欲禪位於董賢，君臣發生同性戀，原有些不可思議的現象出現，但高宗善於以古爲鑑，必不致此。而且和珅見寵時，高宗已是花甲老翁，謂不免於餘桃斷袖之癖，而沉溺一至於此，亦覺不可思議。

我以爲和珅之見用，適逢其會，正當高宗思弄權自娛之時。至於以後陷溺而不自覺，則以和珅善測帝意，或和珅之「珅」與弘時之子永珅之「珅」，在高宗心理上發生一種微妙的補過而得安心的作用，亦未可知。

和珅原隸正紅旗，姓鈕祜祿氏。家世頗難考察，現今所知者，其高祖名尼牙哈那，有「巴圖魯」的稱號；巴圖魯者，勇士之謂。

按：鈕祜祿氏爲滿洲八大貴族之一，始於太祖從龍之臣額亦都；額亦都有十六子，幼子即遏必隆，此一支最貴。此外知名者有圖爾格、徹爾格等；而不知名者猶多。孝聖憲皇后父四品典儀凌柱及和珅，可能都是額亦都之後；凌柱與和珅之間有無關係，俟考。

和珅家世之不易考，除其祖先外，他的外家亦是個謎；清人筆記中說他有兩個外祖父，一個是伍彌泰，蒙古人；乾隆四十八年以吏部尚書入相；下一年和珅授協辦，從古以來，未聞外祖父與外孫同時拜相之事，論年輩亦不相當，當是誤傳。

另一個是曾任漕督的嘉謨，比較可信；「清朝野史大觀」記：

和珅為伍彌泰外孫，蓋滿洲人多云然，而吳督部熊光亦著之筆錄者也。伍公與和珅先後入相，或是珅繼母之父，苦無確證。按包慎伯中衢一勺郭君傳云：「嘉公謨為河庫道，大學士忠襄伯和珅其外孫也。珅少貧，每遣僕劉全徒步往返五十里求資助，嘉公資以白金五十兩，君方為河庫道吏，與全飲而歡，語之曰子且貴，何為人僕從苦如此，亦資之如嘉公數。」

珅嗣以家累遣全求嘉公助白金三百金，嘉公怒詈遣之，珅遂私出都詣嘉公，公怒甚，欲治以逃人之法，君從容語嘉公曰：「吏見和郎君貴當在大人上，大人毋薄其貧，且大父以三百兩助外孫，事甚小，何苦怒如此。」

嘉公曰：「汝善和郎君，何不自助之」。君曰：「大人不助和郎君，吏不敢先。」嘉公乃出金授君曰：「即日為我遣之。」君招至酒樓握手曰：「郎君不日當大貴，貴後願毋忘，今日為天下窮黎乞命。」既為具鞍馬，又自以白金三百助其裝，其後珅以戶部尚書為軍機大臣，扈蹕下江南至紅花埠，遣全馳詣君，約相見於仲興。

君曰：「吾始謂若主濟世才，今乃招權納賄，為贓吏逋逃藪，毒流生民，吾恨爾時不懲悤治以逃旗外遣之罪，若主僕旦夕且無死所，毋累我，遂與絕。」後卒如君言，嘉公後官漕運總督，觀此珅實有兩外祖，且皆早識珅奸矣！

郭君名大昌山陽人，洞澈水性，窮極事變。乾嘉之際數十年，凡奉特旨持節治河及經制官河督以下遇事諮決，倚為安危，蓋振奇士也。

按：包愼伯即包世臣，世知其名著爲論書法的「藝舟雙楫」；不知有「中衢一勺」，上引原著，稍嫌誕誇。河庫道駐清江浦，自京師往返五千里，不必盡爲徒步，附搭漕船，是件很方便的事。

嘉謨，不詳其姓氏，但亦隸正紅旗；乾隆三十七年官至漕督，則任河庫道時，和珅尚未出仕。以旗分、年輩而論，嘉謨爲和珅外祖之說，較之伍彌泰爲可信。

和珅之爲高宗寵信，原因甚多；主因之一如高士奇之於聖祖，工於窺探意旨。清人筆記中關於和珅的傳聞甚多，有一條云：

故事順天鄉試四書題，皆由帝欽命。內閣先期呈進四書一部，命題畢仍發下；乾隆乙酉科鄉試，內監捧四書發還到閣時，珅探問帝命題時情狀。內監言，上手披論語第一本將盡矣，始欣然微笑振筆直書云云。珅沉思良久，遂知為「或乞醯焉」一章，蓋乞醯二字中嵌乙酉字在內也，乃密通信於其門生，倩人預構，獲售者甚眾。

按：和珅貴後，內則卿貳，外則藩臬，拜門稱老師者甚多；甚至翰林亦有稱門生者。其中以吳省欽最有名，「清朝野史大觀」記：

鶴沙吳白華侍郎省欽，與弟稷堂先生省蘭，俱登顯要，生平嘗九典試事，門牆桃李，幾遍天下。方和珅之未第也，嘗受業於稷堂先生；後珅貴，侍郎藉其援引，反屈身拜門下，士林恥之。洎珅敗，削職歸家，門下士有以畫冊獻者，啟而視之，則「一團和氣」也，遂羞憤而卒。嘗奏准試場中加寫添注塗改字樣，士子一時不檢，往往被貼。迄今邑中人談及科場條例，未有不呼其名而唾罵者。

七典鄉試，四任學政，都是最高記錄，而吳省欽萃於一身，且皆在高宗在位時，不能不說是一種異數；更不能不說是和珅的一種權術。對吳省欽而言，考差、學差即令不賣關節，只收贄敬，亦可致富。對和珅自己來說，吳省欽的門生，就是他的小門生；科舉時代，最重師門，和珅數十年不敗，有此結納士林的一重因緣，頗有關係。

吳省欽、吳省蘭於乾隆二十八年、四十三年先後入翰林，吳省欽官至左都御史，其弟省蘭，始爲侍郎。吳省欽七典鄉試，計爲：

乾隆三十三年戊子，貴州，正主考。

三十五年庚寅，廣西，正主考。

三十六年辛卯，湖北，正主考。

四十四年己亥，浙江，副主考。

五十七年壬子，江西，正主考。

五十九年甲寅，浙江，正主考。

六十年乙卯，浙江，正主考。

乾隆五十八年癸丑，並典會試；平生復四任學政，計四川一任；湖北一任；順天兩任，嘉慶四年正月革職時，正在順天學政任上。

至於奏准加註「添注」、「塗改」字樣，事起於乾隆五十一年。商衍鎏著「清代科舉考試述錄」記：

乾隆五十一年定：答策每問不滿三百字者，照紕繆例罰停科。試文皆要點句鉤股，書法不許潦草。文策每篇尾及詩末句下旁，寫「添注」幾字、「塗改」幾字，每場卷末於文後提行書明通共添注若干字，塗改若干字，數目字用大寫壹貳參肆等，防請託修改之弊。

考卷設有違式，如真草不全、謄真用行草、空行空格、越幅曳白、題目寫錯、污損塗抹、脫落添注塗改字樣；及添注塗改不符、與逾一百字者首場各藝起訖字相同者，行文不避廟諱、御名、聖諱者，抬頭錯誤或塗改者，文不頂格、詩策不低二格、詩多韻少韻、失押官韻、策不滿三百字者，諸如此類，經受卷所至對讀所疊次查出，即將違式之名貼出，謂之藍榜，凡貼出者除名。

按：場規謂之「功令」，一犯功令，文雖佳而不錄，看似嚴格，其實大部分爲主司留下權衡的餘地。闈中用五色筆，房考藍筆，監臨監試提調紫筆，謄錄硃筆，對讀黃筆，惟主考用墨筆，昔人詠「主司墨筆」云：

彩筆紛紛各擅場，王堂舊樣重龍香，尋常青紫無顏色，管領春風讓墨皇。

墨筆之所以被尊爲「墨皇」，不獨因主司位尊，筆以人重；更在主司之筆與士子相同，因而可以成全士子，倘文佳而偶違制式，可調出墨卷，用墨筆爲之改正。此不算作弊，反爲佳話：翁同龢即常有此舉。

是故吳省欽奏准加註「添注」、「塗改」多少字，論其本意，在於多一舞文弄墨，操縱士子的機會。譬如說文佳而忘卻此一規定者，本應貼出藍榜，但可預先關照房考，不必嚴格執行此一規定，然後視情況爲之在墨卷上改正，則此本應下第的舉子，豈有不感激涕零之理？

和珅得以固寵的另一因素，即爲厚結福康安弟兄；而尤在窺知高宗的隱衷，貴爲天子，富有四海，國勢極前朝未有之盛，但一母一子，都不得公然享受名分上的尊榮，晚年對福康安的舐犢之情，尤爲強烈，一則由子及母，對傅恆夫人的一段情，只能在厚遇福康安以爲寄託。

再則高宗諸年長之子，資質都不甚佳，而福康安在阿桂照應，海蘭察效命之下，居然武功彪炳，在高宗心目中，原應是嗣位之子，格於名分，無可奈何，只好待以異數，藉補遺憾。而福康安所被異數，其中不少爲和珅暗中迎合，媚福康安即所以媚高宗；而福康安兄弟心感和珅，則以椒房貴戚，獨對之時，只說和珅好話、寵益以固。後來福康安獲罪，即由此故。

傅恆四子，長福靈安、次福隆安、又次福康安、最幼福長安。靈、隆二傳，「清史稿」附傅恆傳後，引錄如下：

福靈安多羅額駙，授侍衛。準噶爾之役，從將軍兆惠、戰於葉爾羌，有功，予雲騎尉世職。三十二年，授正白旗滿洲副都統，署雲南永北鎮總兵卒。

福隆安，尚高宗女和嘉公主，授和碩額駙，御前侍衛。三十三年，擢兵部尚書，軍機處行走，移工部尚書。三十五年，襲一等忠勇功。三十六年，用兵金川，總兵宋元俊劾四川總督桂林，命福隆安往讞。福隆安直桂林，抵元俊罪。四十一年，復授兵部尚書仍令領工部。金川平，畫像紫光閣。四十九年卒，謚勤恪。

子豐紳濟倫，初以公主子，命視和碩額駙品秩，授鑲藍旗漢軍副都統，奉宸苑卿，四十九年，襲爵，累遷兵部尚書，領鑾儀衛。嘉慶間，再坐事，官終盛京兵部侍郎。十二年卒，子富勒渾翁珠襲爵。

至於福長安，在乾隆四十五年，以工部右侍郎在軍機處學習行走，與福隆安兄弟並直樞府。其時軍機領班爲阿桂，經常在外督師，勘察河工、海塘；其次福隆安；又次梁國治，梁是乾隆十三年狀元，謹飭自守，相業不聞，是標準的伴食宰相；又次和珅；又次董誥，此人倒是眞宰相，但極穩健，深通用行舍藏之道；又次即福長安。梁、董二人既不爲和珅之敵，則隆、長兄弟不過以椒房親而貴，本爲庸才，自然諸事讓和珅作主。

其次，和珅頗得愛才好士之名；既有吳省欽爲他操縱士林的工作，則入翰林，爲講官，而常有機會接近天顏者，不致於犯顏直諫；言官中攻和珅者頗有其人，但和珅之術，足以彌補。

如錢南園，則因其長而用以爲短；此話怎講？錢南園粗衣糲食、勇於任事，此自爲長處。但營養不足、工作過度，如武侯之「食少事繁，其能久乎？」將他看作短處，而特用其長，讓他多負責任，且不斷加以讚揚，所謂「殺人馬者道旁兒」，以此手法使錢南園勞瘁以死。相傳錢南園爲和珅下毒致死，恐未必其然。

查辦國泰一案，和珅因紙裡包不住火，不得不見機而作；事實上包庇貪污之案，不知幾許？

高宗以英察自許，最恨臣下欺罔；和珅之奸甚於于敏中，而高宗始終被蒙在鼓裡，其故何在，值得相提並論，從比較中窺知高宗晚年的心態。

于敏中江蘇金壇人，父子並皆大魁天下。其父于振，雍正元年恩科狀元；敏中則爲乾隆二年恩科狀元，年僅廿四，敏捷過人，強記的工夫，尤非常人可及；高宗做詩有癮，興來時隨口吟一首，于敏中爲之錄出，隻字不誤，因而大蒙寵眷。乾隆二十五年入軍機；三十六年拜相。

三十九年間交通太監高雲從，爲高宗所切責：

內廷諸臣，與內監交涉，一言及私，即當據實奏聞，朕方嘉其持正，重治若輩之罪，豈肯轉咎奏參者。于敏中侍朕左右有年，豈尚不知朕而為此隱忍耶？于敏中日蒙召對，朕何所不言，何至轉向內監探詢消息。自川省用兵以來，敏中承旨有勞，大功告竣，朕欲如張廷玉例，領以世職，今事垂成，敏中乃有此事，是其福澤有限，不能受朕深恩，寧不痛自愧悔，免其治罪，嚴加議處。

部議革職，恩詔從寬留任。四十一年金川平，仍列爲功臣，給一等輕車都尉世職。四十四年病喘而卒，祀賢良祠，謚文襄。至五十一年忽降上諭：

朕幾餘詠物，有嘉靖年間器皿，念及嚴嵩專權煬蔽，以致國是日非，朝多稗政。取閱嚴嵩傳，見其賄賂公行，生死予奪，潛竊威柄，實為前明奸佞之尤。本朝家法相承，紀綱整肅，太阿從不下移，本無大臣專權之事。原任大學士于敏中，因任用日久，恩眷稍優，無識之徒，心存依附，敏中亦遂時相招引，潛受苞苴。

其時軍機大臣中，無老成更事之人，福康安年輕，未能歷練，以致敏中聲勢略張，究之亦止侍直承旨，不特非前朝嚴嵩可比，並不能如康熙年間明珠、徐乾學、高士奇等；即寵眷亦尚不及鄂爾泰、張廷玉、安能於朕前竊弄威福，淆亂是非耶？朕因其宣力年久，身故仍加恩飭終，准入賢良祠。

迨四十二年，甘肅捐監折收之事敗露，王亶望等侵欺貪黷，罪不容誅，因憶此事，前經舒赫德奏請停止，于敏中於朕前力言甘肅捐監應開，部中免撥解之煩，閭閻有糴販之利，一舉兩得，是以准行。詎知勒爾謹為王亶望所愚，通同一氣，肥橐殃民，非于敏中為之主持，勒爾謹豈敢遽行奏請，王亶望豈敢肆無忌憚，于敏中擁有厚貲，必出王亶望等賄求酬謝。使于敏中尚在，朕必嚴加懲治。

今不將其子孫治罪，已為從寬。賢良祠為國家風勵有位盛典，豈可以不慎廉隅之人，濫行列入。朕久有此心，因覽嚴嵩傳觸動鑑戒，恐無知之人，將以明世宗比朕，朕不受也。于敏中著撤出賢良祠，以昭儆戒。

由此追論前非的一道上諭，令人想到「清朝野史大觀」中所載「于文襄出缺之異聞」，謂相傳于敏中之死，並非考終云：

文襄晚年，偶有小病請假數日，上遽賜以陀羅經被。文襄悟旨，即飲鴆死。武進管緘若侍御韞山堂集，有代九卿公祭文襄文，中四語云：「欲其速愈，載錫之侵；欲其目睹，載賜之衾。」乃知陀羅經被之賞，固當時實錄也。

經被之為物，乃一二品大員卒於京邸者，例皆有之，並非殊恩異數，以文襄膺眷之隆，身後奚慮不能得此？而必及其未死以前，冒豫凶事之戒，使其目睹以為快耶？此中殆必別有不可宣佈之隱，故特藉兩漢災異策免三公故事，以曲全恩禮。

觀此可知，賜陀羅經被，爲高宗「賜死」的暗示。于敏中歿於乾隆四十四年十二月初，速其死者，由於直隸總督楊景素一通奏摺內附的夾片；于敏中死前數日上諭云：

諭軍機大臣等，據楊景素奏：直隸布政使單功擢病故一摺，夾片內另請將尚安、于易簡二員，揀授一員等語。大屬非是，兩司為各省大員，非督撫所當保薦，況朕御極以來，從無薦舉大臣子弟者，于易簡為大學士于敏中之弟，誰不知之，雖內舉不避親，叔向曾言及，然在當時或有行者，而在後世則不能保無流弊，究當以避嫌為正理，楊景素何遽為此奏耶？

況于易簡從前雖在直年久，而自知府運使至臬司，遷擢過驟，即就其才具而論，雖尚能辦事，再經數載授以藩司亦可勝任。

今有此一奏，轉須遲用數年，是愛之適以害之，即于敏中知之，不但不以為感，自當轉以為恨。至尚安雖屬能事，然在直隸未久，究為生手，其舉尚安在前者，不過為陪榜秀才，其意在於于易簡也。直省道員內，歷練誠實與單功擢相仿者，莫如劉峨，何以不保劉峨，而轉薦尚安，亦為失當。楊景素著傳旨嚴行申飭。

此諭自是爲于敏中而發。疆吏如此逢迎，則權已侵主，高宗豈能容忍？其時已定翌年正月，第五次南巡；于敏中以文華殿大學士領軍機，爲名符其實的首輔，阿桂差遣在外，其於軍機大臣中，福隆安與梁國治才具並皆平庸，和珅資歷甚淺，且預定將遣往雲南勘查李侍堯被控案，在這樣的情況下，留于敏中在京辦事，高宗在南巡途中，何能放心？因而有變相賜死之舉。于死後不數日，于易簡放山東藩司，與前諭「轉須遲用數年」之語矛盾，憂爲高宗內心負咎之一證。

賜陀羅經被的花樣，是否出於和珅的獻議，不得而知，但高宗於乾隆五十五年正月南巡時，和珅同時被遣往雲南按事；至五月回鑾，和珅亦歸自雲南，高宗自丁亥還京，至己亥復啓鑾巡熱河，留京凡十三日，所下上諭，凡稍重要者，無不根據和珅的陳奏建議而發。啓鑾前一日諭：

> 尚書和珅之子，賜名豐珅殷德，指為十公主之額駙，賞帶紅絨結頂，雙眼孔雀翎，穿金線花褂；待年及歲時，再派結髮大臣舉行指婚禮。

此爲兒女皆未成年，先結親家，與民間至交之所爲無異。和珅之所以一旦得蒙重用，從這十三天所下的上諭中去研究，他的雲南往返之行，確能隨事留心，直陳無隱，而且見解亦頗高明，已獲得高宗的充分信任。

除此外，和珅能盡高宗一生，始終不敗的另一重要原因是，他頗諳柔能克剛之理；同朝頗多正人，如阿桂、劉墉、嵇璜、董誥、王杰等，皆與和珅不睦，而並得高宗重用，在這樣的處境之下，和珅頗爲見機，決不硬碰，只是暗中排擠，以及設法拉攏，使得這一班正人君子，心懷不滿，而無可奈何。這不能不說是一種極高明的宦術。

至於言官中，對和珅深惡痛絕，上章彈劾者，頗不乏人；但以語多空泛，而和珅又善於彌縫，以故往往大事化小，小事化無。其中竇光鼐與和珅鬥法一事，値得一談。

竇光鼐字元調，是劉石庵的小同鄉，乾隆七年翰林，二十年即以左副都御史督浙江學政。賦性迂拘固執，屢黜屢起，至乾隆五十一年時，復在浙江學政任上，奉旨查覈浙江川縣虧空。「清史稿」本傳：

> 浙江州縣庫多虧空，上命查覈，光鼐疏言前總督陳輝祖、巡撫王亶望，貪墨敗露。總督富勒渾未嚴察。臣聞嘉興、海鹽、平陽諸縣，虧數皆逾十萬。當察覈分別定擬，上嘉其持正，命尚書曹文埴、侍郎姜晟，往會巡撫伊齡阿及光鼐察覈，旋疏劾永嘉知縣席世維，借諸生穀輸倉。平陽知縣黃梅，假彌虧苛斂，且於母死日演劇；仙居知縣徐延翰，斃臨海諸生馬實於獄，並及布政使盛住，上年詣京師，攜貲過豐，召物議。總督富勒渾經嘉興，供應浩煩，餽閽役數至千百。上命大學士阿桂如浙江按治，阿桂疏言盛住詣京師，附攜應解參價銀三萬九千餘，非私貲。平陽知縣黃梅母九十生日演劇，即以其夕死。仙居諸生馬寘誣寺僧博，復與鬥毆，因下獄

> 死。光鼐語皆不讋，光鼐再疏論梅事，言阿桂遣屬吏詣平陽諮訪，未得實，躬赴平陽覆察，伊齡阿再疏劾光鼐赴平陽，刑迫求佐證諸狀，上責光鼐乖張瞀亂，命奪職逮下刑部。

這件大案，實際上是和珅掀起來的。意在攻掉浙江巡撫福崧，而由查案的伊齡阿接任；目的既達，當然不願再將案情擴大。

竇光鼐嫉惡如仇，更不甘於被利用爲貓腳爪，因而親赴溫州查案；與伊齡阿發生嚴重的衝突。竇光鼐確已查明實情，平陽知縣黃梅，以彌補虧空爲名，計畝派捐，每畝捐大錢五十文；每戶給官印田單一張，與徵收錢糧無異。只是平陽百姓畏懼黃梅，怕將田單拿出來會惹禍上身；竇光鼐抓不到證據，而朝中又有和珅主持，自然落了下風。此時刑部派來逮捕竇光鼐的司員雖在途中，而伊齡阿得到消息，先已派人在學政衙門四周，嚴密監視，竇光鼐行動失去自由，情勢非常危急。

不料就在這時候，有來自湖州的兩名秀才，登門拜謁；這兩名秀才是同胞兄弟，一個叫王以銜、一個叫王以鋙，那時是閏七月，天氣還很熱，而王氏兄弟各穿一件棉襖；及至登堂入室，先將棉襖脫了下來，口稱「感激老師識拔之恩，留下一件棉襖，作爲報答。」說完，隨即辭出。

竇光鼐拆開棉襖一看，裡面縫著黃梅按畝勒捐的田單、印票、借票、收帖，總計二千多張。

這一下，竇光鼐絕處逢生，喜不可言；親自寫了奏摺，專差呈遞。剛剛出奏，刑部司員已到；押解途中，奉到上諭：

前據伊齡阿奏：竇光鼐回省，攜帶監生多人，以為質證，舉動顛狂，且恐煽惑人心，啟訐告抗官之漸，是以降旨將竇光鼐交刑部治罪。

今覯竇光鼐所奏，又似黃梅實有勒派侵漁之事；且有田單、印票、借票、收帖各紙，確鑿可據，豈可以人廢言；前因浙省勒限彌補虧空，恐該州縣中有不肖之員，藉端勒派，擾累閭閻，屢降諭旨飭禁。

今黃梅借彌補而勒捐，既勒捐仍不彌補，以小民之脂膏，肥其慾壑，婪索不下二十餘萬，似此貪官污吏而不嚴加懲治，俾得網漏吞舟，不肖之徒，轉相效尤，於吏治大有關係。

若竇光鼐果有賄買招告，及刑逼取供各情節，一經質訊得實，其獲戾更重；今覯其呈出各紙，此事不為無因；又有原告吳榮烈隨伊到杭，願與黃梅對質，若朕惟阿桂、曹文埴、伊齡阿之言是聽，而置此疑案，不明白辦理，不但不足以服竇光鼐之心，且浙省見值鄉試，生監雲集，眾口藉藉，將何以服天下輿論，此事關係重大，不可不徹底根究，以服眾懲貪。

阿桂見已起程，在途接奉此旨，仍著回至浙江，秉公審辦；此時竇光鼐業已由浙起解，阿桂於途次遇見，即將伊帶回浙省，以便質對。

前諭甫發，又降長諭。因爲高宗此時已徹底明瞭，竇光鼐忠於所事，而遭受了極強烈的壓力，內心大爲不安，深恐臣下補過，不如他之唯恐不及。諭云：

前因竇光鼐於黃梅丁憂演戲，彌補虧空等款，執辨嘵嘵，再三瀆奏，且親赴平陽招告，聚集生監，千百成群，經伊齡阿兩次參奏摺到。朕原憎其煽惑人心，有類瘋狂，是以節次降旨，將伊革職拏問，是竇光鼐在浙省咆哮多事，不特阿桂、伊齡阿等憎其為人，即朕亦厭其舉動乖張，汚人名節。

及伊前昨兩日回奏摺到，將黃梅任內劣跡，逐款羅列，並於生監平民等呈出捐派領借等印信圖書字帖二千餘張內，每樣進呈一紙，朕詳加閱看，並命軍機大臣查對，俱係黃梅劣款之確鑿可據者，則竇光鼐之奏，並非捕風捉影，摭拾誣陷，已可概見。

伊係硜硜自守之書生，若謂於此事意圖捏造，以實其言，則二千餘張之印信圖書字帖，必俱係竇光鼐憑空造作，想竇光鼐未必有此伎倆。朕於竇光鼐始則憎而此時則覺其言之確鑿，惟欲將黃梅劣跡，徹底查辦以正其罪，所謂無固無我，不存成見。前之憎竇光鼐，乃憎其所可憎；今之信竇光鼐，亦信其所可信也。

「憎其所可憎，信其所可信」，是很平實的說法。和珅之機警，即在深知高宗心有定見，注重證據；紙中包不住火，則此紙必焚，不必枉費心力，唯求紙燼火息，不再蔓延。以下一段則高宗純爲阿桂而發：

阿桂等前在浙省查辦時，目睹竇光鼐多事咆哮，性情執拗，自為心懷厭惡，今復令其前往查辦，斷不可仍執前見，稍涉私嫌；惟當以朕之心為心，逐款秉公嚴訊，俾貪員劣跡，一一審出，置之重典，所謂懲一可以儆百，政體國法，必當如此，阿桂想必與朕同心也。

至竇光鼐在平陽招告，聚集生監千百成群，且平日固執性成，闔省官吏，自必皆與伊不睦。伊齡阿據其稟揭，即行參奏，在伊齡阿亦不無憎惡竇光鼐之心。

至阿桂受恩深重，為國重臣，必能通曉大義，非伊齡阿之新進者可比，阿桂當效朕大公無私之心，前往查辦時，毫無芥蒂，一秉至公。此案自不難水落石出矣！阿桂於途次遇見竇光鼐時，即遵昨旨，寬其拏問，解去刑具，告以朕意，帶往浙省，隨同查辦，並著阿桂接奉此旨，即速兼程行走，朕惟計日以待也。

按：阿桂是年七十。四月勘清口堤工、六月查辦浙江倉庫虧空，並勘海寧石塘，閏七月勘江南桃源黃河漫口，此時復又奉旨折往浙江覆查。七十老翁，長夏奔波，秋涼猶不得少息；若謂高宗殊少愛護重臣之心，不如說和珅在暗中弄權，故意擺佈阿桂。

但高宗必已想到，阿桂憎惡竇光鼐，加以伊齡阿等人的慫恿，可能固執成見，不願翻案，倘或查辦結果，與高宗的瞭解不同，那就很難處置了。以阿桂爲非，則損其威信；亦自損高宗的威信。在前一諭中，高宗於接到竇光鼐所呈的證據後，有這樣一段話：

以此觀之，則伊齡阿不免為屬員所欺矣！此事卻有關係，伊齡阿尚可；朕與阿桂可受其欺乎？

此言伊齡阿威信有損，還無甚大關係；高宗與阿桂的威信不能受損。高宗將阿桂的地位提高至與他同等的程度，強調君臣一德，「阿桂即朕」，而結果阿桂的見解，與他的看法發生衝突；爲了維持他的看法，必須指出阿桂的錯誤。

這一來阿桂所受的傷害有多大，暫且不論；至少「阿桂非朕」，則謂「阿桂即朕」，便失於知人之明了。這一點關係極大，所以必得諄諄告誡，不論如何要「與朕同心」，庶幾始終保持君臣遇合的完整印象。英主之爲英主，在用人方面，確有一番境界極高的苦心。

至於此案的情節，說起來是王亶望的罪過，而實爲高宗第五次南巡的後遺症。第五次南巡；有前四次的遺規在，自然照樣要「辦皇差」；各縣攤派，在所不免；王亶望借此正好自肥，而所屬則有了「辦皇差」及「撫台交辦」這兩頂大帽子在，僅不妨橫徵暴斂，不過溫州府平陽縣知縣黃梅，格外心狠手辣而已。

黃梅宰平陽在乾隆四十三年；四十五年「辦皇差」；四十九年第六次南巡，又辦皇差，前後兩次徵派的糊塗帳，實已無法清算，此所以才如阿桂，亦只能將就了事。但糊塗帳偏逢有心人；有竇光鼐揭破黃梅何以在平陽八年之久的秘密。

竇光鼐說：「該員（指黃梅）在任八年，虧空累累；知府方林於四十九年五月，曾經揭參離任。後任金仁接署，曾不逾月，復要汪誠若接署，而黃梅旋於十一月內復回原任。」

這就是說，黃梅被參後，先後金仁、汪誠若二人接署平陽知縣，但都敬謝不敏；只得仍由被參的黃梅回任。其故何在？竇光鼐說：「總因空倉空庫，各員不敢接收；黃梅遂抗不彌補，以爲自固之計。」

最後兩句話，須作詮釋。明清州縣官，其權甚專，庫銀倉米，儘不妨虧空；而虧空之因，有公有私，爲公事虧空，每能邀上官的諒解，責後任爲之彌補。後任如無法彌補，則虛接只有虛交，因而形成一種制度，某官接某州縣，須以照冊接收，亦即承認前任未虧空爲條件。

虧空不多，自可陳陳相因，照數移交，但接事以後，發覺前任扯的窟窿太大，無法彌補，則見機者必及早抽身；反正一省候補知縣甚多，不患無人嘗試。

黃梅之手辣者，虧空要搞得連嘗試的人都沒有，則到頭來非請他回任不可。如果他自己彌補了一部分，使後任覺得事尙可爲，則又何必倦勤？是即「抗不彌補」，始「爲自固之計」。

至於匿喪演戲，照伊齡阿等人的奏報是，黃梅爲母稱觴演戲之日，其母忽爾逝，此固不足爲罪，上諭中一再指實「污人名節」，即言此事。

但事實上是，黃梅九旬老母病歿，一報丁憂，即須解任；時當「上忙」，徵收錢糧一事上的好處，化爲烏有，因而匿喪不報，反以母壽爲名，演戲三日，將士紳鄉保集中起來，以便催徵。但此款罪名，後來不了了之；因爲牽涉名教，等於逆倫重案，地方大吏，皆有處分，故而含混了結。

黃梅之論大辟，自不在話下：此人出身不詳，但曾有上諭命孫士毅查抄黃梅原籍財產，則黃梅應該是廣東人，因爲孫士毅在這年五月甫由廣東巡撫擢任兩廣總督；廣東爲其專駐之地。

此外浙江前後兩任巡撫、藩司，及查案的欽差大臣阿桂等，均交部嚴議，處分不輕。惟有伊齡阿因禍得福。

是年九月底上諭：念伊係內務府人員，歷任關差，於榷稅事務尚為熟悉；況和珅於乾隆四十三年兼管崇文門監督，迄今已有八載，見任大學士亦不便兼理榷務……伊齡阿著來京在總管內務府大臣行走，並兼管崇文門監督。

按：巡撫從二品，總管內務府大臣自乾隆十四年起，定爲正二品；是則伊齡阿不降反升。且崇文門監督爲有名美差。這完全是和珅的包庇；即此一案，可以看出和珅一手遮天的神通。

竇光鼐與和珅鬥法，第一回合是竇占了上風，不意九年之後，又有第二回合，事在乾隆六十年乙卯。

這年高宗登基六十年開恩科，會試，總裁爲左都御史竇光鼐、禮部侍郎劉躍雲、兵部侍郎瑚圖禮。榜發則會元王以鋙、第二名王以銜，兄弟並居榜首；而皆於竇光鼐有恩，於是和珅有文章可做了。「清朝野史大觀」記其事云：

乾隆六十年竇公以左都御史為會試正總裁，副考官二人皆資望較淺，一切悉推竇公主政。榜既發，則第一名王以鋙，第二名王以銜也。和珅在上前指出，上查知為同胞兄弟，則大疑之，因派大臣覆試，王以銜列二等第四，王以鋙列三等七十一名。

磨勘大臣奏稱：王以鋙中式之卷，次藝「參也魯」後，比用「一日萬歲」、「一夜四事」等字，膚泛失當，疵累甚多，遂罰停王以鋙殿試。

諭旨斥竇公年老昏憒，先行開缺，聽候部議；副考官交部議處。越八日進呈殿試卷十本，名次既定，拆視彌封，則第一名乃王以銜也。和珅與諸大臣瞠目相視，因奏曰：「此次閱卷諸臣，皆秉公認真，亦無私弊，如有失當，何妨易置。」上曰：「若此則彼之兄弟聯名，或出偶然，科第高下，殆有命焉；非人意計所能測也。何必易置？且既拆彌封而再易置，則轉不公矣。」

臚唱之日，輿論翕然，蓋以二王素著才名也。自是竇公之取士，與王氏兄弟之得會狀，遂傳為佳話。

會元停科，未之前聞。平心而論王氏兄弟固有才名，但竇光鼐受惠特深，當亦不無報恩之心。關節是決不會有的事；但會試卷雖糊名易書，而爲浙江的卷子則卷面有標識，取浙卷爲元，猶有可說；第二亦爲浙卷，便有希冀王氏兄弟聯珠貫彩之意在內。

是科共取一百一十二名；以「紅樓夢」續書問題成名的高鶚即爲三甲第一名，此人固無可取，而其他各省，莫非連居次都不能，非在第三以下不可？推論本心，實不能令人無疑。幸而王以銜爭氣，殿試掄元；此則對寶光鼐爲最好的報答。

何以謂之「爭氣」？不爭氣又將如何？不妨作一分析：按：有清一代，讀書人最好的機會，是在乾隆五十二年至嘉慶五年，這十三年之中，幾乎年年有試事，列表如下：

五十二年丁未，正科會試，取中一百三十七名。

五十三年戊申，預行正科鄉試；五十四年己酉會試，取中九十八名。按：五十五年庚戌爲高宗八旬萬壽，應開恩科，而辰戌丑未原爲會試之年，因以戊申、己酉預行正科鄉會試。

五十四年己酉，恩科鄉試；五十五年庚戌會試，取中九十七名。

五十七年壬子正科鄉試，五十八年癸丑會試，取中八十一名。

五十九年甲寅恩科鄉試，六十年乙卯會試，取中一百十一名。

六十年乙卯恩科鄉試，嘉慶元年會試，取中一百四十四名。

三年戊午正科鄉試，四年己未會試，取中二百二十名。

五年庚申恩科鄉試，六年辛酉恩科會試，取中二百七十五名。按：嘉慶五年爲太上皇九十萬壽，早有詔旨，特開恩科；而四年正月太上皇崩，所有慶典一律停止，但恩科嘉惠士林，仍舊舉行，惟將鄉會試延後一年。

如上表所示，這十三年中，讀書人的進身之路極寬；如乾隆五十四、五十五、五十八年三科，殿試取額皆不滿百，可知人才搜羅殆盡，各省稍有文名之士，不愁兩榜無名。竇光鼐久任浙江學政，凡在其任內進學的生員，到京會試，必然去見老師；所以浙江士子會試的結果，竇光鼐非常清楚。

王氏兄弟恰於六十年會試，而是科總裁，又正好派了竇光鼐，這正是天緣湊巧；竇光鼐不必送關節，只看王氏兄弟所投「行卷」，便已知其筆路；會試暗中摸索，十得八九，有意栽培，殆無可疑。至於殿試情形，商衍鎏「清代科舉考試述錄」亦有記載：

> 乾隆六十年乙卯科會試，正總裁竇光鼐所定第一第二名皆浙人，他總裁欲易置其一，竇謂吾論文非論省，他總裁意不平，榜發則會元王以銛，第二名以銜即其弟，群議譁然。高宗心異之。光鼐前曾發和珅私事，和所深恨，借此欲興大獄。覆試日使衛士環列譏察之，卒無所得，因摘二人闈墨中並有「王道本乎人情」語，以為關節，抑置以銛榜末停其殿試。降左都御史竇光鼐四品休致，鐫副總裁禮部侍郎劉躍雲，兵部侍郎瑚圖禮四級。及廷試以銜第一、為紀昀、和珅所取定，高宗曰：「此亦汝等之關節耶？」意始釋然，事遂解。

「清朝野史大觀」所記，與此略異云：

迨殿試卷進呈，拆第一名封，高宗驚問曰：「此非會元耶？」和相奏：「此會元兄。」上問誰所取？紀文達（昀）奏：「臣取。」誰所定？和相奏：「臣定。」上笑曰：「爾二人豈有私者？外間傳聞固不足信。」於是事遂解。

由以上兩記，可知當時事態相當嚴重，王以鋙雖停科不得與殿試，而王以銜若非鼎甲，則追究「王道本乎人情」這一關節，仍有興大獄之可能。至所謂紀昀所取、和珅所定，語殊簡略，不易明瞭，應略作解說。

按：殿試在理論上講，皇帝爲惟一的主考官，所以狀元稱爲「天子門生」。奉派閱卷的大臣，名之爲「讀卷官」，在明朝用至十七人之多，入清，順、康兩朝定爲十四人；雍正時減兩人；乾隆二十五年減爲八人，遂定以爲例，至光緒三十年末科猶然。

閱卷在文華殿，收掌官以收卷先後，每十卷爲一束，依讀卷官職位高下，輪序分發，周而復始；大致每人可分得三束，即三十本左右。閱卷既畢，仍置原處，俟其他七官，個別再閱，其名謂之「轉桌」。

閱卷後，須定高下，共分五等，以五個符號表示：「○」、「▲」、「、」、「|」、「╳」，稱爲「圈、尖、點、直、叉」。例規高下之間只有一等的差別，譬如首閱之官，評此卷爲尖，則以後各官，揚之則圈；抑之則點，不能低兩等用直，否則此卷必檢出，進呈候旨，故有「圈不見點、尖不見直」之號。像目前博士口試，或者選拔運動國手，評判者一個打九十分，一個打六十分，相去懸殊的情形，是件不可思議的事。因此，殿試卷由何人首閱，關係極大，因爲首閱所評等第，即已定下基調；如果打一個點，即可斷言此卷必不會有圈，亦決不可能得鼎甲。

王以銜的卷子，最初必分入紀昀之手，加圈予以一等的評價，故謂「臣取」。至「轉桌」全畢，最佳之卷，可能同時有數本，譬如七圈一尖之本有三本，則公議孰爲元卷，通常以位尊者之意旨爲斷，其時阿桂爲首輔；和珅爲次輔，如阿桂未派爲讀卷官，則以和珅之意爲斷，故謂「臣定」。

此爲和珅聰明之處，竇光鼐既已由左都御史降爲四品京堂，和珅不爲己甚，以王以銜定爲一甲一名。如和珅不欲王以銜得狀元，容易得很；殿試不易書，由書法中大致可知，王卷雖紀昀加圈，和珅可以加尖；其他六人阿附和珅者多，紛紛看齊，則豈復有鼎甲之望？歷來習慣，凡進呈的前十本，至少須有六圈。

「清代科舉考試述錄」中，列有光緒廿四年傅增湘殿試卷照片，爲進呈十卷中的第九名，竟亦有八圈之多，則第八名以前，自然也都是八圈，鼎甲全由會商決定，可想而知。

平心而論，「天子右文」爲高宗最可稱道之處；康熙年間，固亦造就不少人才，但場規整肅，弊絕風清，則遠不如乾隆朝，如康熙三十八年己卯順天鄉試，正主考前科狀元李蟠；副主考前科探花姜宸英，以榜後有「老姜全無辣味，小李大有甜頭」之謠，一則以老病卒於獄中；一則充軍，世以爲冤，而據當時傳佈的揭帖，指名道姓，歷歷有據，如年羹堯居然亦爲兩榜出身，即由賄買而來。其中亦有利害關係，不得不徇私以通關節。欲明高宗之整頓科舉，須先引當時攻訐李、姜的揭帖及原注，並略作注釋：

朝廷科目原以網羅實學，振拔真才，非為主考納賄營私，逢迎權要之具。況聖天子加意文教，嚴飭吏治，凡屬在官，自宜洗滌肺腸，以應明詔。不意順天大主考李蟠、姜宸英等，滅絕天理，全昧人心，上不思特簡之恩；不下念寒士之苦，白鏹薰心，炎威炫目。

按：李蟠字根大，江蘇徐州人，自毀前程，無足與論；所可惜者姜宸英。姜爲浙江慈谿人，字西溟。康熙十八年舉鴻博時，葉方藹、韓菼本相約薦姜，以方藹宣入禁中，數日方出，以致不及；因以布衣被薦入史館，爲聖祖所重，稱其古文爲當世第一，北闈榜發，每遣人問姜是否中舉。

至康熙三十六年中探花，亦由親征噶爾丹奏凱還朝，姜宸英獻頌最爲古雅，爲聖祖所特拔。探花每出少年郎，而姜宸英生於崇禎元年，正爲七十；一時傳爲佳話，不意霸占兩年竟不得終於正寢。

中堂四五家，盡列前茅；部院數十人，悉居高第，若王李以相公之勢，猶供現物三千（原注：王熙孫景曾、李天馥子某）；熊將以致仕之兒，且獻囊金滿萬（原注：工部尚書熊一瀟子本、左都御史蔣宏道子仁錫）。史貽直、潘維震因乃父皆為主考，遂交易得售（浙江主考史夔子、福建主考潘雲鵬子）。

按：所謂「交易」者，言姜宸英中史夔之子貽直；而浙江主考史夔中姜宸英之子某。此事無徵。福建主考應作潘鵬雲，而非潘雲鵬，時官工部主事，此當爲與北闈闈籍某房考有「易子而中」之事，但亦難言，因京闈相去數千里，音問難通，似不可能有臨時「交易」。

韓孝基、張三第以若翁現居禮部，恐磨勘而全收。年羹堯攜湖撫資囊，潛通昏夜（原注：年遐齡子、餽一萬）；朱世衍昇督穢畜，直達寢門（北直學院朱阜之侄）。勵廷儀則畏宗卿要路，兼受苞苴（宗人府丞杜訥子）；收嚴密乃修同譜私情（不嫌乳臭），總是老師分工，且期囊橐之取盈，故舍其侄而獨收其婿（狄宇乃李姜二人本房老師之婿）；更恐言路關頭，必欲逢迎之盡致，遂因其弟而並及其兄（副憲劉謙子侄皆中）。尤可醜者，宛平之門館私人，亦不敢違其囑託（王熙西席二人，管當子二人，一齊中式）；所可奇者，總督之長班賤役，致無弗盡其收羅（王朝柱父，范總督長班）。

按：韓孝基爲韓菼之子；張三第爲張集之子，江蘇青浦人。韓、張其時均爲禮部侍郎，而磨勘爲禮部的職掌。所謂「磨勘」爲對考官及中試舉子事後的一種審查；其制如「清代科舉考試述錄」所記：

凡順天及各省鄉試榜後，順天提調官，各省監臨提調，即將中式舉人硃墨試卷與錄科原卷公同在場包裹，每十卷為一封，各用印信，解送禮部，磨勘官均各於揭曉前由禮部請旨派出。

順天鄉與會試發榜在京，即行送部磨勘，各省則中式試卷解部訂有程限，山東、山西、河南二十日，江南、陝西四十日，江西、浙江、湖南、湖北五十日，福建七十日，甘肅、四川、廣東、廣西、雲南、貴州九十日，延期者罪之，所以防考官闈後修改試卷避吏議之故。

副榜硃墨卷同解不磨勘，磨勘官均在天安門外朝房，部派司官四人收發試卷，奏派御史滿二人漢二人輪班稽察。磨勘試卷，順天為一次，各省照解卷日期，先後分作三次，限於年內磨勘完竣。

覆勘大臣定期於午門外禮部朝房覆勘，覆勘畢奏交部議。磨勘、覆勘均迴避本省試卷，其有子弟中式者不必上班。磨勘之例，先察考官，倘有於四書文，經文出題譌錯字句，割裂小巧，前後顛倒，春秋題未注年分者，詩題漏限韻，引用僻書私集者，策題過三百字，自問自答，以己意立說援引本朝臣子學問人品者，分別給以罰俸議處。

此外條規尚多，但類多虛應故事。至乾隆元年，改派科道翰詹之資深者為磨勘官；二十一年更規定磨勘官親書銜名，註明磨勘結果，失職者議處，從此開始，磨勘始嚴。對於端正科舉風氣，極有幫助。

年羹堯亦為是科舉人，其父年遐齡方任湖廣巡撫，外官缺肥，故「餽一萬」，方能中式。勵杜訥任宗人府府丞，熟識王公親貴，亦為李蟠所憚，故其子勵廷儀得以取中。嚴虞惇江蘇常熟人，康熙三十六年榜眼，與李蟠、姜宸英為三鼎甲，所謂「收嚴密乃修同譜私情」，即指此而言。嚴虞惇幼有神童之目，入翰林後，館閣文字，多出其手；李、姜之獄興，亦以其子嚴密之故，降級閒居，至康熙五十年始以大理寺寺丞充四川鄉試副主考；五十二年歿於官，官止太僕寺少卿。有才而未得大用，頗爲可惜。

不過揭帖所指摘，如果屬實，則嚴虞惇咎由自取，他至少爲李蟠經手過兩件賄賣關節案，有何回扣，不得而知，但一子一侄得中，似可視爲經手賄賣的報酬，其子嚴密，且爲「乳臭小兒」。其尤爲駭人聽聞的是：「三場代筆，魏嘉謨遂占高魁。」

據說魏之高中，是替一名熊本者作槍手的報酬，而魏本年方十四；此一年齡入學（中秀才），已稱神童；竟成舉人，實爲奇聞。

揭帖最後一段云：

> 況夫數世長隨，擢居鼎貴。八旬老子，拔置清班。朝廷待彼，不為薄矣。二君設心，何其謬哉！獨不念天聽若雷，神目如電，嚴虞惇撫床而囑，何偏值受命之辰。黃夢麟餽參為名，何必在赴宴之後。龍門未啟，題目何以喧傳。芷榜未懸，元魁何由預報。售關節於殺妻之凶犯，豈謂知人。
>
> 寄耳目於舐痔之懷來，寧云擇侶。嗚呼噫嘻！投身鮑氏，固已薄其為人。不赴親喪，早已窺

其短行。身辱者心必喪，孝虧者忠必衰。似此敗檢，貽函清流。

「八旬老子」自是指姜宸英；「數世長隨」則據說李蟠之祖與父，皆爲長隨。所謂長隨者，俗名跟班；爲僕人之一種，惟不操瑣務，只跟官拜客，衙門規矩，大致熟悉，當然亦能書寫，所謂「宰相家人七品官」大致即爲此輩。

黃夢麟爲康熙二十四年探花，據原注：「姜宸英赴宴後，差人至黃處取參半斤，中其舅費士龍」。

按：據陳寅恪先生考證，明朝末年，人蔘有通貨的作用，送人蔘即等於送現金。冒辟疆「影梅庵憶語」中，說他的朋友劉某「餽參數斤」，即無異助以現銀若干；周延儒復起，一路不受餽遺，有人託名人蔘爲藥餌，周延儒居然受之無愧。如此注所言，則此風至康熙時猶存。

「售關節於殺妻之囚犯」一節，最爲駭人聽聞。是科解元王兆鳳，據說本姓賈，江蘇高郵人，殺妻後潛逃，藏匿良鄉縣令傅某衙門中，冒北籍而中解元。按：順天鄉試，解元必須北籍；南籍如監生固亦可參加北闈，其名次最高者，稱爲「南元」。

所謂「投身鮑氏」，據說李蟠中狀元後，投拜太監鮑三老門下。而「不赴親喪」則指姜宸英親死不奔喪。故有「身辱」、「孝虧」之語。凡此現象，歸納成爲一個極沉痛的結論：不閱反而專閱價，滿漢之巨室歡騰；變多讀而務多藏，南北之孤寒氣盡。取人如此，公論謂何？

但這些現象，在高宗初次南巡時已革除了一大半。當然，世宗開端整頓，亦有極大的關係。「清代考試制度資料」載雍正三年的新章云：

> 三年，奉旨將翰林院，及進士出身官員人數，查明再奏。召集於太和殿，試以四書題文一篇，親定甲乙，封貯內閣，以備鄉試差遣。次年，將御試取定人員，書名牙籤，盛以金筒。每屆按省分差之期，設黃案於午門外，命大學士同禮部官，掣簽喝名，恭請欽定正副主考。七年，仍行御試，分別記名。暨十三年鄉試主考皆如之。

按：此即所謂「考差」的由來。在雍正三年以前，鄉試考官的出身，並無嚴格規定，康熙初年，有以拔貢典試雲南、廣西者。雖然有人強調，拔貢之名貴，過於狀元，但拔貢畢竟只是貢生，並不具備舉人的資格，而主持舉人的考試，是件說不過去的事。

至於北闈自康熙十一年起，參用前明的故事，即以前科的狀元充正主考，副主考亦常爲榜眼或探花，如十一年壬子蔡啓傳、徐乾學爲狀元、探花；十四年乙卯韓菼、王鴻緒爲狀元、榜眼；十六年丁巳彭定求、胡會恩亦爲狀元、榜眼；二十年辛酉則只己未狀元歸允肅充正主考；二十三年甲子，照往例本應由壬戌狀元蔡元親充主考，可能以蔡元新爲蔡啓傳之侄，叔侄連番主考，其同鄉親故太佔便宜，因而打破成例。

及至三十八年己卯，恢復原制，遂有李蟠、姜宸英之獄。此一制度，希僥進者得以預通聲氣，早爲人所詬病，至此重新一試，果然大出紕漏；自此徹底否定。至雍正三年更定考官先經考試的制度，益爲進步，「金瓶掣簽」是仿明朝宰相枚卜的故事，典制隆重，但卻不便於運用，未幾廢止；惟兩榜出身的京官，應考差的制度依舊。

高宗特重考試，以及喜運用考試來奬進人才，並作爲達成某種政治上的目的之手段，其事例甚多。如乾隆二十五年有一大改革。

> 廷試士子，為掄才大典。向來讀卷諸臣，率多偏重書法；而於策文，則惟取其中無疵類不礙充選而已，敷奏以言，特為拜獻先資。而就文與字較，則對策自重於書法，如文義醇茂，字畫端楷，自屬文字兼優，固為及格之選；若其人繕錄不能甚工，字在丙而文在甲者，以視文字均屬乙等，可以調停入彀之，自當使之出人頭地。
>
> 況此日字學稍疏，將來如與館選，何難臨池學習？倘專以此為進退，兼恐讀卷官，有素識貢士筆跡者，轉以藉口滋弊，非射策決科本義也。大學士九卿，尋議得本年殿試，奉諭旨令於傳臚

前一日，將擬定十卷進呈，應遵奉諭旨，參覈文字，務令取擇適中。除條對精詳，楷法莊雅者，盡登上選外，其有繕錄不能甚工，而援據典確，曉暢時務，即為有體有用之才，亦應列為上卷。若對敷衍成文，全無根據，即書法可觀，亦不得充選進呈。

殿試特重書法，原有其理論上的根據。凡殿試的「貢士」，原爲已中式的進士，是故殿試可視之爲進士的覈考；亦是第二次的會試。會試糊名易書，只看文章好壞；殿試糊名而不易書，高下顯然可判者，惟在書法。

至於殿試尤重策論，所謂「金殿射策」，士子所榮者，其孰優孰劣，實亦無據，此觀二十六年上諭可知：

廷試為策士鉅典，讀卷官所進策目問條，向有由內閣豫擬之陋例，洩漏揣摩，不可不防其弊，應一概進止。屆時，令讀卷官密擬策題進呈，候朕裁定，發齎刊刻，著為令。

此令至清末未改，策問皆在讀卷大臣進宮「入闈」後，方始擬題奏請欽定，大致擬八用四。策問者：發現一個「問」題，用何「策」略解決此問題之謂。在乾隆廿六年以前，既爲內閣所豫擬，則又何能保證題不先洩，宿構應制？此一改革配合書法不必太重，眞才方易出頭。

此外，改進糾正之處尚多，錄要如下：

又奉諭旨：科場取士，原以文體為重。若抬頭小誤，既無關於弊竇，且與文體無礙。又如貼例內，有填寫添注塗改字數等語，其於立法防弊，亦所謂不揣其本而齊其末。所有條例內應加删正之處，著大學士會同該部議行。尋議舉子行文，恭遇抬頭頂格，非係廟諱御名至聖諱及例載列聖郊社宗廟皇上各實寫字樣，偶失檢點，誤作單抬，概予免議。又試卷內塗改添注字數，各於卷尾填明之例，一併停止，從之。（乾隆三十年上諭）

又令新中舉人，照順天鄉試例，依限赴學政衙門，填寫親供時，即全默寫首藝七八行，一同封固，送部辦理。（乾隆三十三年上諭）

又令考主官，遵照定例，於落卷中，盡數搜閱，其中有無取中，於奏報試竣摺內聲明。（同上）

按：試場科條，功令森嚴，對於抬頭有「三抬」、「雙抬」、「單抬」之分，倘有錯誤，便即貼出，往往由房考作主：房考用藍筆，所以榜示違式，名爲「藍榜」，第一場見藍榜，第二場即摒除場外。但亦有房考偶失檢點，應貼出而未貼出者；或者明知違式，以其文可取，聽憑主司決定者。

大致抬頭違誤，總有辦法可想：應單抬誤爲雙抬，不算違式，應雙抬誤爲單抬，有時不易看出，亦可馬虎，除非遇見外號「魔王」或「魔頭」的磨勘官，才會有麻煩。但應三抬而誤爲單抬，則相去懸殊，一定可以看出，而如文章可取，主司有意成全，法亦甚便；只須弔取原卷，上加尊號二字，即成三抬。

譬如「我高皇帝」，「高」字應三抬而誤爲單抬，則上加「太祖」二字，即符程序。主司之所以用墨筆，即有此種便於成全士子的作用在內，前已言之，此處舉例以明。高宗愛才，故有此體諒實情、酌予寬禁的上諭。

至於新中，依限赴學政衙門塡寫「親供」，即自行書明家世，以便與卷中所載三代名諱覈對，令默寫首藝七八行，用意亦在防止槍手舞弊。

按：「親供」之供，目前爲一壞字眼，在明清不一定指罪犯招供之供，如官員罣吏議，令其說明經過，亦謂之「親供」，意如現在的自白書。

第三道上諭，意在加強搜遺，以免埋沒眞才。總之高宗對考試的態度，有寬嚴兩極端，識拔眞才則從寬，防止舞弊則從嚴。茲一談乾隆辛巳殿試，以見高宗對考試所持的態度。據「清朝野史大觀」記：

辛巳殿試，閱卷大臣劉文正公、劉文定公，皆軍機大臣也。是科會試前，有軍機行走之御史眭朝棟，上一封事，請復迴避卷，即唐人所謂「別頭試」也。上意其子弟有會試者，慮己入分校應迴避，故預為此奏，乃特點朝棟為同考官，而命於入闈時，各自書應避之親族，列單進呈，則眭別無子弟，而總裁劉文正、于文襄應迴避者甚多。

按：劉文正爲劉統勳，劉文定爲劉綸。眭朝棟原爲軍機章京；定制軍機章京一選爲御史，即應退出軍機，俾盡其言職。高宗特點眭朝棟爲同考官，而令自書應迴避的親族，出於善意，有准照眭奏，將其子弟「別頭試」之意味在內。

是歲上方南巡，啟蹕時曾密語劉、于二公留京主持會試，疑語洩而眭為二公地也，遂下刑部治罪。部引結交近侍例，坐以大辟。

按：是年高宗奉太后西巡五台山。上記稍誤。這年太后以七十萬壽開恩科，吏部尚書劉統動、戶部侍郎于敏中，未曾扈駕，跡象顯示，有留京任會試總裁的可能。高宗發現眭朝棟無子侄應試，而劉統勳則胞弟、胞侄；于敏中亦有胞侄皆赴春闈。高宗因而疑心眭朝棟是爲了討好劉、于，特上此奏。上諭中特加嚴斥：

眭朝棟所奏，顯屬迎合上官，此風斷不可長。前明師生堂屬，黨援門戶之弊，往往假公濟私，害及朝政，最為言路惡習，我皇考十三年以來，大力整頓，風紀肅清；朕臨御二十有六年，於台垣章疏苟有一二可採者，未嘗不見之施行，若其意有所屬，瞻顧徇私者，亦斷難逃朕洞鑒。眭朝棟何人，而敢以此等伎倆為嘗試乎？

高宗於此案處置特嚴的另一作用，如俗語所謂「殺雞駭猴」，使受信任大臣，不敢恃寵而授意部屬迎合。因此，達官貴人，相顧失色；而輿論亦頗多指摘，說歷科鼎甲，爲軍機章京占盡。證據是上年庚辰科狀元畢沅、榜眼諸重光，都是軍機章京；而讀卷官大部分爲軍機大臣，字跡極熟，易於徇私。

其時趙翼以內閣中書充軍機章京，爲京中大名士，極爲傅恆所賞識，這年會試中式後，意在大魁；傅恆便對他說：「雲崧，你不必再作狀元的夢了。」因爲軍機大臣如派爲讀卷官，爲了避嫌起見，認出是軍機章京的卷子，一定不會加圈。但趙雲崧平生所志在此，豈肯甘心？於是變易書法寫殿試卷子。

及至二百零七卷「轉桌」看畢，只有一本九個圈，而書法是率更體；軍機大臣之一的劉綸，格外謹慎，心想一定要把趙雲崧的卷子打入進呈的十本以外，才可免禍。細參之下，疑心九圈的一本爲趙卷，請劉統勳覆閱；「清朝野史大觀」記以下情事：

文正（劉統勳）大笑曰：「趙雲崧字跡，雖燒灰亦可認，此必非也。」蓋趙初入京時，曾客公第，愛其公子石庵書法，每仿之。及直軍機，趙以起草多不楷書，偶楷書即用石庵體，而不知趙另有率更體一種也。」文定（劉綸）則謂：「遍檢二百七卷無趙雲崧書，則必變體矣。」文正又覆閱，謂「趙雲崧文素跅弛不羈，亦不能如此謹嚴。」而文定終以無疑。

按：讀卷大臣例派十員，先派九人，特留一空額，以待平回部的兆惠班師，武臣而衡文，示以殊寵：

兆將軍惠時方奏凱歸，亦派入閱卷，自陳不習漢文，上諭以諸臣各有圈點為記，但圈多者即佳，至是兆公果用數圈法，而惟此卷獨九圈，餘或八或五，遂以第一進呈。先是歷科進呈卷皆彌封，俟上親定甲乙，然後折。是科因御史奏改，遂先折封，傳集引見。

上是日閱十卷，幾二十刻，見趙卷係江南人，第二胡豫堂高望，浙江人，且皆內閣中書，而第三卷王惺園杰，則陝西籍，因召讀卷大臣，先問本朝陝西曾有狀元否？皆對云：「前朝有康海，本朝則未有。」上因以王卷與趙卷互易焉。惺園由此邀宸眷，翔步直上，而趙僅至監司，此固命也。

按：康海字對山，與劉瑾相善，曾救李夢陽；後來李夢陽負友，康海作「中山狼傳奇」以譏刺。由此得名。王杰陝西韓城人，感激知遇，爲道光朝名相。

然趙亦即由此蒙主知，臚傳之日，一甲三人例出班跪，趙獨掛數珠，上陛座遙見之，後以問傳文忠，文忠以軍機中書例帶數珠對，且言昔汪由敦應奉文字皆其所擬，上心識之。明日諭諸大臣，謂趙翼文自佳，然江浙多狀元，無足異，陝西則本朝尚未有，今當西師奏凱之後，王杰卷已至第三，即與一狀元亦不為過，次日又屢言之。

按：內閣中書及翰林院編修、檢討，官止七品，皆不得掛朝珠，惟中書爲軍機章京，與翰林常在御前行走，故得掛珠。

又：回部平定後，高宗特拔陝西人爲狀元，有偃武修文之意。此爲政治上的一大作用。至於趙雲崧憑眞工夫得狀元，而無端被擯，實爲委屈，高宗心有餘歉，畢竟爲英主。

於是鄉會試甌北皆蒙欽點房考，每京察必記名，及授鎮安府，赴滇從軍，調廣州，陞貴西道，無一非奉特旨，上之恩注深矣。尋以母老乞侍養，凡五年，丁艱又三年，服闋赴補，途次又以病歸，遂絕意仕進。

高宗對科舉的重視、整頓、運用，對於培養人材，確曾發生了良好的作用。孟心史先生的清代史，定乾隆全盛以後的時期爲「嘉道守文」；對高宗重科舉以培植眞才的政策，奉行勿懈，然後洪楊之亂，始有曾胡左爲維護中國傳統倫理而崛起。此中密切的因果關係，殊未可忽視。

乾隆武功，頗爲自矜，「聖武記」謂有十大武功，故高宗自號「十全老人」。早期名將爲兆惠，「清史稿」本傳：

兆惠，字和甫。吳雅氏，滿洲正黃旗人。孝恭仁皇后族孫。父佛標，官至都統。兆惠以筆帖式直軍機處，七遷至刑部侍郎，正黃旗滿洲副都統，鑲紅旗護軍統領。十三年，命兼領戶部侍郎，赴金川督糧運，疏論糧運事，並言諸將惟烏爾登、哈攀龍勇往，並及諸行省遣兵多不實。上命告經略傅恆覈實，師還，命覈軍需，調戶部侍郎。

據孟心史先生在「清代史」中評論兆惠，並不見得出色，平回部黑水之圍，論述如下：

二十三年之秋，定邊右副將軍兆惠，移伊犂得勝之師入回疆，被圍於黑水，其先籌回之阿敏道為所執死；兆惠用平準之師南來，又為所困，於時已可見旗員之無用。以準部所魚肉之弱回，部落分散，無厚集之力，又習於城郭國，無弓亂之後，兵事餉事皆需主帥一人籌之，難易何可並論？而左相出邊，從無輕出失機之事，兆惠輩真兒戲耳！天方祐清，亦促成其十全武功之驕侈，為日中則昃之漸，卒以廿四年之春，黑水得援而圍解。

但兆惠之特蒙恩寵，另有一特殊原因，此即牽涉到香妃的故事。回部首領有二，稱大小和卓木；香妃出身和卓木，封號爲容妃。心史先生「香妃考實」云：

妃之為和卓氏，自必出於和卓之家。但若為舊和卓之女，則與大小和卓為兄妹，若為大小和卓之女，則亦不能定其究為大和卓之女，抑小和卓之女。惟大小和卓在伊犁初定時，實為受中朝之惠，而得返故境。迨其叛也，已在二十一、二年間，始漸明叛狀，至二十四年秋，乃討平之，兩和卓授首。

而和卓妃之入清，當在其先，蓋兩和卓由準得釋時，以乞恩於中朝而進其女，非叛後以俘虜入朝也。妃以回部女子至中朝，爲自古不通之域；高宗不以置之後宮，特營西苑中一樓，以爲藏嬌之所，後並於所居之地，築回教禮拜堂，並使內附之回民族居其旁，屋舍皆用回風，以悅妃意，其承寵可想。

高宗特爲容妃所築的金屋，名爲「寶月樓」，今已不可復見；其變遷之跡，亦見心史的考實：

夫南海之南，臨長安街而對回子營者，今之新華門，即昔之寶月樓也。猶憶民國元年三海甫議改總統府時，余嘗入觀其經營改築之狀，時大清門已改為中華門。初議改時，方擬門名，袁世凱左右獻議：大內東為東華門，西為西華門，今國為中華民國，而正朝之門適當東華西華之間，天然一中華門也，語既巧合，遂定議。

舊大清門額為青金石質，思落取而反面書中華門額，既下其額視之，反面乃大明門字，蓋清初已仍明之舊額矣。時清室尚以優待條件居大內，以外朝先歸民國。民國先易其正中之門名，旋議以西苑為總統府，府門與正朝門相並，必臨長安街以闢寶月為府門，位置適合。

按：瀛台爲清末幽禁德宗之處，在清初則爲御駕常駐此處，包括的範圍亦甚廣。在明朝本名南台，孝宗朝名相李賢，曾有「賜遊西苑記」。順治、康熙年間兩度擴修，爲避暑之處，東爲春明樓；西爲湛虛樓；南爲迎薰亭。北則香扆殿、涵元殿、翔鸞閣，以及殿閣兩旁的翼樓，都屬於瀛台的範圍。

世祖每於南海子行獵，在西苑開宴，即指瀛台。康熙朝常宴諸臣於此，並許在瀛台網魚。高宗在未大修圓明園前，亦常在瀛台活動，及回部進女，高宗別作安置；孟心史「香妃考實」記其原因云：

以其言語不通，嗜欲不同，乃不與諸妃嬪聚居，特隔於南海最南之地，其地又臨外朝之外垣，得以營回風之教堂及民舍，與妃居望衡對宇，不隔禁地。此皆特殊之安置，非尋常選納之規矣。

御製「寶月樓記」云：

寶月樓者，介於瀛台南岸適中，北對迎薰亭，亭台皆勝國遺址，歲時修葺增減，無大營造。顧液池南岸，逼近皇城，長以二百丈計，闊以四丈，地既狹，前朝未置宮室。每臨台南望，嫌其直長鮮屏蔽，則命奉宸，既景既相，約之椓椓，鳩工戊寅之春，落成是歲之秋。

據此可知，寶月樓基址爲一狹長地帶。但高宗營金屋於此，原因並不只如心史所言的「言不通、嗜欲不同」，而是有如下之三因：

首先風俗大不相同。坤寧宮每日煮豬兩口祭神，元旦子刻祀神爲皇家家禮中最隆重者，皇帝、皇后行禮；春秋兩大祭，皇后亦到，妃嬪自當侍從。而最尷尬者，則爲后妃受胙，是一種豬肉絲飯，此爲回教徒，萬不能忍之事。

按：戊寅爲乾隆二十三年，和卓木正囂張之時，回疆亦未入版圖，高宗必須懷柔，不能強使容妃（香妃）叛教。且既承恩寵，亦不忍出此。

其次，大內後宮，除御花園外，別無遊觀之處，高宗築寶月樓於瀛台之南，則隨時可以駕幸西苑，而不必如臨幸圓明園，須勞師動眾。同時，容妃獨承雨露，亦不虞其他妃嬪有爭寵而左右爲難之苦；高宗爲己計者甚便。

最後一點是利用容妃瞭解回部的情況，特別是地理，以便在指授方略時有所依據。此在高宗實不免內咎於心，方滅其國，又寵其人，復以得自其人的智識，爲滅其國的助力。故心史先生謂御製「寶月樓記」乃英主之用情；此記結尾云：

夫人之為記者，或欣然於所得；而予之為記，常若自訟，是宜已而不已，予則不知其何情也。

心史論曰：

此又可見高宗之用情，而兼露英主之本色，自以為宜已，則對此叛回之女不宜尊寵，亦明知之；然不能已，則自問亦不知其何情，可知其牽於愛矣。然非一味欣於所得，而有自訟之言，是謂英察不忘大計。蓋回叛在高宗知其軍報，妃處深宮，正未必有所聞見；帝自問心而為此言，似有慚德焉者。

據此，則回部叛亂，以及兩和卓木兵敗，爲其同族所殺，在當時都是瞞住容妃的。其後以無母家可歸省，乃於寶月樓外「營回風之教堂及民舍」，以慰其鄉思。

按：容妃初入宮時爲貴人；乾隆二十七年冊爲容嬪；三十三年封妃；五十三年薨。「香妃」之名不知何自起；至謂香妃懷刃復仇，爲太后所誅，則毫不足信，詳見孟心史「香妃考實」。

高宗實爲英主。幼年以其八字主荒淫，世宗必深以爲誡；而高宗自律亦甚嚴。一生三后五皇貴妃，又可考者十妃，未聞有蒙特寵者。細考史實，高宗生平所眷者兩女子，一即福康安之母，傅恆之夫人；一即容妃。高宗御製詩中，有關寶月樓者甚多。二十五年夏月詩云：

輕舟遮莫岸邊維，衣染荷香坐片時；葉嶼花台雲錦錯，廣寒乍擬是瑤池。

此以嫦娥擬容妃。又二十八年新年詩云：

冬冰俯北沼，春閣出南城（自注：樓近倚皇城南牆。）寶月昔時記，韶年今日迎；屏文新弗祿，鏡影大光明。

鱗次居回部（自注：牆外西長安街，內層回人衡宇相望，人稱「回子營」。新建禮拜寺，正與樓對。），安西係遠情。

按：藩部之民內屬，皆屬於偏遠之處，獨回子營咫尺九重，此因容妃而愛屋及烏。禮拜寺正對寶月樓，則知容妃仍守回教，可於樓中遙拜。如長安大慈恩寺正對西內，便於唐高宗南向頂禮，用意相同。

至乾隆五十六年三月，高宗猶有追憶容妃之作，詩題名「寶月樓自警」，為七律一首：

液池南岸嫌其遠，構以層樓據路中，卅載圖畫朝夕似，新正吟詠昔今同；俯臨萬井誠繁庶，自顧八旬恐脞叢。歸政五年亦近矣，或當如願昊恩蒙。

於此可知高宗對容妃之情，卅年不改；至於所謂「圖畫」，指郎世寧所繪「御苑春蒐圖」而言，高宗與容妃皆戎裝，高宗騎白馬，御刀佩弓；容妃緊隨在後，騎一「菊花青」，御刀而不佩弓，背景爲碧水粼粼一渠道，對岸有垂柳及宮殿一角。後隨兩步行的太監。據此可知，不過在御園中策馬遊觀而已。但即此戎服跨馬，已非其他妃嬪所能；容妃之能常爲高宗的遊伴，自有種種緣故，此即其中之一。

按：容妃的身分，在回部中頗爲尊貴，據林惠祥「中國民族史」第十章突厥系言：

明代新疆南路各城之王仍為察合台後裔，然其伊斯蘭教主穆罕默德之後裔和卓木由於帖木兒帝國之崇信伊斯蘭教而東來，至其都城撒馬耳干，後於明中葉復移居於喀什葛爾。和卓木二子，長名加利宴，次名伊撒克，亦皆得人民之信仰。長開白山宗，次開黑山宗。其後教主之權竟逐漸取察合台後王而代之，自此以後伊斯蘭教即稱為回教，而回族遂兼有種族上及宗教上二特性。

清康熙時，準葛爾汗噶爾丹率兵入喀什葛爾，立回教白山派教主亞巴克為汗，而遷去察合台後裔於伊犁，於是和卓木之裔遂兼握政教兩權。至乾隆時準葛爾部阿睦撒納叛清，回教主大小和卓木遂乘機率回族抗清謀獨立，然卒敗死，回部卒歸清統治，時乾隆二十四年也。

然則容妃乃穆罕默德的後裔。按：回部在天山南路，「漢書」所謂「城郭國」，唐以前皆爲佛教勢力範圍。至元朝為元太祖次子察合台的封地。

明朝末年，穆罕默德二十六世孫瑪墨特東來，漸有其地位，佛教勢力始為伊斯蘭所替代，此瑪墨特即小和卓木霍集占的高祖；大和卓木名叫布那敦。穆罕默德的嫡系，始終為世界伊斯蘭教的領袖；以前國際上有名的花花公子阿里汗即是。由此可以想見容妃的容貌，與乾隆後宮妃嬪必不相似，此為得高宗之寵的另一原因。

容妃以外，高宗另一眷愛的婦人，即是福康安之母，傅恆的夫人。此中亦雜有若干咎歉的成分，分析如下：

一、此事在當時的宮廷及貴族之間，為一公開的秘密，則傅恆夫人名節自屬有虧。

二、傅恆夫人既承雨露；傅恆敢怒而不敢言，夫婦感情不好，為想像中必然之事。

三、自孝賢皇后赴水自盡，引起軒然大波，高宗與傅恆夫人當然不便再往來，形成始亂終棄之局，高宗不免自慚薄倖。

四、雖承雨露，卻不能直接加以任何榮寵，內心不免遺憾。

因此，高宗只有在傅恆生前畀以重任，疊迭恩榮，使傅恆產生「微夫人之力不及此」的感覺，以期彌補他們的感情。

至於高宗對福康安，所謂「由垂髫豢養」，當是孝賢皇后崩後，假太后之名，養在宮中，但傅恆在日，不便重用；初「由閒散襲雲騎尉，授三等侍衛，命在乾清門行走。」此爲大臣子弟及年當差，最普通的差使。

及至乾隆三十四年傅恆一死，福康安立即被擢爲二等侍衛，命在御前行走。此即所謂「御前侍衛」，通常爲大用之始。揆其目的，即在安慰守寡的傅恆夫人，以後的經歷，爲他開一張履歷表，請讀者看一看：

三十五年，擢頭等侍衛。

三十六年，授戶部右侍郎，鑲藍旗蒙古副都統。

三十七年，調鑲黃旗滿洲副都統；征金川授爲領隊大臣。

四十年三月，受爲內大臣，五月賞嘉勇巴圖魯封號。

四十一年正月，封三等嘉勇公。

四十二年，授吉林將軍。

四十三年，調盛京將軍。

四十五年，授雲貴總督。

四十六年，調四川總督，兼署成都將軍。

四十七年，授御前大臣，加太子太保。

四十八年四月，命來京署工部尚書，五月授總管鑾儀衛大臣、閱兵大臣，總管健銳營事務。

四十九年三月，擢兵部尚書；五月授陝甘總督。七月晉封嘉勇侯。

五十年七月，轉戶部尚書。

五十一年轉吏部尚書，協辦大學士。

五十二年，以平林爽文之亂封一等嘉勇公。

平林爽文之亂，還造成一極大的冤獄；高宗寵此外婦之子，已到昏憒不可理諭的程度。按：林爽文之亂起於乾隆五十一年十一月，迭破彰化、鳳山、諸羅各縣；柴大紀以總兵守府城台南，林爽文分道夾攻，反爲所敗。五十二年春，福建水陸兩提督黃仕簡、任承恩，先後赴援；柴大紀出軍北上，收復諸羅。

黃、任師久無功，詔授閩浙總督常青爲將軍，渡海視師；其時柴大紀堅守諸羅，自二月至十月，林爽文十攻無功。至八月，以常青年邁不能辦賊，以福康安爲將軍，偕參贊大臣海蘭察領兵征剿，至十一月在鹿港登岸。

其時，諸羅軍民合作，林爽文久攻不下，特詔以諸羅更名「嘉義」；復密諭柴大紀，不妨先撤出嘉義，以後俟機反攻。「清史稿」本傳：

大紀疏言「諸羅居台灣南北之中，縣城四周，積土植竹，環以深濠，濠上為短垣，置砲，防衛堅固，一旦棄之而去，為賊所得，慮賊勢益張，鹽水港運道，亦不能守，且城廂內外居民，及各莊避難入城者，共四萬餘人，助餵協守，以至於今，不忍將此數萬生靈，付逆賊毒手，惟有竭力保守，以待援兵。」

上手詔謂「所奏忠肝義膽，披覽為之墮淚，大紀被圍日久，心志益堅，勉勵兵民，忍饑固守，惟知以國事民生為重，古之名將，何以加之？」因封為一等義勇伯，世襲罔替，並命浙江巡撫琅玕予其家白金萬兩，促福康安赴援。

其時敵勢已成強弩之末，大軍一到，其圍立解，奏捷以後，奉到上諭：「福康安調度有方，振作士氣，克敵致果，迅奏捷音，著封一等嘉勇公，賞紅寶石帽頂，四團龍補服，以示優異。」清朝自三藩亂平，異姓不王；至此，福康安眞可說是位極人臣了。

但柴大紀卻自初見福康安，厄運便要臨頭。「清朝野史大觀」記：

圍解，大紀出迎，自以參贊伯爵，不執櫜鞬之禮。福啣之，劾其奏報不實。高宗因信，大紀困守孤城半載，至以地瓜野草充食，非得兵民死力，烏能不陷？如云詞詞取巧，則當時何不遵旨出城？其言糧食垂盡，原以速援兵。大紀屢蒙獎賞，或稍涉自滿，於福康安前小節不謹，致為所憎，直揭其短，殊失大臣休容之度。

觀此一諭，豈非明見萬里？而以後事態之發展，令人詫愕。

清史稿「柴大紀傳」：

侍郎德成自浙江奉使還，受福康安指，訐大紀。上命福康安、李侍堯、徐嗣曾、琅玕按治。福康安致書軍機大臣，言「大紀縱兵激民為變，其守嘉義，皆義民之力；大紀聞命，欲引兵以退。義民不令出城，乃罷。」事聞，上諭謂守諸羅一事，朕不忍以為大紀罪；至其他聲名狼藉，縱兵激變諸狀，自當按治，命奪大紀職逮問。

按：李侍堯代常青爲閩浙總督，素有能名，曾爲柴大紀頌冤；徐嗣曾本姓楊，浙江海寧人，對「紅樓夢」的傳播，亦爲有功之人——徐嗣曾有兩部抄本，一部一百二十回名「紅樓夢」；一部八十回名「石頭記」（見周春「閱紅樓夢隨筆」）。此在考證紅樓夢的版本上，如史筆之斷，異常分明，奈何紅學專家多漠視周春之語。

後來八十回本「石頭記」，爲福建糧道戚蓼生所得；輾轉入俞明宸之手，即爲有正本。徐爲政初尚平和，但在福康安的壓力之下，不但與李侍堯均違心左袒，而代常青督閩後，施政亦尚嚴苛。

至於德成，受福康安的指使，是無足爲奇之事。此人初名德承，自乾隆三十四年起，任工部右侍郎；三十八年轉左，至四十四年改名德成，一直到五十六年十月，始因修潼關工程浮估冒濫，爲和珅之弟和琳所劾而革職。德成在工部任侍郎二十餘年之久，其爲內務府包衣可知；而爲和琳所劾，自然是不知如何得罪了和珅的緣故。

柴大紀的一條性命，除了德成以外，還送在額勒登保手中。

此人爲乾嘉名將，但爲福康安一手所提拔；當解送亂民至京時，高宗垂詢，「證實」德成之語，是必然之事。以高宗的英察，豈能不知，只爲福康安之故，忍心害理。但初意猶欲貸其一命，而武夫憨直，竟自速其死；五十五年七月上諭：

柴大紀在台灣總兵任內……朕究念其尚有守城微勞，欲俟解到覆訊後，加恩從寬末減，改為監候。玆據福建委員將柴大紀解到，命軍機大臣會同大學士九卿覆訊，柴大紀復思狡飾，翻供抵賴。並供稱：「德成前在台灣，連日審訊義民，誘令如將柴大紀贓罪指出，必有重賞；如不實說，即行治罪」等語。

於此可知，全係鍛煉成獄；但高宗卻另有辯護之處。高宗是這樣爲德成辯解：

朕命將節次申飭福康安諭旨，令其閱看，並經朕親行廷訊，始俯首無詞。而於認罪之下，仍思狡飾。柴大紀一案，朕專交福康安、徐嗣曾審辦，德成不過係派往勘估該處城工，並無審事之責，與伊河涉，妄行攀指。

柴大紀之意，不過因此事係由德成攀陷，伊或可希冀脫罪，奸巧之極，甚屬可惡。柴大紀竟係天奪其魄，自行取死，豈可復從寬典。柴大紀著照所擬，即行處斬，以為孤恩昧良、狡詐退縮者戒。

如此論調，實際上是和珅的強辯，而非高宗的本意。乾隆五十三年，高宗壽已七十有八，自非六十以前，精明英察，凡有上諭，類皆口授，由軍機上行走的大臣或章京，潤飾成文。所以和珅在當時只須憑他的一番說法，取得預期中是或非的裁可；即可以「面奉上諭」的字樣，強詞奪理。謂「德成不過係派往勘估該處城工，並無審事之責」，話固不錯，但德成以欽差的身分，如果越權「審事」，則唯一能制止他的，是品秩較之爲尊的另一欽差福康安；如福康安不予制止，甚至出於指使，則試問，如何能「與伊無涉」？

林爽文之亂，由於天地會復明運動者小；官激民變者大。乾隆年間，吏治之壞，莫如福建；尤其是和珅當政以後，一面包庇、一面粉飾，至此到了總清算的時候，如說是天地會起事（疆臣奏摺中，稱之爲「添弟會」），則追究叛亂的責任，歷任督撫者將擔負姑息隱匿之罪。此獄之興，無法收場。因此，只能在官激民變一點上著眼，而以柴大紀爲替罪的羔羊。

高宗殺張廣泗，平心而論，張廣泗擁兵自重，坐觀成敗，確有取死之道，而且有訥親陪著他死，猶不算甚冤；柴大紀成大功而死，爲福康安添富貴，和珅及諸佞臣免禍，眞是傷天害理之事。爲清朝由盛而衰最鮮明的一個徵象。

按：「天地會」於清初創始於台灣，鄭成功部下賢者之一的陳永華，對天地會的發展有很重要的關係，此爲明清史學者及研究秘密社會者，一致公認的事實。但天地會最初的目的，雖以「恢復漢族治權」爲目標，所以，身分類似「清幫三祖」的「洪門五祖」，分佈的地區，以反清復明勢力集結地爲主。

長房在福建，包括台灣，以示洪門嫡系在斯；二房廣東，則以閩粵密邇，如血緣上自然出生的次序；三房雲南，則永曆帝的緣故；四房湖廣，實際上包括長江上游的四川，及洞庭湖周圍區域爲主，由這一點上可以看出清洪兩派已劃定了「責任區域」，而實際上是勢力範圍，即除運河流域因漕運關係，爲清幫所主外，其他邊省及長江流域，均爲洪門發展之地。

五房爲浙江，自以浙東義師，爲清初復明勢力的主流之故。同時亦可以看出浙江在反清復明運動中，居於主導地位；因爲清幫、洪門兼容並蓄的地區，只有一個浙江。而「學術與政治之間」的關係，則爲「浙東學派」，而以「東林孤兒」中最出色的人物黃黎洲爲理論上的指導者。

至於清初復明運動的領導者，分爲兩大派，一派可稱之爲「苦行派」，以顧亭林爲領袖，傅青主即爲此派巨擘；一派則可稱之爲「浪漫派」，謀主是錢牧齋；而所恃者爲鄭氏父子。苦行派與浪漫派最大的不同是，前者篤實，思以點滴之功，匯成大業；浪漫派所嚮往的境界，大致如唐人詩篇中所描寫者。錢牧齋「投筆集」，金陵秋興、後秋興一百另八首，筆者前已談過，茲再就前八首中，摘錄其「饒有唐音」的得意之句若干如次：

掃穴金陵還地肺，埋胡紫塞慰天心。（自注：太白樂府詩：懸胡青天上，埋胡紫塞旁。）

黑水游魂啼草地，白山戰鬼哭胡笳。（按：白山黑水，自指旗人而言；此為預想一戰可盡殲清軍。即為浪漫之所以為浪漫之一端。）

殺盡羯奴纔斂手，推枰何用更尋思？

為報親亭垂淚客，卻收殘淚覽神州。（按：此或指顧亭林而言；顧亭林早期的復明計劃，想造成一個「東晉模式」。）

武庫再歸三尺劍，孝陵重長萬年枝。（按：三尺劍用漢高祖典，以對萬年枝。）

天輪只傍丹心轉，日駕全憑只手移。（按：隻手可移日駕，雖以武侯自許的顧亭林，不敢作此奢望。）

此外醜詆清室，以及幸災樂禍之句尚多，如順治崩後，哀詔傳至江南，錢牧齋作「後秋興之十」，題下公然自注：辛丑二月初四日，夜宴述古堂，酒罷而作」，其爲慶賀，不言可知。即此詩題，如有人舉發，便有生則滅門，死則剉屍之禍；但康雍兩朝，不獨無人敢檢舉「投筆集」，即鈔本亦極罕見。至高宗始得寓目，已在百年之後，無可追究，唯有盡毀牧齋著作；恨猶未已，遷怒及於沈德潛。敘高宗的一生，沈德潛其人，不可不記。乾隆一朝，文學侍從之臣甚多，而受知最早、蒙恩最深、被禍最奇者，莫如沈德潛。

德潛字碻士，著有歸愚集，故皆稱之爲沈歸愚，蘇州人，乾隆元年舉博學鴻詞，落選，四年成進士、點翰林，年已六十七。高宗其時，根基未穩；正在廣結因緣、籠絡人心，以爲自固之計，在新科進士中，看中了沈歸愚。

沈歸愚在翰林院雖爲後輩，但論齒則爲前輩，高宗禮遇沈歸愚，可博得尊老敬賢的名聲。此外，沈歸愚在東南人文所萃的三吳，亦自有一部分號召人。

他是吳江葉燮的門生；葉燮字星期，康熙九年進士，榜下即用一任縣令後，在三藩之亂時，即已歸隱橫山；其時汪琬隱於洞庭山的堯峰，兩人論文不合，葉著「汪文摘謬」一卷，頗中堯峰之失；但衡之橫山之文，其失更甚。兩家門弟子各數百人，相爭數十年未已。至乾隆初，葉氏門生，以沈歸愚爲之長，拉攏沈歸愚，即等於拉攏了葉橫山的徒子徒孫。此爲高宗所具的深心；而拉攏沈歸愚，亦幾乎如他父親學當年拉攏年羹堯、隆科多那樣，近乎肉麻了。

「清史稿」本傳：

七年，散館，日晡，高宗蒞視，問孰為德潛者，稱以江南老名士，授編修，出御製詩令賡和。稱旨。八年，即擢中允，五遷內閣學士，乞假還葬，命不必開缺。德潛入辭乞封父母，上命予三代封典，賦詩餞之。十二年，命在上書房行走，遷禮部侍郎。是歲，上諭諸臣曰：沈德潛誠實謹厚，且憐其晚遇，是以稠疊加恩，以勵老成積學之士，初不因進詩而優擢也。

十三年，德潛以齒衰病噎，乞休，命以原銜食俸，仍在上書房行走。十四年，復乞歸，命原品休致，仍令校御製詩集畢乃行。諭曰：朕於德潛，以詩始，以詩終，且令有所著作，許寄京呈覽，賜以人蓡，賦詩寵其行。德潛歸，進所著歸愚集，上親為製序，稱其詩伯仲高王。高王者，謂高啟、王士禎也。

沈歸愚「允假還葬」，非葬親而是葬妻，「清朝野史大觀」以為「詩人遭際以沈歸愚為最隆」，原文云：

詩人遭際，自唐宋至清朝以長洲沈尚書為第一，天下孤寒，幾視為形求夢卜矣。當公進呈新詩時，中有「夜夢俞淑人」一首未經刪去，高宗見之，謂「汝既悼亡，何不假歸料理？」因賜詩送行。

還朝後，同內直諸臣恭和悼孝賢皇后輓章，中有兒字、亡字，難於措辭。公獨云：「普天同洒淚，老耄似兒童」。又云：「海外三山杳，宮中一鑒亡。」命即寫卷後，傳示諸臣。至於賜序私集，俯和原韻，稱老名士，老詩翁，江浙大老，渥眷殊恩，幾於略分，公亦何修得此乎？

高宗所賜詩，起句為「我愛德潛德」；當時猶在詞館的乾隆十年狀元錢維城贈詩，因有「帝愛德潛德，我羨歸愚歸」之句，爲時傳誦。按：沈歸愚乾隆四年通籍；十一年三月擢內閣學士，由翰林開坊至卿貳——內閣學士從二品，往往兼禮部侍郎銜，只七年工夫，升遷之速，在漢人中實所罕見。本傳又記：

十六年，上南巡，命在籍食俸。是冬，德潛詣京師祝皇太后六十萬壽。十七年正月，上召賜曲宴，並賚藏佛冠服。德潛歸，復進西湖志纂，上題三絕句代序。二十二年，復南巡，加禮部尚書銜。

二十六年，復詣京師祝皇太后七十萬壽，進歷代聖母圖冊，入朝賜杖，上命集文武大臣七十以上者為九老。凡三班，德潛為致仕九老首，命遊香山，圖形內府。

此爲仿「香山九老」的故事，以沈歸愚比之於白樂天，確爲一大榮寵。但沈歸愚身後得禍之因，即肇伏於這年。「清史列傳」本傳：

時德潛進所撰選刻「國朝詩別裁集」請御製序文。上以德潛選次未當，命儒臣重為精校去留，賜之序。

在御製序文中，高宗已經開罵了。他指出沈歸愚的缺點有三：

一、不當以錢謙益（牧齊）冠首。

二、錢名世在先朝已定爲「名教罪人」，其詩不當入選。

三、愼郡王爲「朕之叔父，朕尚不忍名之」，本朝臣子，豈宜直書其名！

愼郡王名胤禧，聖祖第二十一子，自號「紫瓊道人」，年與高宗相仿，自幼親密，高宗在諸幼叔中，是另眼相看的。結果「別裁集」撤去錢牧齋，以胤禧詩冠首。本來是編年體，以胤禧冠首，變成以爵次序，很風雅的事，自然變俗了。

可注意的是，高宗在此序文中斥錢牧齋的人品之外，有「其詩自在，聽之可也」。此可證明高宗尚未讀過「初學集」及「有學集」。修四庫全書時，大索天下禁書，方始得讀牧齋之詩。初則下令嚴禁，收繳銷毀，繼而又密諭兩江總督高晉、浙江巡撫永德云：

沈德潛、錢陳群二人，平素工於聲韻，其收藏各家詩集必多。在錢陳群，於錢謙益詩文，似非其性之所近；且久直內廷，尚屬經事，諒不至以應禁之書，轉視為可貴。若沈德潛向曾以錢謙益詩列「國朝詩別裁集」首，經朕於序文內申明大義，命其刪去。但既謬加獎許，必於其詩多所珍惜。

按：清詩紀事初編卷三，論沈歸愚之師葉燮的詩派云：

燮詩文宗韓杜，刻覈有法，與曹溶酬唱甚多，兩人皆尊杜者……原詩四卷，專為尊唐，力闢時人徒襲范陸皮毛之非，謂詩當以生新深為主。於舉世尊宋之時，獨特己見，發聾振聵，信豪傑之士。

沈歸愚選詩，自亦以尊唐爲宗，錢牧齋居「江左三大家」之首，曾注杜詩，早歲學杜，面度尤爲精整，以之弁冕全清詩壇，必爲千秋公論，而高宗謂之「謬加獎許，必於其詩多所珍惜」，這話只說對了下半句，而以下又有開脫之詞：

或其門弟子狃於錮習，向欲奉為瓣香，妄以沈德潛齒宿德尊，謂可隱為庇護，慫恿存留，亦未可定。果爾豈沈德潛不知恩重，不復望朕為之慶百歲耶？沈德潛、錢陳群自退居林下以來，朕恩禮優渥，所以體卹而矜全之者，無所不至，伊二人寧不感戴殊榮，勉思仰副。

若其家尚有錢謙益初學、有學等集，未經呈繳者，即速遵旨繳出，與二人毫無干礙，斷不必虞及前次收藏之非，妄生疑畏，豈朕成全兩人至此，而委曲令其繳出，轉從而加之罪責乎，高晉、永德將此旨密諭沈德潛、錢陳群知之。

按：此密諭八月所下，沈德潛即於九月病卒，此爲巧合，抑或高年布悸而死；或者自裁；甚至或者爲子孫所殺（沈子極不成材），以期免禍，殊不可知。但高晉覆奏：「德潛家並無未繳錢謙益詩文集」。因而沈歸愚身後，仍得優厚的恤典。及至一柱樓詩案發，方獲嚴譴。

「清史列傳」本傳，引四十三年上諭云：

沈德潛所作傳內，稱一柱樓編年詩已付梓，並云品行文章皆可法。是沈德潛於徐述夔悖逆不法詩句，皆曾閱看，並不切齒痛恨，轉為之記述流傳，尚得謂有人心者乎？沈德潛自中式進士及選入翰林時，朕因其平日學問尚好，格外施恩；又念其留心詩學，且憐其晚成，是以不數年間擢為卿貳，又令在南書房行走，而伊自服官以來，不過旅進旅退，毫無建白，並未為國絲毫出力，眾所共知。

及乞休後，給尚書銜，晉贈太子太傅，並予在籍食俸，恩施至為優渥，沈德潛理宜飭躬安分，謹慎自持，乃竟敢視悖逆為泛常，為之揄揚頌美，實屬昧良負恩；且伊為徐述夔作傳，自係貪圖潤筆為囊橐計，其卑污無恥，尤為玷辱縉紳，使其身尚在，雖不至與徐述夔同科，亦當重治其罪。

今伊業身故，不加深究，然竟置而不論，俾其身後仍得享受恩榮，則凡在籍朝紳，又將何所警惕乎！著照所請行，以昭炯戒。

高宗本對沈歸愚選錢牧齋詩冠「國朝」之首，而竟無其人詩集，持有強烈的懷疑。但起初猶信其受恩深重，且慮及禁網嚴密，不獨不敢收藏「初學」、「有學」集，甚至所看到的錢詩，只是無違礙的選集，根本不知錢牧齋詩中有好此悖逆之語。至一柱樓詩案發，推翻了以前的一切假設，認爲沈歸愚心目中根本無「大清朝」三字在。

按：徐述夔一柱樓詩，如高宗上諭所引：「大明天子重相見，且把壺兒擱半邊」；「明朝期振翮，一舉去清都」等語，確不能說無反意；而沈歸愚爲之作傳，謂其「人品」可稱，則在高宗自當視之爲叛黨。由此推衍，則錢牧齋詩中有悖逆之語，當亦爲沈歸愚看成無所爲。因而有此嚴譴。

高宗御製「懷舊詩」，以沈歸愚列爲「五詞臣」之末，名爲「懷舊」，實乃貶斥，詩云：

東南稱二老，曰錢陳則繼，並以受恩眷，佳話藝林志；而實有優劣，沈踳錢為粹。錢已見前詠，玆特言沈事：其選國朝詩，說項乖大義；製序正厥失，然亦無詞勵，仍予飾終恩，原無責備意。

昨秋徐案發，潛乃為傳記，忘國庇逆臣，其罪實不細；用是追前恩，削奪從公議。彼豈魏徵比，仆碑復何日。蓋因耄而荒，未免圖小利；設曰有心焉，吾知其未必。其子非己出，紈袴甘廢棄；孫至十四人，而皆無書味。天網有明報，地下應深愧。可惜徒工詩，行闕信何濟！

至於錢牧齋的「投筆集」，可能高宗猶未得寓目，最大的原因是，絕無人敢進此詩集，其中窮貲醜詆，平心而論，已至微傷忠厚的程度。

周藥廬先生論「江左三大家」詩說：「三大家中才與學，自當以錢牧齋爲首；吳梅村一往情深爲獨勝；龔芝麓才、學、情三者皆居末。」情深自當包括最起碼的溫柔敦厚之旨；同爲醜化敵人，「投筆集」即不如張蒼水的「建夷宮祠」來得蘊藉，但亦可看出錢牧齋仇清至深。

有個深可玩味的事實是，「苦行派」的顧炎武，與「浪漫派」的錢牧齋，目的相同，而性情各異，似乎從無交往。但是「歸奇顧怪」的歸玄恭，與錢牧齋卻是好朋友。

錢牧齋有「題玄恭僧衣畫像」四首，莊諧並作，非泛泛應酬之詩，錄如下：

莫是佯狂老萬回，壞衣掩脛發齊腮，六時問汝何功課，一卷離騷酒百杯。周冕殷冔又劫灰，緇衣僧帽且徘徊，儒門亦有程夫子，讚嘆他家禮樂來。紫殿公然溺正衙，又從別室捽雷車，天公罰作村夫子，點簡千文與百家。罵鬼文章載一車，嚇蠻書檄走龍蛇，顛書醉草三千牘，聖少狂多言法華。

至於黃梨洲，則可謂之生死之交，黃著「思舊錄」，陳寅恪引其「錢謙益」條云：

甲辰余至，值公病革。一見即云以喪葬事相託。余未之答，公言顧鹽台求文三篇，潤筆千金。亦嘗使人代草，不合我意，固知非兄不可。即導余入書室，反鎖於外。三文，一顧雲華封翁墓誌，一雲華詩序，一莊子注序。余急欲出外，二鼓而畢。公使人將余草謄作大字，枕上視之，叩首而謝。

余將行，公特招余枕邊云，惟兄知吾意，歿後文字，不託他人。尋呼孫貽（寅恪按，牧齋子孫愛，字孺貽。梨洲混為「孫貽」。與聞斯言。其後孫貽別求於龔孝升，使余得免於是非，幸也。

甲辰爲康熙三年，錢牧齋歿於是年五月廿四日。又王應奎「柳南續筆」三「賣文」條，亦爲陳寅恪徵引如下：

東澗先生晚年貧甚，專以賣文為活。甲辰夏臥病，自知不起，而喪葬事未有所出，頗以為身後慮。適值使顧某求文三篇，潤筆千金。先生喜甚，急倩予外曾祖陳公金如代為之，然文成而先生不善也。會餘姚黃太沖來訪，先生即以三文屬之。越數日而先生逝矣。（寅恪按，牧齋尺牘中載「與陳金如」札十九通。其中頗多託代撰文之辭。又光緒修常昭合志稿參壹陳燦傳附式傳云：「陳式字金如。副貢生。行己謹敕，文筆溫麗。」等語，皆可供參證。）

黃梨洲爲復明運動的健將，與顧炎武、錢牧齋皆有聯絡。順治十六年「江上之役」爲一絕好的機會，而鄭成功「豎子不足與謀」。及至「江上之役」大敗而歸；未幾世祖崩逝，沖主初立，人心未固，猶有可圖之機，而實力猶存的鄭成功，眾叛親離，於是吳三桂不再觀望，永曆既滅，蒼水亦死，事遂不可爲。

及至三藩亂平，清朝可說站穩了腳步，凡屬遺老，類皆放棄了復明的希望。天地會演變爲洪門，基本上已成爲一種爲了爭取一個集團的秘密政治組織，幾次起事，大致爲官逼民反，而以恢復大明天下爲幌子。

郭廷以在「台灣史事概況」中所敘天地會發展經過，不免有過分宣傳民族主義的傾向。但分析林爽文失敗的原因，頗爲精到。他說：

林爽文有兩不利與兩失策。府城不能攻下是一不利；彰化鳳山雖失而復得（淡水已為清軍所有），而諸羅自被總兵柴大紀收復後，始終未能再行奪回，是又一不利。因地域鄉土的關係而「分類」是台灣的一大不幸，朱一貴的失敗原因之一，即係閩粵人的衝突，此次則又有漳泉人的對抗。

一七八二年（乾隆四十七年）彰化曾發生漳泉人的械鬥，從此如不共戴天之仇。林爽文為漳人，舉事之後，未能善予安撫聯絡，泉人多不附，甚至反助清軍，柴大紀之復諸羅，即得此輩「義民」之力。這是他的第一失策。

當時台灣的門戶為南部的鹿耳門，中部的鹿港，鹿耳門固不必說，即關係彰化安危的鹿港，林爽文亦不知扼守（鹿港多泉人），結果清軍無抵抗的由此登陸，這是他的另一失策。而莊大田部下的莊錫舍（泉州人）之投降，亦是一大打擊。

至於整個戰役，最重要的是最後六個月，即自乾隆五十二年八月至五十三年正月，在此以前，清軍的情況很糟：

清軍屢援，不能得手，將士病歿者尤多。常青為當時權臣和珅的私人，年已七十，畏葸憂懼，日夜流涕，密札向和珅哀乞，並奏稱「賊勢蔓延，請厚集兵力，遣大臣督戰」。

九月十三日（八月初二日）乾隆皇帝改以其最信任的協辦大學士，陝甘總督嘉勇侯福康安為欽差大臣，名將領侍衛內大臣超勇侯海蘭察為參贊，以獅子搏兔之力來對付台灣的革命軍。……十二月八日（十月二十九日）新任統帥福康安等大軍自鹿港上岸，首解諸羅之圍，林爽文主力集中斗六門一帶，經過三天的激戰，二十八日（十一月二十日）斗六門不守。此後復連敗於大東。

又二十日，南路鳳山亦為清軍佔領，莊大田走琅橋，清軍水陸並進，大田悉力以拒，戰死者二千餘人，投海死者無算（大田被俘）。

林爽文及莊大田，皆爲海蘭察所擒。此人爲一傳奇人物；乾嘉時名將第一，「清人筆記」中，記其軼事甚多，而一致公認，福康安的仗，是海蘭察替他在打，摘錄當時的評論兩條如下：

魏氏（按：指魏源）「聖武記」稱：天生海公，以成就福康安之功名。按福康安以椒房貴戚得專閫，軍略非所長，所謂因人成事者也。

乾隆五十三年，林爽文平，純廟召見德少司定成，以福康安視阿桂何如詢問。少司奏云：「阿桂能指撝（揮）海蘭察，福康安則極力周旋之，以此不如阿桂。」上云：「汝所言亦是。但阿桂出師西域，海蘭察係末弁，夙感阿桂拂拭之恩，故願效驅策。海為金川參贊，福康安尚係領隊，一旦驟臨其上，不能不謙謙自下，倚為干城。兩人境地不同，福善周旋，是以平賊。」

此則高宗巧爲福康安辯護，但亦承認福康安以海蘭察爲「干城」。而海蘭察恐爲福康安唯一所極力周旋之人。

福康安之驕恣，以及徒具專閫之名，只由「清朝野史大觀」記其轎夫事可知：

福文襄出行坐轎，須用轎夫三十六名，輪替值役，轎行若飛。其出師督陣亦坐轎，轎夫每人須良馬四匹，凡更役時輒騎馬隨從，然頗擾民間，某縣令嘗杖一轎夫致被劾罷官。又某公督四川，其轎甚大，須夫役十六人始能舉之，轎中有小童二人，伺候裝煙倒茶，並有冷熱點心數十百種，其侈汰如此。

又一條云：

福康安行軍時，遴選舁夫，皆壯狡者，四班更替，日百里，即臨陣督戰，亦防韋虎故事，不甚騎也，故輿夫憂橫。嘉慶初以廓匪不靖，經理藏衛，方以地險寇遁，紓籌乏策，一轎夫頭素橫，入苗人家，強奪藏丫頭簪珥，巡視都司徐斐禁之，即叱徐下馬，裂其衣毆之。

時隨營為川北道楊荔裳，姚一如副之，姚剛直喜任事，聞之赴轅稟福，司閽林姓，即林臬台之叔，頗解事曰：將軍以過勞心，少不豫，此等瑣屑，兩君決之可耳，遂遣多役捕至，猶肆咆哮怒呼用棍，眾憤既深，痛予擊撲，手摑至四十，放起已斃；復往稟知，福亦不怒，曰搶奪鬥毆，軍政故應加重，但飭閽人急為選充。

按：「清史稿」海蘭察傳，說他姓「多拉爾氏，滿洲鑲黃旗人，世居黑龍江，乾隆二十年以索倫馬甲從征準噶爾。」此記殊有未諦。海蘭察隸鑲黃旗，乃是既貴以後的事；論他的出身，爲旗人中階級最低的一層。

清朝犯重罪至於大辟者，其家屬或「給與披甲人爲奴」，此「披甲人」就是指海蘭察這一族而言；習知者爲所謂「魚皮韃子」，在民族學上，屬於東胡系的通古斯族，除「魚皮韃子」即赫哲人以外，另有索倫及鄂倫春人。「中國民族史」第八章記：

索倫乃我國人對其土族之泛稱，實則其中尚包有達瑚爾人、蠻雅爾人、及畢拉爾人。索倫人與鄂倫春人最大區別，厥為其所使用之牲畜；鄂倫春人使四不像子（馴鹿之俗稱），索倫人則使馬。

滿語「鄂倫」即四不像子之意，鄂倫春者，乃「養四不像子者也」之意也。索倫為「射者」之意。其為體格較小，但強健耐勞苦，過於內地之馬。鄂倫春人居索倫人之西，據古老言，此族原居他處，百年前始來今地；索倫人為其所迫，東遷避之，現多居精奇里河流域，布里雅山附近草原，為其盤據之所。

鄂倫春人及索倫人，皆不甚魁梧，四肢亦不粗壯，面部平，兩頰寬，鼻大、唇薄，口不甚大，眼小眉細，似欲睡者。男子衣外套，下及膝，用毛皮或革皮做成，土名「古拉瑪」。外套之內，仍有大袍，用由華俄人易來之棉布或毛織品製成，土名「薩不薩」。

索倫及鄂倫春人皆喜騎射，海蘭察就是騎兵，即所謂「馬甲」。自海蘭察以後，「黑龍江馬隊」一直是八旗的精銳；洪楊僧格林沁武功彪炳，即得力於「黑龍江馬隊」。但僧王不過剽悍善戰，行軍如風，論將略比海蘭察差得太遠了。

福康安歿於嘉慶元年五月。在此以前，海蘭察歿於乾隆五十八年三月，生前已詔許入朝乘轎；歿後准入昭忠祠，皆爲特例，因向來武員得賞朝馬，不得乘轎；而非陣亡者亦不得入昭忠祠。

海蘭察之死，象徵乾隆十大武功光榮的告終。我以前曾說過，清朝全盛的過程，與漢初頗爲相似，若以聖祖擬文帝，則世宗爲景帝，高宗當然就是武帝了。「史記索隱」述贊漢武，關於武功部分，比之於秦始皇，有這樣幾句話：

疲耗中土，事彼邊兵，日不暇給，人無聊生、俯觀嬴政，幾欲齊衡。

高宗每以古爲鑒，惟於漢武之失，蹈之而不省，伏盛極而衰之因。乾隆十大武功，「疲耗中土」，僅於戶部有案的軍費數目，據「清人筆記」所載如下：

一、乾隆十二、三年用兵金川，至十四年三月止，共軍需銀七百七十五萬（實銷六百五十八萬，移駁一百十七萬。）

二、十九年用兵西陲，至二十五年，共軍需銀二千三百十一萬。（實銷二千二百四十七萬，行查未結六十三萬。）

三、三十一年用兵緬甸，至三十四年，共軍需銀九百十一萬。

四、三十六年用兵金川起，至四十二年止，共軍需銀六千三百七十萬。

五、五十二年台灣用兵，本省先用九十三萬，鄰省撥五百四十萬，又續撥二百萬，又撥鄰省米一百十萬石，並本省米三十萬，加以運腳，約共銀米一千萬。

部帑支出，已達一億一千萬，軍行所經，就地徵派者，至少爲五倍。其他各種明侵暗蝕，摧殘民生的搜括，尚未包括在內，此爲造成川楚教匪之亂的主因。至如上表所列，平林爽文之亂時，軍需調撥，已見部庫竭蹶之象，而高宗方陶醉於未來內禪歸政後的太上皇滋味，和珅得以一手遮天；乾隆末期的貪瀆之風，幾已到了不可救藥的地步。引錄一事，以見其餘；「清朝野史大觀」「部吏口才」條：

福郡王征西藏歸，戶部書吏索其軍需報銷部費，乃上刺請見，賀喜求賞。福大怒曰：「么魔小醜，敢向大帥索賄賂乎？」顧膽大若是，必有說，姑令其入見，厲聲詢之。對曰：「索費非所敢，但用款多至數千萬，冊籍太多，必多添書手，日夜迅辦。數月之間，全行具奏；上方賞功成，必一喜而定。若無臣資，就本有之人分案陸續題達，非三數年不能了事。今日所奏乃西軍報銷；明日所奏又西軍報銷，上意倦厭，必干詰責，物議因而乘之，必興大獄。此乃為中堂計，非為各胥計也。」

一名戶部的書辦，居然敢以將興大獄的話來恐嚇福康安，可知其中弊端之重且多。最可駭異者，福康安居然大爲欣賞，命糧台撥二百萬銀子交此書辦辦軍費報銷，而此能言善道的書辦，能見到身分天懸地隔的福康安，門包就花了十萬銀子。

武功以外，乾隆的文治，應該是可稱道的。早在乾隆九年，高宗即薈萃宋元明舊板，藏之於昭仁殿，命名「天祿琳琅」。至四十年編「天錄琳琅書目」十卷，藏書店共四百二十九部，多爲明末清初收藏家毛子晉、錢牧齋、季振宜等人藏書的精華。其中最有名的是一部宋板「漢書」。

此書本爲趙孟頫收藏，明末入於錢牧齋之手；錢牧齋娶柳如是，正式行禮，待以敵體，而原配陳夫人仍在；「河東君」柳如是既爲「兩頭大」，自不能同居，錢牧齋爲之築絳雲樓，費無所出，因而以這部漢書售之於他的門生謝象三。而他的這個門生，又是他的情敵，這段淵源談起來很有趣。

謝象三字三賓，寧波人，爲錢牧齋當浙江鄉試主考時所取的門生。成進士後當御史，派出去監軍，在一次戰役中攻入賊巢，得銀鉅萬，隱匿不報，由此致富，辭官在杭州西湖上築了一所別墅作寓公。

其時柳如是與浙江名士陳元龍分手，一度爲謝三賓藏於金屋；後歸錢牧齋，成了謝三賓的師母。此自是失意之事；但獲得師門藏書中的鎭庫之寶，亦稱桑榆之收。

至於修「四庫全書」開館於乾隆三十八年，成於四十七年，歷時十載。共繕七分，分貯七閣。七閣者，大內的文淵閣、圓明園的文源閣、盛京的文溯閣、熱河行宮的文津閣，稱爲「內廷四閣」。此外則揚州的文滙閣、鎭江金山寺的文宗閣，杭州的文瀾閣，稱爲「江浙三閣」。

七閣所藏，優劣不一，劉聲木「異辭錄」記：

四庫全書共寫七分，惟留京之一分，校對詳細，至於分駐各處之六分，則以寫官厭倦，無人督率，致多刪減，官事草率，大抵如斯云云。語見「蒭言報」廿一號。聲木按：四庫全書藏於大內文淵閣，皆係各省采進及各家私藏之本，其餘六閣，皆依此本傳寫……文津、文宗、文匯、文瀾四閣藏書，確有此病，甚有全部每帙，只抄外面數行字，以便翻閱之用。新建夏中丞敬觀，曾親見之。

又據那志良著「故宮四十年」談七部四庫全書的下落如下：清乾隆三十七年，詔開四庫全書館，把宮中所藏，以及向海內徵求的書，命館臣選擇繕錄，歷十年之久，才選繕完畢，選定的書，凡三千四百六十種，計七萬九千三百三十九卷，分經史子集四部，這部書分寫四部，除文淵閣存一份外，瀋陽文溯閣、熱河皇帝行宮避暑山莊文津閣，各存一部。以後又續抄三部，分存在鎮江金山寺的文宗閣，揚州大觀堂的文匯閣，杭州聖因寺的文瀾閣。

這七部書的存佚情形如下：

文淵閣　是四庫全書的第一部，也是寫得最整齊的一部，完成於乾隆四十六年，四十七年存入文淵閣裡。溥儀出宮以後，由故宮博物院保管，運來台灣的便是這一部。

文溯閣　四庫全書的第二部。民國三年曾運到北平，民國十四年又運回瀋陽。

文源閣　四庫全書的第三部。咸豐十年英法聯軍入北平，被毀了。

文津閣　四庫全書的第四部，民國四年運到北平，現歸北平圖書館保管。

文宗閣　續抄三部之一。道光二十一年，鴉片戰爭，遭英國毀損一部份，到咸豐三年，太平軍陷鎮江，完全被燒完了。

文匯閣　續抄三部之一。咸豐四年，太平軍陷揚州，完全被毀。

文瀾閣　續抄三部之一。咸豐十年，太平軍陷杭州，建築物倒了，書也散失。當時藏書家丁甲、丁丙兄弟，冒險收了八千一百四十冊。光緒六年，重建文瀾閣，丁氏兄弟送還閣中，以後經續收補抄，大體復原了。抗戰時曾運到四川，現在不知存放何處。文淵閣的這一部，由故宮博物院分裝五百三十六箱，運到台灣。

按：四庫全書卷帙浩繁，鄭孝胥在溥儀的「小朝廷」時代，一度曾擬與商務印書館合作影印，因種種關係，議而不決。目前珍藏故宮博物院，已成古董，既不能借閱，又不能影印，且所收藏之書，幾乎全可由他處求得，因而對於所謂「嘉惠士林」，絲毫不起作用。但由四庫全書而衍生的一部；四庫全書總目提要」，卻為治國學者必備的參考書。

按：修四庫全書時，所採進的書籍，認為可以行世者，共一萬零二百四十六種；審定去取，認為最有價值而收入全書者，三千四百五十八種；其餘六千七百八十八種，則僅存目，其內容在總目提要中，亦有介紹。

四庫全書總目提要，為紀曉嵐所撰，其體例據張錦郎在「中文參考用書指引」中介紹如下：

體制如下：四部之首，各冠以總序，撮述其源流演變，以絜綱領；每類前也各冠以小序，詳述其分併改隸之旨趣，以析條目。各類之末或類下分有子目的，在各類或子目之後，有一行文字，以計部卷數。存目之書著錄於各類目存書之後。

每書著錄的次序，首書名，次卷數，次注其版本，然後述著者姓名、爵里，並略考是書的得失。

至於同一類屬（子目）圖書的排列，以著者年代先後為次，惟歷代帝王著作，冠於各代之首。如著者年代相同，以歷官或科第可考者依次排列，每可考者，附於各朝之末。

另有一部「續修四庫全書提要」，據張錦郎介紹，「係四庫全書以後，解禁圖書、新發現圖書與新著圖書的提要」，當年是利用日本退還我國的庚子賠款爲經費，編纂而成。收書一萬零七十種，爲四庫總目著錄的三倍，子部、集部尤多，其特色爲：

一、佛教經典，四庫所收不過數十種，續四庫則盡量收錄。

二、道教書籍、四庫收二十種，續四庫收六百種。

三、明人著述，四庫多被刪改或貶斥，此是種族觀念使然，續四庫特別注意明人著作，並作客觀敘錄。

此外，高宗復命于敏中、王際華，就四庫全書著錄的三千多種之中，選出四百七十三種，抄成一萬一千一百七十八冊，分成兩百零一函，名爲「四庫薈要」共繕兩部，一部存大內御花園摛藻堂；一部存圓明園味腴書屋。

這完全是爲了高宗個人閱讀之用，所以製作頗爲講究。存圓明園的一部，毀於英法聯軍之役，存摛藻堂的一部，則已運來台灣，存故宮博物院。

綜合而言，乾隆一朝自漢文帝、唐太宗、明成祖以來，在國際地位上臻於頂點。但立國久長之道，武功不足恃，厥維文治。乾隆十大武功，榮耀炫於一時；而天子右文，雖說別有用心，畢竟功多於過。茲引敘心史先生的評論，以爲乾隆踐祚六十年的結論：

乾隆朝武英殿刊版之書，及御纂御定御製之書，較之康熙朝更多，具在宮史，不備列。其搜采各書，兼有挾種族之慚，不顧人以「胡」字「虜」字加諸漢族以外種人，觸其忌諱，於是毀棄滅跡者有之，刊削篇幅者亦有之。

至明代野史，明季雜史防禁尤力。海內有收藏者，坐以大逆，誅戮纍纍。以發揚文化之美舉，構成無數文字之獄，此為滿漢雠嫉之惡因。統觀前史，暴君虐民，事所常有，清多令主，最下亦不失為中主，宜可少得罪於吾民，而卒有此荼毒士大夫之失德。今文字獄已有專輯，其不出於檔案者，余亦稍有搜輯，當別成專著，不能列入本篇。

惟乾隆以來多樸學，知人論世之文，易觸時忌，一概不敢從事，移其心力畢注於名物訓詁之考訂，所成就亦超出前儒之上，此則為清世種族之禍所驅迫，而使聰明才智出於一途，其弊至於不敢論古，不敢論人，不敢論前人之氣節，不敢涉前朝亡國時之正義；此止養成莫談國事之風氣，不知廉恥之士夫，為亡國種其遠因者也。

此亡國者謂亡清之國，非亡中國。乾隆朝講究考據，忌諱載道之文，但「移其心力畢注於名物訓詁之考證，所成就亦超出前儒之上」，建立了爲學術而學術的風氣，一懲空疏八股之弊，爲後世講實學者，建立了深厚的基礎；然後而有心史先生之所謂「嘉道守文」；以及所謂「道光澍士習之轉移」。倘無水利、漕運、鹽務始末演變的詳考，何來賀長齡的「經世文編」；何來陶澍的改革鹽務；何來胡林翼的籌餉長策；何來曾國藩敢擋艱鉅膽量；何來左宗棠「身無半畝，心憂天下」的抱負？

八、仁宗——嘉慶皇帝

乾隆六十年九月初三，高宗在圓明園勤政殿，召集皇子皇孫、王公大臣，宣示恩命，立皇十五子嘉親王爲皇太子，以明年丙辰爲嗣皇帝嘉慶元年。這位嗣皇帝就是仁宗。

仁宗御名顒琰，生於乾隆二十五年寅辰十月初六日，這年仁宗五十歲。生母魏佳氏，原爲包衣女子。高宗之以仁宗繼統，原因有三：第一、預定踐祚六十年後歸政，年已八十有五，稍長諸子，亦在五十歲左右，精力已衰，須擇一盛年之子；此爲聖祖當年所以欲傳位於皇十四子的原意。高宗能深體祖父的苦心，並以爲法，此實不愧英主。

其次是仁宗之仁，高宗自知十大武功，六次南巡，以及不斷擴充圓明園，重勞民心，希望仁宗施政以寬厚爲主；而仁宗的性格符合他的要求。再一個原因便是包衣女子所生，自幼得祖母鍾愛。

據「東華錄」，嘉慶元年丙辰春正月戊申朔，舉行授受大典，儀節如下：

一、嗣皇帝侍太上皇帝詣奉先殿堂子行禮。

二、遣官祭太廟後殿。

三、太上皇帝御太和殿，規授「皇帝之寶」。嗣皇帝跪受。

四、太上皇帝受賀還宮。

五、嗣皇帝即位受賀。

六、奉太上皇帝傳位詔書，頒行天下，覃恩有差。
七、嗣皇帝奉太上皇帝詣壽皇殿行禮。
八、嗣皇帝御乾清宮，賜宴親藩。

從這天起，便有了兩個年號：民間稱「嘉慶元年」；宮中稱乾隆六十一年。在高宗以前，唐、宋皆有太上皇，一是唐高祖；二是唐玄宗；三是宋高宗。但此三帝禪位，皆出於不得已，理智上雖多少有不足以君臨天下之慚；而情感上實難甘心。因此，父子之間亦有猜忌。

宋孝宗為宋高宗之侄，且為宋太祖之後，祖宗骨肉間的恩怨，更易造成誤會。高宗熟讀通鑑，深知「太上皇帝」名義好聽，而做「太上皇帝」的滋味並不好受。尤其和珅更為自危，非助高宗繼續掌握政權不可。據「朝鮮正宗實錄」載：

（正宗）二十年，即清嘉慶元年，三月十二日戊午，召見回還進賀使李秉模等。上曰：「太上皇筋力康寧乎？」秉模曰：「然矣。」上曰：「新皇帝仁孝誠勤，譽聞遠播云，然否？」秉模曰：「狀貌和平灑落，終日宴戲，初不遊目。侍坐太上皇，上皇喜則亦喜，笑則亦笑。央此亦有可知者矣。」

李秉模於二月十九日乙未，先有馳啟言：「正月十九日平明，因禮部知會，詣圓明園。午後，與冬至正副使入山嵩水長閣。太上皇帝出御閣內後，入參內政。禮部尚書德明引臣等及冬至正副使至御榻前跪叩，太上皇帝使閣老和珅宣旨曰：『朕雖然歸政，大事還是我辦。你們回國問國王平安。道路遙遠，不必差人來謝恩……』黃昏時，太上皇帝從山高水長閣後御小舫，嗣皇帝亦御小舟隨之。又令臣等乘舟隨後。行數里許下船，入慶豐園，太上皇帝御樓下榻上，嗣皇帝侍坐，設雜戲賜茶，使內侍引臣乘雪馬行，一里許下岸，仍為引出退歸。

……臣等使任譯問：『從今以後，小邦凡有進奏進表之事，太上皇帝前及嗣皇帝前各進一度耶？』答云：『現今軍機姑未定例，當自有文書出去』云。申後，禮部又送上馬宴桌於館所。

二十六日，禮部知會有傳諭事件，年貢憲賀各該正副使明日赴部。故二十七日巳時，臣等及冬至正副使、與任驛詣禮部，則員外郎富森阿謄示傳諭事件，以為賀使帶來三起方物，業經欽奉敕旨，移準於下次正貢。再現奉敕旨。『此後外藩各國，惟須查照年例，具表賫貢，毋庸添備貢物。於太上皇帝、皇帝前作兩分呈進』云云。」

又「清人筆記」中記董誥軼事云：

嘉慶初元，珅勢益張，外而封疆大吏領兵大員，內而掌銓選理財賦決獄訟主諫議持文柄之大小臣工，順其意則立榮顯，稍露風采，折挫隨之。太傅朱文正公以德行文學受兩朝知遇，歙歷中外，垂五十年，時以內禪禮成，例得進冊，珅多方遏之，既上，珅又指摘之。純皇帝諭曰：「師傅之職，陳善納誨，體制宜爾，非波所知也。」

旋召公以吏部尚書協辦大學士，仁宗作詩寄賀，屬稿未竟，珅取以向上皇曰：「嗣皇帝欲市恩於師傅耶！」上皇色動，顧董文恭公曰：「汝在軍機刑部之日，是於律意云何？」公叩頭曰：「聖主無過言。」上皇默然良久曰：「卿大臣也，善為朕以禮輔導嗣皇帝。」乃降旨朱珪仍留兩廣總督之任，旋又改巡撫安徽。是時直內廷者無不色變震恐，文恭獨從容謝過，書旨而退，右見劉祀部集。

讀此見文恭之忠亮格天，深心調護，真有功宗社之大臣，亦由兩朝聖人善作善述，止孝止慈。訓政者一時罔極之心，傳祚者萬世無疆之業，卒非僉壬所能熒聽也。

按：朱文正指朱珪，與弟朱筠，並爲乾嘉名臣，四庫全書之議，即起自朱筠，而「清史稿」不爲立傳，深知心史先生所譏責。

朱氏兄弟京師土著，籍隸大興，而原籍浙江蕭山，先世殆爲明朝六部的書辦。朱珪字石君，乾隆十三年翰林，開坊後外放福建糧道，循升轉，三十六年以山西按察使護理巡撫，四十年內調，監司轉內，以「對品」之例，應授爲「大九卿」，不知爲何竟授補從四品的翰林院侍講學士；但次年命在上書房行走，專爲仁宗授課。

其時仁宗年十七，天心默許，大位所歸；爲儲君擇師，選定朱珪，足見器重。但不久和珅已漸用事，或者在擁立一事上，別有深心，因而於四十四年外放福建主考，次年京察一等，照例應即升官，而竟以原銜補放福建學政，任滿回京須在四十八年，此爲有意隔離其師生。

朱珪已知所輔者爲儲君；亦知和珅有移易高宗之意，因進五箴於仁宗；五箴者「養心、敬身、勤業、虛己、致誠」，皆有深意，所謂「養心」就是孟子的「養吾浩然之氣」勿以得失縈懷，這是設想到高宗可能會受和的蠱惑而易儲；倘遇此拂逆，切須順受；「敬身」者勿荒於聲色，「勤業」則力學；「虛己」謂以謙和爲貴；「致誠」者但盡其孝悌之心，勿矯揉造作。

凡此皆深知高宗的性格，教以固愛之道。仁宗於此五箴，所下工夫甚深；以致數中危言，即在受禪後，和珅還想扳倒他，而終得無恙，皆由朱珪輔導之功。因而歿後得諡爲「文正」。

四十七年九月，朱珪升少詹爲東宮官屬，而仍不容於和珅，五十一年以禮部侍郎充江南鄉試正考官；凡遇鄉試正科之年，即爲學政任滿之時，朱珪在闈後即授爲浙江學政，任滿回京，未幾即外放爲安徽巡撫。至此，朱珪出一高著，保護仁宗。

此一著之高，乃在能擺脫和珅之影響，非和珅所能論其是非。和珅在乾隆五十年後，無所不管，與高宗關係之密，密到一起修持「密宗」，惟獨文字一道，除了奏摺上吹毛求疵之外，其他即無置喙的餘地。

高宗自負學問，尤自負於義理；在這方面對和珅毫不假以詞色，常有「此非汝所知」之詞。因此朱珪乃以文字結主知；而以疆臣司文學侍從之職，如乾隆五十八年十二月諭：

昨日安徽巡撫朱珪，進「御製說經文」，閱其後跋，以朕說經之文，刊千古相承之誤；宣群經未傳之蘊；斷千秋未定之案；開諸儒未解之惑，頌皆過當，但歷舉朕敬天法祖，勤政愛民各大端，見諸設施者，與平日闡發經義，實有符合，語皆紀實，並非泛為諛詞。朱珪於御製古文，紬繹推闡，能見其大，跋語尤得體要，殊屬可嘉。著賞給筆墨等件，以示獎勵。

朱跋「刊、宣、斷、開」四語，在高宗實在過癮之至；作「頌皆過當」的謙詞，可見其內心對朱珪的欣賞。

五十九年四月又諭：

朱珪進御製論史古文後跋，以朕論史之紬繹推闡，有「用史成經，紹六為七」之語，朱跋語，固非鋪張揚勵，泛為諛詞，究屬稱頌過當，觀其文義，尚為典覆，著賞給紗扇筆墨等件，以示獎勵，此冊並著皇子皇孫，各繕一部，預備觀覽。

按：詩、書、易、禮、書秋、樂爲六經；樂經失傳，故稱五經。朱珪頌以「用史成經」，使六經變爲七經，眞是挖空心思的恭維，高宗又大過了一次癮，看他「著皇子皇孫，各繕一部，預備觀覽」，可想見其得意。

同年九月又諭：

朱珪理「御製紀實詩」十二函，內編排門類，列敘案語，具見用心審密，所撰進書表文，摛詞比事，亦屬典覆，惟過於頌揚，於朕兢業自持，維日孜孜之意尚覺歉然，觀其屬辭命義，尚為雅則。茲賞給御箑扇一柄、紗匹筆墨等件，以獎其勵學。

此則儼然師長訓門生之語，關係較之君臣又進一步。而朱珪則再接再厲，以致又有十二月之諭：

朱珪進呈「御製幾餘詩」一部，朕略加披覽，係繕錄御製詩章，分門別類，編輯成帙，可謂用心細而措詞當。該撫應辦地方要務甚多，若專用於筆墨之事，恐致政務轉不免疏漏，豈朕簡畀封圻之意，除須賞荷包筆墨錁錠外，著傳諭朱珪務須盡心政務，以察吏安民為重，不可緩其所重，用心於無用之地。嗣後亦無庸再行纂辦進呈，惟當悉心民事，以期無負委任。

按：其時朱珪由安徽巡撫調廣東，此爲肥缺，亦爲要缺，所以高宗有此一諭。話雖如此，兩個月後的六十年二月，又以釋奠文廟禮成，臨幸辟雍，御製詩四章，特命朱珪恭和進呈。至此，朱珪已立於不敗之地；朱珪不敗，仁宗的地位可保不致發生變化，因愛屋及烏，自然之理；而既有名師，必出高弟，亦邏輯推演所必至。和珅進讒而不逞，因由董誥爲社稷之臣，而基本上還是看在朱珪的份上。

及至授受禮成，朱珪撰進詩冊，用「二十五有」的仄韻，成排律一百韻，又蒙獎賞；嘉慶元年六月擢粵督仍兼粵撫，其時文淵閣大學士孫士毅出缺，高宗決定以朱珪補授，先下上諭「來京另候簡用」；接下來又須另一道上諭：

昨據和琳奏：孫士毅在四川酉陽州病逝，將來大學士缺，意欲即以朱珪補授，但此缺須一月後方始題請，特先降旨，諭知朱珪，不必因有來京之旨，心存疑慮，見在京中並無應辦之事，朱珪不必急於來京，兩廣總督仍應朱珪署理。

朱珪在廣東巡撫任內，辦理一切，本為熟悉，今復奉有恩旨，尤應感激奮勉，倍加認真，不可存五日京兆之見，有負委任，一切洋盜更應嚴辦，大學士員缺，除俟居期明降諭旨外，將此先行傳諭知之。

這是和珅阻撓朱珪到京的一種手法，這道上諭是個伏筆；八月間根據閩浙總督魁倫所奏，「粵東艇匪，駛至閩浙洋面肆劫」，課朱珪以「署總督任內，不能認眞緝捕」的罪名，調補安徽巡撫。

和珅敢於如此弄權，是因爲高宗耄年善忘之固；嘉慶二年，朝鮮「李朝實錄」載：

三月二十二日丙戌，冬至書狀官洪樂游進聞見別單，中有兩款關太上皇帝及皇帝狀：

（一）太上皇帝容貌力氣，不甚衰耄，而但善忘比劇。昨日之事，今日輒忘。早間所行，晚或不省。故侍御左右眩於舉行，而和珅之專擅甚於前日，人皆側目，莫敢誰何云。

（二）皇帝平居與臨朝，沉默持重，喜怒不形。及開經筵，引接不倦，虛已聽受。故筵臣之數奏文義者，俱得盡意。閣老劉鏞之言，最多採納。皇上眷注，異於諸臣，蓋鏞夙負朝野之望，為人正直，獨不阿附於和珅云。

按：劉鏞爲劉墉之誤。嘉慶元年政府領袖爲阿桂，以武英殿大學士爲軍機領班，其次爲和珅；劉墉不入軍機，以滑稽自容，故仁宗雖加信任，得免猜忌。和珅最忌者爲朱珪；因爲朱珪久任疆吏，內用必入軍機，且必爲高宗經常召見，談文論藝，和珅即無法一手遮天。其次則爲王杰，此人所得的狀元，即原爲趙雲崧應得的狀元。一生清愼守正，不負特達之知，亦爲高宗所極信任，和珅無可如何。但在軍機，僅常止於予和珅難堪；或者遇事保全善類，畢竟無法事事匡正。

「清朝野史大觀」記：

公高不踰中人，白髮數莖，和藹近情，而時露剛毅之氣，其入軍機時，和相勢力薰赫……公絕不與之交，除議政外，默然獨坐，距和相位甚遠，和相就與之言，亦漫應之。高宗極信任公，和亦不能奪其位。

王杰籍隸韓城，與司馬遷同鄉，司馬遷的墓及廟便在韓城；自幼仰慕鄉賢，嫉惡如仇，「清朝野史大觀」記：

海鹽陳太守渼，精岐黃家言，官禮曹時，樞相和珅召令視疾，太守咨於座主韓城王文端公；曰「此奸臣，爾必以藥殺之，否則毋見我。」太守謝不往，和疾之時，已保御史，乃出為肇昌知府，復以事貶知州。

按：陳渼族係陳其元「庸閒齋筆記」，亦曾述其事，當非無稽。王杰在軍機，對和珅不假詞色；而和珅低聲下氣，刻意交歡，則爲事實。

「清人筆記」中又一條云：

大學士和珅在軍機日，手持水墨畫軸，韓城師見之，曰：「貪墨之風一至於此」。又嘗捉韓城手諦視曰：「狀元宰相手果然好。」韓城曰：「者手佪會做狀元宰相，不會要錢，有甚好處？」聞者凜然。

按：世皆以王杰清廉著稱，告老時仁宗製詩送行，有「清風兩袖返韓城」句；事實上，所謂清廉，亦是比較而言；太平宰相，國家自有俸祿，亦不致如湯斌、于成龍等任督撫時的刻意清苦，以期將身作則，矯正吏治。

王杰自通籍至參政，掌文衡九次，三任浙江學政，一任福建學政；光是門生例有的贄敬，就很可觀了。

昔人詠窮京官緊縮開支云：「先裁車馬後裁人，裁到師門二兩銀」。此猶言三節兩壽（老師、師母生日）例有的孝敬；亦非萬不得已不可裁，至於進學、中舉，中進士的獻贄，豈惟絕不算貪墨，且受者為榮，王杰何等例外；倘或例外，便是矯情，亦不能得高宗的信任了。

王杰之能疊掌文衡，實際上是和珅的慣技，一以示惠，兼以隔離。和珅用事在乾隆四十多年以後，其時王杰由浙江學政任滿回京任吏侍，四十三年出為浙江鄉試正考官；四十五年又任浙江學政，四十七年回京，旋丁母憂，至五十年八月服滿進京，任兵部尚書。此時和珅羽翼已豐，勢不可撼。

王杰於五十一年十二月入軍機；五十二年一月入閣，是年丁未正科會試，五十四年己酉，高宗八旬萬壽，頒行正科會試；五十五年庚戌恩科會試，王杰三充總裁，為和珅弄權，更為顯然。

因為一入闈便是一個多月；榜發以後門生拜老師，接著殿試、朝考，擾攘之間，總有半年不得寧帖；即半年不能過問政事。和珅以此手法對付王杰、劉墉、朱珪、竇光鼐等人，可說萬試萬靈。

仁宗在位二十五年，實際上應該算作二十二年，因爲前三年完全是傀儡，直到嘉慶四年正月初三，太上皇崩，方始親政，才能算是眞正在做皇帝。

仁宗一旦大權在握，第一件事便是殺和珅。猶恐和珅勢力太大，不願就範，特以親貴分掌朝政，當時的處置是：

一、皇八子，仁宗胞兄儀郡王永璇，晉封親王，總理吏部。

二、皇十一子，仁宗胞兄成親王永瑆，命在軍機處行走，並總理戶部三庫。

三、仁宗同母弟，皇十七子永璘封惠郡王，後改號慶郡王，爲御前行走，負內外聯絡之任。

至於參和珅者，不一其人，「東華錄」只記：

「科道列款糾劾，奪大學士和珅、戶部尚書福長安職，下於獄。」

「清朝野史大觀」記如下：

和珅用事二十餘年，至嘉慶三年以前，未嘗一被彈劾。乾隆間御史曹錫寶雖嘗一劾其家奴劉全藉勢招搖，家資豐厚；然廷聞查勘，竟以風聞無據覆奏，錫寶坐妄言被詰責。及嘉慶四年正月三日高宗崩，而和珅始為御史廣興、給事中廣泰、王念孫等所劾，即日奪職下獄，尋賜自殺。其家財先後抄出，值八百兆兩有奇。甲午庚子兩次償金總額，僅和珅一人之家產足以當之。政府歲入七千萬，而和珅以二十年之宰相，其所蓄當一國二十年歲入之半額而強，雖以法國路易第十四，其私產亦不過二千餘萬，四十倍之，猶不足以當一大清國之宰相云。

因此，當時有「和珅跌倒、嘉慶吃飽」之謠。而和珅當日曾向仁宗遞如意，以爲可以邀擁戴之恩，不道竟成大罪的第一款。

和珅的罪名據上諭宣佈，共二十大罪：

一、朕於乾隆六十年九月初三日，蒙皇考冊封皇太子，尚未宣布諭旨，而和珅於初二日在朕前先遞如意，洩漏機密，居然以擁戴爲功。

二、上年正月，皇考於圓明園召見和珅，伊竟騎馬直進左門，過正大光明殿至壽山口，無父無君，莫此爲甚。

三、又因腿疾乘坐椅轎，抬入大內，肩輿出入神武門，眾目共睹，毫無忌憚。

四、將出宮女子，娶爲次妻，罔顧廉恥。

五、自剿辦川楚教匪以來，皇考盼望軍書，刻縈宵旰，乃和珅於各路軍營遞到奏報，任意延擱，有心欺蔽，以致軍務日久未竣。

六、皇考聖躬不豫時，和珅毫無憂戚，每進見後，出向外廷人員談笑如常。

七、昨皇考力疾披章批諭，字畫間有未真，和珅膽敢口稱，不如撕去，另行擬旨。

八、前奉皇考敕旨，令伊管吏部、刑部事務，一人把持，變更成例，不許部臣參議一字。

九、上年十二月，奎舒奏循化、貴德二廳賊番，聚眾在青海肆劫。和珅竟將原摺駁回，隱匿不辦，全不以邊務爲事。

十、皇考升遐後，朕諭蒙古王公，未出痘不必來京，和珅不遵諭旨，已未出痘者俱不必來，全不顧撫綏外藩之意，其居心實不可問。

十一、大學士蘇凌阿，兩耳重聽，衰邁難堪，因係伊弟和琳姻規，竟隱匿不奏。侍郎吳省蘭、李潢、太僕卿李光雲，曾在伊家教讀，保列卿階，兼任學政。

十二、軍機處記名人員，和珅任意撤去，種種專擅，不可枚舉。

十三、昨將和珅家產查抄，所蓋楠木房屋，僭侈踰制，其多寶閣槅段，皆仿照寧壽宮制度，其園寓點綴，與圓明園蓬島瑤台無異，不知是何肺腸。

十四、薊州墳塋設立亭殿，開置隧道，致附近居民有和陵之稱。
十五、家內所藏珍珠手串二百餘，較大內多至數倍，並有大珠，較御用冠頂尤大。
十六、寶石頂非伊應戴之物，伊所藏數十，而整塊大寶石，不計其數，且有內府所無者。
十七、銀兩衣服等件，數逾千萬。
十八、夾牆藏金二萬六千餘兩，私庫藏金六千餘兩，地窯內藏埋銀兩三百餘萬。
十九、附近通州、蘇州有當鋪、錢店，資本又不下十餘萬，以首輔大臣，下與小民爭利。
二十、家人劉全不過下賤家奴，而查抄家產，竟至二十餘萬，並有大珠及珍珠手串，若非縱令需索，何得如此豐饒。

以上二十款大罪，強調「大不敬」，始能處和珅以死刑；因為位至大學士，貪黷不算可以致死的大罪。原來清朝自康熙年間起，造成一個很不良的傳統，凡是到了與國同休的地位，諸如宰相、負實際責任的王公，乃至督撫，貪污是可以容忍的。

聖祖甚至以清官著稱的張伯行，都有假公濟私的行為，說他如果不取之於民間，何來刻書之貲；事實上是冤枉了張伯行，張家素封，張伯行刻書，出於私財。不過聖祖既未認眞，臣下亦不必深辯而已。

究其實際，和珅的大罪只是「紊亂綱紀、敗壞吏治」八個字；但此八字，高宗至少要負一半的責任；所以不能不「毛舉細故」以成大罪。

明朝末年有部書，名爲「天水冰山錄」，專記籍沒嚴嵩父子的財產；和珅抄家所得，清朝檔中，亦有記載，稍錄若干，以廣見聞：

私設檔子房一所，共七百三十間。

花園一所，亭台六十四座。

田地八千頃。

銀號十處，本銀六十萬兩。

當舖十處，本銀八十萬兩。

（金庫）赤金五千八千兩。

（銀庫）元寶五萬五千六百個。

京錁五百八十三萬個。

蘇錁三百一十五萬個。

（人蔘庫）人蔘大小支數未計，共重六百斤整。

（玉器庫）玉鼎十三座，高二尺五寸。玉磬二十塊。玉如意一百三十柄。玉碗一十三桌。玉

壽佛一尊，高三尺六寸。玉觀音一尊，高三尺八寸（均刻雲貴總督獻）。玉馬一匹，長四尺三寺，高二尺八寸。（以上三件均未作價）

珊瑚樹七支，高三尺六寸，又四支，高三尺四寸。

白狐皮五十二張，元狐皮五百張，白貂皮五十張，紫貂皮八百張，各種粗細皮共五萬六千張。

鏤金八寶狀四架，鏤金八寶炕二十座，大自鳴鐘十座，小自鳴鐘二百五十六座，桌鐘三百座，時辰表八十個。

皮衣服共一千三百件，綿夾單紗衣服共五千六百二十四件，帽盒三十五個，帽五十四頂，靴箱六十口，靴一百二十四雙。

大珠八粒，每粒重一兩。

金寶塔一座，重二十六斤。

大金元寶一百個，每個重一千兩。

大銀元寶五百個，每個重一千兩。

按：和珅所得財物，亦非盡由督撫中勒索而來，最主要的一種手法是侵冒，他在軍機處時曾有一不成文規定，奏摺具副本送軍機處，呈進方物，亦先關白；倘或不如所欲，擅自駁斥，而名義上是駁了，實際上卻納入私邸，督撫反正已進貢了，當然不會再討回，而且和珅一收下，則駁斥是表面文章，實際上已有保障。有時收一半，退還一半，此退還的一半，當然亦是和珅笑納。

以此二十款大罪，罪名自是「決不待時」，即刑名上的專門術語：「斬立決」。結果是「賜帛」，伏法於正月十八日，距被捕爲七日；跟太上皇之崩，未足半月。有清一代，王公大臣被禍之速，未有如此者。

和珅當政二十年，天下督撫，半出提攜，倘如雍正之善株連，將無寧日，仁宗在這一點上做得很聰明；但也可能很不聰明，如當時能藉此切實整頓吏治，尤其是對八旗貴族，痛切裁抑，講求實學，應該不致於有後來鴉片戰爭一敗塗地的悽慘局面。只是仁宗之仁，不忍株求，只辦了少數人，列舉如下：

一、左都御史吳省欽，一向爲和珅門下走狗，革職回籍。

二、福長安抄家，斬監候，押往和珅監所，跪視其自盡。但福長安以後未勾決，仍在八旗當差。

三、和珅之弟和琳，本封公爵，配享太廟；革爵，撤出太廟，拆毀伊家所立專祠。和家子弟有爵位者，或降或革，並均不准在乾清門行走，發往八旗當閒差。

四、大學士蘇凌阿，年老龍鍾，因係和琳姻親，得居高位，原品休致。蘇凌阿家所藏百二十回本紅樓夢，可能在重付裝裱時，爲程小泉錄得副本，託名「購自鼓擔」。

五、太僕寺卿李光雲，降爲編修。

六、山東巡撫伊江阿革職。

最難處置者爲仁宗的妹夫，和珅之子豐紳殷德，「清史稿」和珅傳云：

子豐紳殷德，尚固倫和孝公主，累擢都統，兼護軍統領，內務府大臣。和珅伏法，廷臣議奪爵職，詔以公主故，留襲伯爵。尋以籍沒家產，正珠朝珠，非臣下所應有，鞫家人，言和珅時，於燈下懸掛，臨鏡自語，仁宗怒，褫豐紳殷德伯爵，仍襲舊職三等輕車都尉。

嘉慶七年，川楚陝教匪平，推恩給民公品級，授散秩大臣。未幾，公主府長史奎福訐豐神殷德演習武藝，謀為不軌，欲害公主。

廷臣會鞫，得誣告狀，詔以豐神殷德與公主素和睦，所作「青蠅賦」，憂讒畏譏，無怨望違悖，惟坐國服內，侍妾生女罪，褫公銜，罷職在家圈禁。十一年，授頭等侍衛，擢副都統，賜伯爵銜。十五年病，乞解任，賜公爵銜，尋卒。無子，以和琳子豐紳伊綿，襲輕車都尉。

和珅伏法後越十五年，國史館以列傳上仁宗，以事跡疏略，高宗數加譴責，闕而未載，無以信今傳後，褫編修席煜職，特詔申戒焉。

附帶要一談和珅的住宅。「嘯亭續錄」卷二云：

慶僖親王諱永璘，純廟第十七子，貌豐頎，天性直厚，敦於友誼，御下甚寬；……純廟末年，或有私議儲位者，王曰：「至下至重，何敢妄覬，惟冀他日將和和珅邸第賜居，則願足矣。」故睿廟籍沒和相，即將其宅賜王居之。

「嘯亭雜錄」雖爲禮親王昭槤門下所撰，但出於昭槤口授，且生當同時，見聞必眞。永璘爲仁宗同母弟，觀其所言，知和珅生前，已注定將籍沒的命運。

又「清史稿」諸王列傳卷二百二十二，謂「和珅以罪誅，沒其園亭，賜永瑆。」永瑆爲高宗第十一子，仁宗之兄，封成親王，以善書法聞名。同卷慶僖親王永璘，卻又證實了「嘯亭續錄」的記載：「和珅誅，沒其宅，賜永璘。」是則一宅兩賜，事出歧異。眞相究竟如何？

按：兩記實皆不誤，但誤爲一宅而已。據「清朝野史大觀」查抄和珅家產清單載：

欽賜花園一所，亭台二十座，新添十六座。

花園一所、亭台六十四座。

和珅原有兩座花園，彰彰明甚。後者在三座橋，亦稱三轉橋，當定府大橋東頭，什刹後海之西。這兩座府第，關乎有清一代興廢，略考其淵源如下。

慶僖親王永璘受賜者，爲和珅原來的住宅，其前身不可考，疑爲明朝惠安伯張元善的別墅。又「燕都叢考」記：

今成邸在西直門內半壁街，乃光緒初改賜者。和珅宅曾割其半以居豐紳殷德，及和孝公主。豐早卒，於道光初，門戶式微已甚。

咸豐時並慶邸改賜恭王。和珅花園名十笏者，賜成邸，在海淀，未久即廢。道光初僅餘花神廟、綠野亭。山陽潘德輿四農為賦水調歌頭，所謂「一徑田山合，上相舊園亭」。及「綠野一彈指，賓客久飄零，壞牆下，是綺閣，是雲屏」者是也。

此記與前述兩園實無關，所謂「和珅花園名十笏」既「在海淀」，則爲高宗御園時，和珅所住之處。慶僖親王被賜者，即三轉橋之宅，割半以居豐紳殷德；德既歿，房屋照例由宗人府收回。

慶僖親王之後，至道光末年式微，因其一孫一子爭爵行賄，並皆得罪之故；爭爵之子爲永璘第六子綿性，得罪充軍盛京；綿性之子即奕劻，初襲奉國將軍，貧而好學，舉聞常爲慈禧太后家司筆札，以此因緣，又爲仁宗一系近支，故得由貝子逐步至親王。

至於慶僖親王歿後，子綿愍襲郡王；道光十六年歿，無子，以高宗第八子儀親王永璇之孫奕綵爲後，再襲郡王一次；奕綵服中納妾奪爵，王府收歸宗人府，時在道光二十二年。咸豐二年，宣宗第六子恭親王分府，即以慶王府相賜。

明珠的府第，在明朝就很有名。「明史」卷三百零四「宦官」載：

> 李廣，孝宗時太監也。以符籙禱祀蠱帝，因為奸弊……四方爭納賄賂，又擅奪畿內民田，專鹽利鉅萬；起大第，引玉泉山水前後繞之，給事葉紳、御史張縉等交章論劾。帝不問。

李廣的大第，入清爲明珠所有，地在什刹前海之北；南岸有一座橋名爲「李廣橋」，奸黨遺穢，橋亦蒙羞。京城中有許多不雅或有忌諱的地名，改易的原則爲音同字不同；李廣橋改爲「藜光橋」，過於文飾，不易爲人接受。此橋在當時即爲引水入園之處。

至於此園之入和珅之手，出於豪奪。「燕都叢考」記：

明珠孫成安，家世富厚，以迕和珅籍沒其產，珍物重器有大內所無者。成邸之封，恰在此時，或即因以賜之。然淨業北畔實無餘地，可供卜築，邊袖石十剎海詩：「平泉花木翠迴環，相國樓台占此間」。又云：「雞頭池涸誰能記，淥水亭荒不可尋。」

按：淥水亭爲納蘭性德別署，所作筆記，即名「淥水亭雜識」。成親王永瑆自獲此園，建有「恩波亭」，以恩賜分玉泉水入園之故，或即爲淥水亭所改築。

成王府的易手則在光緒十四年。當道光三十年皇六子奕訢封恭親王時，皇七子奕譞封醇郡王，賜第在宣武門內太平湖；醇王易名曰「適園」，而俗稱則爲「七爺府」。此處本爲高宗第五子榮親王永琪的賜第，永琪之孫名奕繪，襲貝勒，他的側福晉即是清朝有名的女詞人西林太清春。相傳與龔定庵有一段戀情，龔定庵曾任宗人府府丞，任此職者常與王公貴族打交道；龔定庵己亥雜詩三百十五首中有一首云：

空山徙倚倦遊身，夢見城西閬苑春，一騎傳箋朱邸晚，臨風遞與縞衣人。（自注：憶宣武門內太平湖之丁香花一首。）

這首「丁香花」與李義山的那首「欲書花片寄朝望」的「牡丹」，同爲詩壇疑案。孟心史先生曾作「丁香花」一文，考定龔定庵與西林有瓜李之嫌之說爲妄。題外之話，不必多談；只說奕繪歿後，此宅改賜醇王。

及至德宗入承大統，「七爺府」即成潛邸；照例醇王應該遷出，但直至光緒十四年，慈禧太后爲酬醇王將海軍經費移建頤和園之功，特旨以成親王府賜醇王；成哲親王永瑆之後，皆是長子襲封，五傳爲毓橚，同治十一年襲貝子，至此另行賜第半壁街。而醇王親居，以潛邸保留之故，則稱爲「北府」。

以上爲仁宗處置和珅的經過；此外還有一人爲仁宗所深惡，那就是他的「同父異母」之兄福康安。他在嘉慶元年五月，以征苗染瘴患洩而歿於軍中；生前已封貝子，至此晉封郡王，並有御製輓詩五律一首：

到處稱名將，功成勇有謀，近期黃閣返，驚報大星流；自嘆賢臣失，難禁悲淚收，深恩縱加贈，忠篤那能酬。

此詩「忠篤」二字如改爲「負屈」，更能道出高宗的心情。高宗一生福澤之厚，爲上下五千年中第一人，但平生隱痛，在富有四海，而不能予生母愛子以應得的名分，所以想出種種藉口，予以補償；奉太后南巡，猶可在「孝」字上做文章；至於對福康安這個坐轎子打仗的「名將」，恩寵格外，自己亦得有些說不出口。

和珅即是窺破了高宗這一層隱衷，先意承旨爲福康安鋪敘戰功，奏請重獎，一方面討高宗的好；一方面亦是討福康安的好，如此內外相結，故終高宗之世，不論他如何任意妄爲，皆能不敗。

至於仁宗之對福康安，雖早就討厭，但公開斥責，則在嘉慶九年八月，川楚教匪平定之後，報銷軍需，泛濫異常；痛定思痛，風氣皆由福康安所壞，因而上諭中提及往事：

從前節次用兵時，領兵官員原無格外犒賞之需。自福康安屢次出師，始開濫賞之端，任性花費，毫無節制；於是地方承辦之員，迎合備送，累萬盈千，以及銀牌綢緞，絲繹供支，不過以嘗兵為名，亦未必實惠盡逮戎行也。即為德麟，迎其父柩，地方官致送奠儀，並備賞等銀四萬餘兩。

外省只知逢迎紈袴乳臭，卑鄙惡習，實出情理之外，竟非人類，所有德麟收受銀四萬一千五百五十二兩，著罰令賠繳八萬兩，以示悖入悖出之天理，為治世所不容。

嘉慶四年二月又諭：

賞罰為軍紀之要，隨征官兵等，果有奮勉出力者，一經奏聞無不立沛恩施，帶兵大員等，何得擅立賞號，用示施恩。是以從前屢次用兵，本無此項。我皇考高宗純皇帝，曾經屢頒聖訓，著之令典。

自福康安出師台灣等處，始有自行賞給官兵銀兩綢緞之事。爾時藉其聲勢，向各省任意需索，供其支用，假公濟私，養家肥己，其後各軍營習以為常，帶兵大員等，不得不踵行犒賞，而力有所不能，輒於軍需項下動用支銷，以公項作為私用。嗣後設遇辦理軍需時，不得再立賞需名目。

敗壞軍紀吏治，皆由和珅、福康安而起。和珅之罪早彰；福康安廢弛紀律，爲害之劇，在川楚教匪案，長達九年的勞師動眾，大傷元氣始得平定的過程中，方始逐漸發覺，故事平以後，仁宗整飭吏治，每舉福康安的過失而言。

川楚教匪，始起於白蓮教鬧事。「聖武記」云：

> 白蓮教者，奸民假治病持齋為名，偽造經咒，惑眾斂財，而安徽劉松為之首。乾隆四十年，劉松以河南鹿邑邪教事發被捕，遣戍甘肅，復分遣其餘黨劉之協、宋之清授徒傳教，徧川陝湖北。
>
> 日久黨益眾，遂謀不靖。倡言劫運將至。以同教鹿邑王氏子曰發生者，詭明裔朱姓，以煽動流偽。乾隆五十八年，事覺，復捕獲，各伏辜。王發生以童幼免死，戍新疆。
>
> 惟劉之協遠颺。是年，復跡于河南之扶溝，不獲。於是有旨大索。州縣吏逐戶搜緝，胥役乘虐，武昌府同知常丹葵奉檄荊宜昌，株連羅織數千人。富破家，貧陷死，無算。
>
> 時川、湖、粵、貴，民方以苗事困軍興，而無賴之徒亦以嚴禁私鹽私鑄失業。至是益讎官思亂。奸民乘機煽惑，於是發難于荊襄達州，騷淫于陝西而亂作。

白蓮教作亂，歷代皆有，大致都起於河北南部，蔓延及於山東、河南，以迄於魯、蘇交界各處，此次獨起於四川者，別有緣故。孟心史「清代史」記嘉慶元年事云：

十月，四川達州奸民徐天德等激於胥役，與太平東鄉賊王三槐、冷天祿等並起。四川故有國匪，蓋金川之役，永保之父溫福以大學士督師，於乾隆三十八年敗歿於木果木，逃卒無歸，與悍民以剽掠為生計，散處於川東北者，官捕之急，遂合於教匪。

此爲散兵游勇，不能善爲安置，貽害民間之一例；而獨發生於號稱全盛的乾隆朝，則全由人謀之不臧所致。

嘉慶二年，平苗亂告一段落，移兵剿治教匪，由四川蔓延及於陝西、湖北、河南；和珅在日，多方隱匿眞相，至仁宗親政後，一發不可收拾。「清代史」又記云：

仁宗親政後，在鄂境之姚之富、齊王民亦入河南南陽，虜脅日眾，不整隊，不迎戰，不走平原，惟數百為群，忽分忽合，忽南忽北，而豫西之賊則被追又入陝，齊姚各股又與合。官軍尾追每後數日程，所奔突無迎阻者。去則謂之撲滅，來則謂之滋擾，謂之蹂躪。

四月，詔言：「明季流寇，緣其時紀綱不整，朋黨為奸，文恬武嬉，置民瘼不問。方今吏治肅清，勤求民隱，每遇水旱災，多費帑金，蠲賑兼施。百姓具有天良，均應知感。邪匪不過烏合亂民，民家威名遠播，荒徼無不賓服，若內地亂民，糾眾滋擾，不能立時殄滅，其何以奠九寓而服四夷耶」云云。勤求民隱，實有此意。蠲賑兼施，實有此事。其不至為明之流寇者在此。至云吏治肅清，試本即為欺讕。

教匪蠢動數十年不已，豈得與吏治並存。時太上訓政，和珅當事，錮蔽聰明，矛盾不自覺也。同日即免應山等匪區五縣額賦。後七日，又予達縣等三州縣被賊難民三月口糧，及修屋銀。此皆恤民之可證者。後復常有其事，然未知實惠及民否也。

「忽分忽合、忽南忽北」，即中共起家的游擊戰術，起於明末流寇，中間經川楚之亂、洪楊之亂，至捻匪時，此項戰術的發展，已進入可由理論來指導行動的階段。而當時軍事教育中，一部「步兵操典」，依日本教材照本宣科，根本不重視游擊隊；戰史中所強課的是陣地戰、殲滅戰，對堅壁清野無赫赫戰功，而實能保境安民，使流寇不敢侵擾者，類皆忽略。此爲中共得以坐大的一大關鍵因素。

溫福之子名勒保，與額勒登保皆因平三省教匪之亂，封侯拜相。「二保」爲所謂「八旗勁旅」的後勁，而皆得力於重用漢人。

「清朝野史大觀」記其人其事云：

勒相國保，溫相國福子，溫以木果木僨事，公統師盡反父政。待綠營士卒優厚，與文人論交誼，如石殿撰韞玉，石太守作瑞，皆收羅門下……人樂為用，惟滿兵切恨入骨。己未之役，幾受其譖，賴繼起者僨事，公復擁旌旄，與額經略等先後殲賊，川楚教匪為之盡殲，公力也。公短小精悍，善詼諧飲酒，賞賚頗豐。在軍中不喜談兵，嬉笑如常日，而寄心膂於將帥，使各盡所長，力持堅壁清野之策，故賊無所掠，以底敗亡。

又記額勒登保云：

額經略（勒登保）吉林人，少以侍衛從福文襄王征台灣、廓爾喀、苗疆諸部落有功，洊至護軍統領。楚苗之役，公受瘴病，時福文襄、和宣勇相繼卒，有傳公已故者，其家為設位祭，久始知其訛。

嘉慶己未冬特授經略，督辦三省教匪。公為富尚書（德）甥，素知兵法，待下嚴，然遇有功者必親為撫視。延胡學士（必顯）為幕客，出師皆其參酌，故每戰必勝。慶德憲（溥）言，公行師如數日不遇賊，則抑鬱不樂。聞鼓聲即踴躍據鞍，指揮三軍，欣然從事。凱歸必烹肥羊呼眾同食，親為之割。視諸將如骨肉，言語質樸，如違制則當筵謾罵不少貸。

一日游總兵雲棟違節制敗，公罵曰：「汝何畜產，乃敢違令致敗辱？如楊遇春小兒斷不至此。」時楊方在座，而公初不顧也。

甲子春歸朝，任御前大臣，乙丑秋病篤，仁宗遣莊親王往視，王面獎其勳績，公瞠目曰：「吾有何功？可愧死。」惟性好殺，擒賊無論老稚盡殲之，曰：「毋留此，致他日生變。」卒後無嗣，人皆惜之。

按：「和宣勇」指和珅之弟和琳，初封一等宣勇伯；嘉慶元年福康安卒，由和琳督辦平苗軍務，未幾亦卒。劉必顯應爲劉時顯，其傳附見「清史稿」額勒登保傳：

時顯，字行楷。江蘇武進人。少困科舉。乾隆中，侍郎劉秉恬治金川糧餉，從司文牘，獨勤，薦授兵部主事，充軍機章京，累遷郎中。和珅用事，數與抗，出為廣東雷州知府，為親老乞留。

尋從福康安征苗有功，賜花翎，洎額勒登保剿教匪，從贊軍務，剛直無所徇，額勒登保能容之，每日跨馬與諸將偕，或有逗留，輒叱之。遇賊務其衝，諸將無敢卻者。回營後，凡戰地曲折夷險，糧運續斷，器仗敝壞，兵卒勞餓，及賊出沒情狀，諸將功過，一一言之。

軍中敬畏時顯。貓兒埡之戰，及擒王登廷，章奏不欺，特賜三品卿銜。在軍中凡五年，累擢內閣侍讀學士，鴻臚寺卿。以勞卒於興安軍次，贈光祿寺卿，賜祭葬。

除劉時顯外，另一劉更奇。此人名劉清；孟心史「清代史」曾詳記此人。

四川南充縣知縣劉清，以貴州廣順拔貢官蜀，適當匪擾。清數以鄉兵破賊，所撫兵民皆以兒子畜之，人樂為死。賊自為民時知清名，戰莫為用，故遇清輒逃。賊分青黃藍為號。

白號賊王三槐橫於蜀，總督宜綿命清親入三槐營，三槐跪接清，隨至謁督，約率所部出降。清知降非誠意，設備以待。三槐於所約納降之日，詭來投，伏匪沿途接應，將為掩襲計，清大敗之。此（嘉慶）二年四月事也。

「戰莫爲用」言戰亦不能勝，不如遁之爲妙。川楚教匪先分青、黃、藍、白等號，殆仿八旗之制，又參以其教所用的旗號，以爲區分，以後復「線號」，就不知何所取義了。

三年，總督勒保受命專責辦三槐，委清署廣元縣事，再議撫三槐。令清迭赴三槐營宣諭，三槐詣軍門，勒保擒以奏捷，符詔書「生致首逆」之旨。勒保由侯晉公，晉和珅由伯為公，封珅黨福長安侯爵，時距平賊尚遠，祇得群匪首中之一耳，賞亦不及劉清。

官吏原有三種，一種是做事；一種是做事又做官；再一種專門做官，品斯下矣。若劉清者，是天生做事之人；賞雖不及，清亦不怨，品格之高，無與倫比。

清既為總督所賞，然有所招徠輒遣清。清乃累至賊營，賊懲三槐事不敢出，以清廉吏，不忍加害。其非著目信清者仍夥，前後招降川東賊二萬，皆遣散歸農。清撫賊有恩，戰賊亦最勇，所練鄉勇尤敢死，嘗破羅其清、冉文儔於方山坪，破三槐於巴州江口。轉戰川東數載，大小百十戰，斬馘萬計，見奏牘者十僅二三。入賊營撫賊，出賊營殺賊，往返虎狼之穴，如慈母訓撻嬰兒，論者以為史冊所希有。

按：川楚教匪，起初以四川最猖獗，王三槐爲白號巨擘，羅其清亦白號；冉文儔則爲藍號。

「兩額」的軍功，主要的是建於四川。王三槐伏法後，白號由徐天德爲首領。

三槐被俘至京，廷訊時供官逼民反。帝問：「四川一省官皆不善耶？」對曰：「惟有劉青天一人。」於是劉青天之名聞天下。以軍功累進官至建昌道。

嘉慶十年，匪已平，清入覲，仁宗賜詩，首有「循吏清名遠邇傳，蜀民何幸見青天」之句。丁艱復起，授按察使，升布政使，自陳才力不勝藩司任，懇開缺，斥其冒昧陳奏，降補員外郎。十八年，清已補山東鹽運使，教匪李文成起河南，煽及山東，請再從戎，破扈家集功最。諭以布政使缺與伊不甚相宜，以二品頂戴留運使任。二十一年，因病請開缺，令來京醫治，旋授山東登州總兵，調曹州兵。年老休致回籍，卒於家。奉旨入祠貴州良祠，山東名宦祠，給予孫蔭。

制服流寇，惟在以靜制動，是故築堡禦賊之議，收功雖慢，確爲良策；嘉慶二年格而不行，至高宗崩後，重申前議。

「清代史」記：

及仁宗親政，有蘭州知府留川督宜綿軍中充左翼長之龔景瀚，復上堅壁清野之議，備陳調兵募勇三害，剿賊四難，謂先安民然後能殺賊。民志固，賊勢衰，使之無所裹脅。多一民即少一賊，民居莫則賊食絕。使之無法擄掠，民有一日之糧，即賊少一日之食。用堅壁清野之法，令百姓自相保聚，賊未至則力農貿易，各安其生；賊即至則閉柵登陴，相與為守。民有恃無恐，自不至於逃亡。

其要先慎簡良吏，次相度形勢，次選擇頭人，次清查保甲，次訓練壯丁，次積貯糧穀，次籌畫經費，如是行之有十利。反復數千言，切中事理。嗣是被兵各省，舉仿其法，民獲自保，賊無所逞，成效大著。論其謂三省教匪之平，以此為要領。

「清史稿」龔景瀚傳：

龔景瀚，字海峰，福建閩縣人。先世累葉為名宦，曾祖其裕。康熙初以諸生從軍，授江西瑞州府通判。滇閩變起，率鄉勇為大軍嚮導，擢吉安知府。時府城為逆將所據，大軍駐驟子山，其裕供餉無乏。城復，撫瘡痍，多惠政。後官河南懷慶知府，濬順利渠，引濟水入城便民。終於兩淮鹽運使，歿祀瑞州、吉安、懷慶名宦祠。

祖嶸，初仕浙江餘杭知縣，治縣民殺僕疑獄，為時所稱。擢直隸趙州知州，浚河興水利。再擢江蘇松江知府，渡海賑崇明災黎，全活甚眾。官至江西廣饒九南道，單騎定萬年縣匪亂。歿祀饒州名宦祠。

父一發，乾隆十五年舉人，官河南知縣，歷宜陽、密縣、林縣、虞城四縣。治獄明敏，能以德化。

在虞城值水災，勤於賑恤。朝使疏治積水釃，為惠民、永使諸渠。一發與災民共勞苦，治稱最，以病去。復起補甘隸高陽，擢雲南鎮南知州，歿祀虞城名宦祠。

景瀚承家學，幼即知名。大學士朱珪督閩學，激賞之。乾隆三十六年進士，歸班銓選。四十九年授甘肅靖遠知縣，未到官。總督福康安知其能，檄署中衛縣，判牘如流，見者不知為初仕也。

像這種四世爲地方官，而皆爲循吏的家世很少見；由龔家四代的經歷，恰好反映出康、雍、乾三朝，確爲治世；有才能的人，一般而言，都不會埋沒。

「龔景瀚傳」又言：

五十九年遷陝西邠州知州。嘉慶元年總督宜綿巡邊，調景瀚入軍幕，遂從剿教匪，以功擢慶陽知府。宜綿總轄三省，從入蜀幕府，文書皆屬景瀚。尋調蘭州，仍在軍充翼長。

景瀚從軍久，見勞師糜餉，流賊仍熾，因上議陳調兵、增兵，募勇三害，剿賊四難，謂先安民，然後能殺賊；民志固則賊勢衰，使之無所裹脅……

如是行之有十利，反復數千言，切中事理。嗣是被兵各省，舉仿其法，民獲自保，賊無所逞，成效大著。論者謂三省教匪之平，以此為要領。五年始到蘭州任，七年送部引見，卒於京師。其後續編皇清文穎，仁宗特出其「堅壁清野議」，付館臣載入，祀蘭州名宦祠。自其裕至景瀚四世，皆祀名宦，海內稱之。景瀚子豐穀，官湖北天門知縣，亦有治績，不隳家聲焉。

按：堅壁清野即爲以靜制動。但知之易，行之難，關鍵在於得人，嘉慶初年督撫，如陝甘總督長麟，直隸總督陳大文；湖廣總督書麟，以及接書麟遺缺的吳熊光；兩廣總督覺羅吉慶；閩浙總督汪志伊等，除汪志伊有些假道學的味道外，其餘大都清愼和簡，能善人之善，是故「堅壁清野」之策，在四、五年內，即收全功。

川楚教匪之平，實得力於漢人；而以勒保、額勒登保、德楞泰爲首功，而「功非其比」；孟心史「清代史」於此有論：

清自國初用兵，皆以八旗為主軍，始命將皆親貴；至乾隆時，已酣豢不足臨敵，而猶用旗籍庶姓勳爵之裔，最疏遠亦必為滿州世僕。時尚能得人，若額勒登保、德楞泰為將，為有力略及忠實可任使。史稿言仁宗親政，以三省久未定，卜宮中，曰：「三人同心，乃奏膚功」。遂常以勒保參兩師，功非其比也。

而敘勞以清野策由勒保首行之，膺上賞，封伯爵，加宮保，正揆席，領軍機，卒贈一等侯，諡文襄。殆亦自應其兆歟。

此三人雖獲殊勳，但旗人之不及漢人，不但文治，論武功亦然；如楊遇春、羅思舉固爲大將之材，即偏裨之將，亦能效命於一時。

「清史稿」列傳一百三十六論曰：

額勒登保以楊遇春、穆克登布為翼長，德楞泰以賽沖阿、馬瑜為翼長；勒保以薛大烈、羅聲皋為翼長，觀偏裨之人材，其成功可知矣。是誰人者，其後多膺軍寄，二楊而外，亦無赫赫功，豈非材器有所限哉！

按：二楊一爲楊遇春，一則楊芳，爲道光朝名將。所謂「翼長」，惟旗營有此名目，其身分不一，視主帥之位號而高下；但最低亦應爲總兵。翼長例爲兩員，說穿了是爲主帥；大致爲大學士督帥的欽差大臣，分統左右兩翼士兵作戰，主帥安居後方中路受其成而已。

由嘉慶初年人材的消長，不能不歸功於高宗的重視教育與科舉；以及嚴於賞罰，即武員起自微弁，亦知只要立功，不患埋沒，然後有志者，始有奮力上進之心。

至於二楊以外，其他綠營大將無赫赫之功，則以提督總兵，本無可作爲；督撫闇弱不知兵，視鎮將如馬弁，又安得而有赫赫之功？

川楚教匪之亂以後，又有閩粵海盜之患。乾隆末年，安南內亂；沿海亡命之徒，號爲「艇匪」，與閩粵海盜相勾結，侵擾浙東。浙江巡撫阮元，重將福建同安人，武進士李長庚、大勝。以後安南亂平，阮朝內附受封守約束；「艇匪」爲廣東朱濆，福建蔡牽所收容，頗爲猖獗。

「清史稿」李長庚傳：

阮元與長庚議，夷艇高大，水師戰艦不能制，乃集捐十餘萬金，付長庚赴閩造大艦三十，名曰霆船，鑄大炮四百餘配之，連敗牽等於海上，軍威大振。八年，牽竄定海，進香普陀山，長庚掩至，牽僅以身免。

窮追至閩洋，賊船糧盡帆壞，僞乞降於總督玉德，遣泉永道慶徠赴三沙招撫。玉德遽檄浙師收港，牽得以其間修船揚帆去，浙師追擊於三沙及溫州，毀其船六，牽畏霆船，賄閩商造大艇高於霆船，出洋以被劫報。牽得之，渡横洋，劫台灣米以饟朱濆，遂與之合。

九年夏，連綜八十餘入閩，戕總兵胡振聲，詔治閩將不援罪，長庚總統兩省水師。秋，牽、濆共犯浙，長庚合諸鎮兵擊之於定海北洋，衝賊爲二，自當牽，急擊，逐至盡山，牽以大艇得遁，委敗朱濆；濆怒，於是復分。

蔡牽之願就撫，完全是爲了解消來自浙江的壓力，其時李長庚爲浙江水師提督；阮元爲浙江巡撫，應受玉德節制。蔡牽即降，「請浙師勿以上風逼我」；於是玉德將李長庚所部，調居下風，失地利之便，使蔡牽得以苟安。

在福建造高於霆船的大舟，而以出海被劫報聞，玩弄福建官吏於股掌之上；當時閩督如爲接阮元之任的清安泰，蔡牽之患，應已早平。

「清史稿」李長庚傳又言：

十年夏，調福建提督，牽聞長庚至，遂竄浙，追敗之青龍港，又敗之於台州斗米洋，復調浙江提督。十一年正月，牽合百餘艘，犯台灣，結土匪萬餘，攻府城，自號鎮海王，沉舟鹿耳門，阻援兵。

長庚至，不得入，謀知南汕、北汕、大港門，可通小舟，遣總兵許松年、副將王得祿，繞道入，攻洲仔尾，連敗之。二月，松年登洲仔尾，焚其寮，牽反救。長庚遣兵出南汕，至松年夾擊，大敗之，牽無去路，固守北汕，會風潮驟漲，沉舟漂起，乃奪鹿耳門逸去，詔奪花翎頂戴。

此役蔡牽之能遁去，由於船不得力；李長庚奏言：「臣坐船尚較蔡牽船低五、六尺，諸鎮船更下於此；曾與諸鎮議，願預支廉造大船三十號，督臣以爲需時費財，不肯具奏。」

玉德因此被革職查辦，調湖南巡撫阿林保繼任閩督。其時滿洲人對漢人的態度，有截然不同的兩種，賢者則有自知之明，對漢人之有才者，頗能傾心合作；愚者則剛愎傾軋愈甚，阿林保屬於後者；到任後連疏密劾李長庚，請革職治罪。仁宗頗爲懷疑，密詔浙江巡撫查詢，其時阮元以丁憂開缺，繼任者爲清安泰，此人字秋浦，漢軍正藍旗人，而居然是拔貢，爲人持正不阿，覆奏頗爲李長庚說公道話：

長庚熟海島形勢，風雲沙線，每戰自持柁，老于操舟者不能及。且忘身殉國，兩載在外，過門不入。以捐造船械，傾其家貲。所俘獲盡以賞功，故士爭效死。且身先士卒，屢冒危險。八月中剿賊漁山，圍攻蔡逆，火器瓦石雨下，身受多創，將士亦傷有四十人，鏖戰不退，故賊中有「不畏千萬兵，只畏李長庚」之語，實水師諸將冠。

最後且極力支持李長庚的主張，他說：

今浙省兵船皆長庚督造，頗能如式。惟兵船有定制，而閩省商船無定制。一報被劫，則商船即為賊船。船愈高大多砲多糧，則愈足資寇。近日長庚剿賊，使諸鎮之兵隔斷賊黨之船，但以隔斷為功，不以擒獲為功，而長庚自以己兵專注蔡逆坐船圍攻，賊行與行，賊止與止。無如賊船愈大，砲愈多，是以兵士明知盜船貨財充積，而不能為擒賊擒王之計。

且水陸兵餉例止發三月，海洋路遠，往返積時，而事機之來，間不容髮，遲之一日，雖勞費經年，不足追其前效。此皆已往之積弊也。非盡矯從前之失，不能收將來之效。非使賊盡失所長，亦無由攻其所短。則岸奸濟賊之禁，尤宜兩省合力，乃可期效。

阿林保之所以與李長庚為仇，據「清史稿」本傳，記其原因如此：

及阿林保之至閩也，置酒款長庚，謂曰：「大海捕魚，何時入網，海外事無佐證，公但斬一酋，以牽首報；我飛章告捷，以餘賊歸善後辦理，公受上賞，我亦邀大功，孰與窮年冒風濤，僥倖萬一哉。」

長庚謝曰：「吾何能為此？久視海船如廬舍，誓與賊同死不與同生。」阿林保不懌，既屢劾不得逞，則飛檄趣戰，長絨所落齒寄其妻，志以身殉國。既歿，詔部將王得祿、邱良功、嗣任，勉以同心敵愾，為長庚雪讐，二人遵其部勒，卒滅蔡牽，竟全功焉。

按：此爲朝綱不振，奸臣當道，勾結督撫藩鎭發展出來的一套冒功侵餉的方式。這套方式至明末大備，清初收斂，至和珅用事時又復盛行，阿林保所言，則至少猶須打一勝仗，至後來道光朝，則竟諱敗爲勝。洪楊以後，淮軍代湘軍而興，亦復如此，事遂不可爲。

至於李長庚之死，實出偶然，據「嘯亭雜錄」記：

丁卯（嘉慶十二年）十二月，賊以三舟艤某島，去官軍半里，長庚以舟師圍港口，計日就擒。閩督飛檄促戰，動以逗橈為詞。長庚砍舷怒，下令誓一旦擒賊，賊決死戰，有卒跳上賊船，幾擒牽者再。牽奴林阿小素識長庚。暗中由蓬窗出火槍，中長庚胸而薨。

長庚死事上聞，仁宗上諭有「覽奏心搖手戰，震悼之至」。更錄其後事；「本傳」：

長庚無子，養同姓子廷鈺為嗣，襲伯爵，授二等侍衛。道光中出為南昌副將，累擢浙江提督，因病不能巡洋，奪職家居。咸豐初治本籍團練，迭克廈門、金島、仙游，授福建提督，尋以誤報軍情解任，仍會辦團練，十一年卒。孫經寶，襲爵。

海盜甫平，教罪復起，竟直接進攻宮廷，稱爲「林清之變」，以主事者名林清；又名「癸酉之變」，以發生之時在嘉慶十八年癸酉。禮親王昭槤曾身歷其事，所著「嘯亭雜錄」卷四記「癸酉之變」特詳，玆分段分錄，並詮注如下：

有林清者，本籍浙江人，久居京邸，住京南宋家莊，幼為王提督柄家僮，隨王於苗疆久，頗解武技，彼教推尊為法祖。頎身黧面，髯張如蝟，自以智謀過人。掌教久，積銀米，家頗富，遂蓄不軌之志。大內太監多河間諸縣人，有劉金、劉得才等，其家素習邪教，選入禁中，遂與茶房楊進忠等傳教，羽翼頗眾，因與林清交結。

按：「彼教」者白蓮教，亦名天理教，又名八卦教，以卦名八字分股。太監多河間府人，自明朝即然，據唐魯蓀先生云：主要原因爲其他多家藏秘傳的「去勢」好藥之故。

會辛未秋，彗星出西北方，欽天監奏改癸酉閏八月，於次年二月，諸賊以為豫兆，又其經有「二八中秋，黄花落地」語，遂附會其說，謂本朝不宜閏八月，故欽天監改之，不知康熙戊戌已有之也。

按：嘉慶十六年辛未春，有星孛見紫微垣，教匪謂應在二年後的九月十五日。據「嘯亭雜錄」則知應在十八年閏八月十五日；以改閏於十九年二月，故成爲九月十五日。民間向有「閏八月動刀兵」之說，康熙戊戌爲十五年，尙之信起兵廣東；圖海敗王輔臣於平涼；康親王平耿精忠；鄭經又兵逼福州，固爲刀兵最烈的一年。以後則庚子年義和團之亂，亦爲閏八月，此亦不可思議之事。

楊進忠頎而長，面目凶險，以鑄軍器為己任，暗於宣武門外鐵市中鑄刀數百柄，林清結黨數千人，其中祝現、屈五、劉第五、劉呈祥、宋進財、陳爽、李五等為巨魁，暗約於九月十五日午時入禁城起事，漢軍獨石口都司曹倫，侍郎曹寅後也，家素貧，嘗得林清助，遂入賊黨，命其子曹福昌連不軌之徒，許為城中內應，福昌欲於十七日起事。

以是日上駐蹕白澗，諸王大臣皆往迎駕，乘其間也。而林清狃於經言，未改期，欲聚數百人入。諸逆監以為大內地不廣闊，難容多人，妄恃林清果有邪術，可致勝；清又倚諸內監諳熟禁中路為導引，遂以二百人為額，皆市井無賴。初無智略，謀又不秘，頗為人知。

林清常步行街衢，風開其袂，露懸坎卦腰牌，為市人所見；又於街肆沽飲，醉後露天大逆語，有司皆以株連太監，不敢究。

祝現者，本豫王府包衣人，居桑垡邨，充豫府莊頭，家頗富；弟祝富慶頗不善兄所為，知返期已決，奔告豫王，豫王裕豐初欲舉發，旋因於壬申年上閱南海子日，王亦曾寓林清家，畏罪不敢奏。

盧溝司巡檢陳某，因居民逃竄，訪知其謀，於數日前申報宛平縣縣令某，已有僉派弓兵會同擒剿之札，既而不果。步軍統領吉倫，貪吏也，營員久已申報，吉倫以事干禁禦，不肯究。數日前方攜酒遊西山香界寺，吟詠竟日，託言迎駕白澗，是日騶從出都門，有左營參將某，攀輿以告曰：「都中情形，大有叵測，尚書請留。」吉倫厲色曰：「近日太平如此，爾乃作此瘋語乎！」揮輿竟去。

按：曹倫非曹寅之後，前人已有考證。教匪事先煽惑，仁宗或已有所聞，故於是年九月初一，命皇次子綿寧、皇三子綿愷，先還京師。皇次子即以後的宣宗。

如「嘯亭雜錄」所敘，上下顢頇，吏治衰敝，敗象業已大顯。宮中太監竟能勾結匪徒謀反，宿衛王公，所司何事？於此可下一斷語，八旗親貴以嘉道之間爲最無用；但嘉慶、道光兩帝，均未覺悟；而文宗之賢以其父祖者在此；恭王賢於醇王者亦在此；肅順被誅而令人同情者更在此！

十四日林清賊分二隊，其東自董邨至者，以祝現、屈五為首，約由東華門入；其西自黃邨至者，以李五、宋進財為首，約於菜市口齊集，由西華門入。正陽門外開慶隆戲園劉姓者亦其黨，曾授逆職為「巡城御史」，是日延李五等人入園觀劇，酣飲竟日，營坊諸官無過問者。

十五日上午，太監劉得才引祝現等入東華門，有賣煤者與爭道，脫衣露刃，為看門官兵覺察，驟掩門，賊喧然出；又陳爽十數人闖入，屈五等皆遁。

如上所述，當時文恬武嬉的情況如見，上博寬仁之名，下無誅戮之懼；幸而猶有學術自由，培養了智識分子自我覺醒的意識，倘並此而無，清朝決無所謂「同光中興」。

禮部侍郎覺羅公（寶興）侍直上書房，甫退直出，遇賊，寶踉蹌奔入。時署護軍統領為楊述曾，漢軍，由參領起家，率數護軍禦之，殺數賊於協和門下，而官兵受傷者無算。寶侍郎遂命掩景運門，入告皇次子，皇次子從容佈置，命侍者攜鳥槍入，並嚴命禁城四門，促官兵入捕賊。劉得才引二賊入蒼震門，欲手刃太監督領侍常永貴，洩夙忿，為太監劉某擊擒之。

按：覺羅寶興字獻山，隸鑲黃旗，嘉慶十五年進士，選庶吉士，散館留館，以編修在上書房行走。上書房在乾清宮之東，故出內左門，得遇東華門入內之賊。協和門在金水橋之東，而景運門已過三大殿，楊述曾殺數賊於協和門下；寶興命掩景運門，則如外廷賊眾，已盡佔其地。

又「劉得才引二賊入蒼震門」，則將入東六宮。寶興之功不在命掩景運門，而在入上書房門告警。宮中發生如此大事，竟由一偶然相遇之詞臣入告，宮禁廢弛如此，可發浩嘆！

按：東六宮北千嬰門外，南向殿宇五所，名爲「乾東五所」，中爲「敬事房」，即太監督領侍常永貴所居，此爲劉得才入蒼震門之由。

其由西華門入者，倉促門不及闔，遂全隊入。楊進忠與其徒高廣福引之，尚衣監為製上服處，楊嘗乞其補綴而不與值，司衣者拒之，楊遂引賊入，全行屠害，有老婦數人藏荊棘中獲免。遂入文穎館，殺供事數人。

按：清宮西路重於東路，幸而景運門得及時關閉，否則闖入乾清宮及東六宮，縱不成不了之禍，而有傷國體，動搖國本，其外滑縣之變，恐不能輕易了結。

「其由西華門入者」云云，考諸「清宮述聞」，其路線應爲入西華門後，轉而向北，入武安門西的咸安門，首即尚衣監，地爲咸安宮的配殿，東西各三楹，地處偏僻，故荊棘叢生，「老婦數人者」，自爲縫紉女工。

咸安宮後殿爲實錄館；而尚衣監後殿有二層樓宇，即爲文穎館，嘉慶十一年設。「皇清文穎」開館纂修不常，第一次在康熙四十八年，設於翰林院清秘堂西齋房，此爲第四次；翰林多，故校文之士無處容身，不得已與補綴之婦爲伍。

陶編修（梁）方校書，聞門外履橐然；突問曰：「金鑾殿在何所？」陶僕某方提茶碗至，以身障陶，賊傷數刀；陶得以免。賊遂叢集隆宗門，門已闔。有護軍某知事急，懷合符於身，亦被數刃；瞢然臥階下，合符得以保全。

按：隆宗門與景運門相對，爲乾清門西東兩翼門；爲大內第一緊要所在，因一入隆宗門，即爲軍機處。乾隆四十七年大學士、尚書等會奏：

自王以下，文職三品、武職二品以上大員，並內廷行走各官所帶之人，准其至景運門、隆宗門外，在台階下二十步外停立。

又「嘯亭雜錄」記：

景運、隆宗二禁門，非奏事待旨及宣召，雖王公大臣，不許私入。

上兩記，雖以景運、隆宗並稱，似無軒輊，但觀乾隆十一年上諭：

嗣後凡官物出門，俱向敬事房、景運門給票照驗。

由此可知，太監及內務府人員不准由隆宗門出入；則兩者之地位可知。皇次子（宣宗）本在乾清宮東的上書房，得覺羅寶興報警，並閉景運門，無後顧之憂，始得退至西面閉隆宗門。後世論此役，寶興之功不可沒。

「合符」當為宮鑰；非符節。賊至閉門，雖有符節，安所得用？

賊由門外諸廊房踰牆闖大內，皇次子立養心殿階下，以鳥槍擊斃二賊；貝勒綿志亦趨入，隨皇次子捕賊。有二賊潛入內膳房，屋中眾內監擊殺之。

按：仁宗次子爲中宮所出，早於嘉慶四年四月，即已密建儲位，因有此功，恩旨封智親王，增俸一萬二千兩，並賜所御散子鳥槍曰「威烈」，直可謂之中外古今「獵槍之王」。貝勒綿志爲高宗第八子儀親王永璇長子，亦因此加郡王銜。

諸王大臣聞變，皆由神武門入。余在邸方奕，聞變騁馬入，至神武門，莊親王（綿課）、貝子（奕紹）先後至，聞賊聚攻隆宗門；納蘭侍郎（玉麟）方迎駕歸，短衣踉蹌入，集城隍廟門前；時官兵至者未逾百人，餘皆僕隸；眾錯愕無策。

按：「余者禮親王昭槤自稱。貝子奕紹爲高宗長子永璜之孫，後襲定親王者。「納蘭侍郎玉麟」自是明珠之後，以戶部左侍郎兼步軍左翼總兵；九月十六日與步軍統領吉綸同被革職；此在雍乾兩朝，非畢命西市不可，在康熙朝亦不能僅得革職處分。仁宗之仁，婦人之仁而已。

鎮國公（奕灝）勇士也，掌火器營事。因曰：「今日火器營官兵，皆聚集箭亭備揀出征，（時有滑縣之變），可招而至也。」余應曰：「君言大是。」乃騁馬去。鎮國公（永王）；護軍統領右瑞齡曰：「禁內隘窄，變恐不測，可速備車乘，以備后妃之行。」宗室原任大學士祿康曰：「此何等語！乃敢出口耶？」眾默然。

成親王（永瑆）後至，已被酒；大呼曰：「何等草寇？敢猖獗乃爾！吾手擊之！」因脫帽露頂，勢甚雄偉。有內監言賊甚凶猛，已攻中正殿門，入者約計二百餘人。蓋即其黨也。須臾奕灝率火器營官兵千餘人，莊王率百餘人並矛手數十，從西城跟進；余在後督官兵後至者。副都統公安成，超勇公海蘭察子，少年勇銳，余撫其背曰：「君乃勳臣世蔭，不可有墜家聲。」安乃奮勇向前，遙聞槍聲訇然，知已對敵。

以上一段，分別注釋如下：

一、鎮國公奕灝爲康熙廢太子胤礽之後，其曾祖名弘瑪，胤礽第十子，乾隆四年襲理郡王，四十五年薨；子永暧降襲貝勒；至奕灝於嘉慶六年降襲鎮國公。火器營在康熙朝爲旗營精萃，至乾隆朝爲健銳營所取代，但仍不失爲八旗可用之兵。其長官設掌印總統大臣一人，總統大臣無員限，於王公、領侍衛內大臣等人中特簡。奕灝爲掌印總統大臣。

二、箭亭在景運門外文淵閣之後，初名射殿。向例武進士殿試武藝，即在箭亭之前，所以亭內設有御座。

三、滑縣在河南，「滑縣之變」即爲「癸酉之變」的一部分，發生於九月初九、警報至京，正謀派兵征剿，因在箭亭挑選官兵。

四、祿康爲宗室，正藍旗人，原任東閣大學士兼任步軍統領，嘉慶十六年六月，以包庇轎伕，家人設局開賭降調爲正黃旗漢軍副都統，上諭中有：「祿康前在步將統領任內，因其賦性軟弱，特換文寧管理，嗣因文寧降調，一時簡任乏人，仍令祿康兼管，乃前後在任數載，於地方應辦事件，一味廢弛，毫無振作，罷（疲）軟無能……時常患病」等語，這樣的人，早就應該投閒置散，而當時保有的差缺，計有：「內大臣，東閣大學士，管理吏部事務，步軍統領，稽察欽奉上諭事件處，經筵講官，閱兵大臣，管理戶部三庫事務，崇文門正監督，國史館總裁，管理右翼宗學，管理西洋堂」之多。

內大臣備顧問之職，可參密勿；東閣大學士在內閣非首輔，而既管吏部，又兼步軍統領，爲文武兩大要差；管理戶部三庫（銀、緞匹、顏料）及崇文門監督，則爲肥差；即「稽察欽奉上諭事件處」這個差使，亦似閒而實有權可弄，如此頭銜，嘉慶一朝的吏治，以及國事必將壞於八旗親貴之手，早露明兆。

五、中正殿在大內西北角。慈寧宮後春華門以北，以次爲雨華閣、寶華殿、中正殿，皆爲佛教密宗的道場，惟雨華閣、寶華殿之間，別於西偏設梵宗樓，供奉文殊菩薩；此自與聖祖奉孝莊太后朝五台，以及世祖擬在五台山出家有關。中正殿則喇嘛「跳布札」之所，即所謂「打鬼」。打出之「鬼」爲一草偶，送至神武門外，故別有一通路，此所謂「已攻中正殿門」，殆指此通路。

六、海蘭察封一等超勇公，歿後由長子安祿承襲，嘉慶四年卒；安成爲安祿之弟。嘉慶六年承襲，其時任火器營副都統。

有數十賊入慈寧宮伙房，莊王同安成、奕灝先後追至隆宗門，賊首李五方欲縱火，莊王率眾擒之，獲數賊。餘向南遁。時副都統蘇公（爾慎）、鈕祜祿公（格布舍）方奉命南征，入京整行裝，聞警趨入，亦首先殺賊。侍衛那倫者，太傅明珠後也，少時家巨富，滌面銀器，日易其一，晚年貧窶；一冠數十年，人爭笑之。

是日應值太和門，聞警趨入，有勸其緩行者，那故迂直，曰：「國家世臣，當此等事，敢不急赴所守耶？」急趨，至熙和門，門已閉；徬徨間，適賊蠭至，遂被害。

按：所謂「慈寧宮伙房」，意指御膳房；地當慈寧宮之東，隔一長街。其北即養心門，門內養心殿。御膳房南牆東隅，在隆宗門內者，即軍機處。養心殿之名，沿明之舊未改；明宮史載：「養心殿之南有祥寧宮，宮前向北有無梁殿，爲嘉靖中煉丹藥之所。」

侍衛那倫爲明珠之後，疑出納蘭性德一支；若揆敘，則其子孫食先人餘蔭，至道光中始盡，見鄧之誠「清詩紀事初編」。

高廣福雜賊中，引賊由馬道上城，腰出白旗招展，或書大明天順；或書順天保，民皆以白布裹首，呼號於雉堞間。奕灝、蘇爾愼上城驅逐，高廣福持旗呼眾，奕灝射之，自城樓墜殞。

按：此「城」即紫禁城。

御書處蘇拉某，導李五匿御刻石搨間。余督後兵自武英殿複道進，理藩院員外郎岳祥，海蘭察婿也，甚勇健，與余遇，願從殺賊；時賊有迎拒者，鑲藍旗護軍校常山以槍擊之，墜於御河，山即下河擒之。眾愈踴躍，擒斃賊數十。賊有自投御河斃者；有匿於城堞草中者，有匿於五鳳樓者。

按：此爲禮親王自敘其在紫禁城西華門至午門之間的「戰功」，午門門樓名「五鳳樓」。

天將黑，與禮部尚書穆公（克登阿）遇，穆曰：「天已昏黑，奈何？」余曰：「今十五，夜有月。」蓋安眾心也。穆不解余意，曰：「月光終不及日光。」余急指心以示；穆乃曰：「月光固皎如畫也。」莊王等皆入隆宗門內。余念西華門為賊突入之所，恐其乘夜奪門出，因率火器營兵數百屯於門側。

按：此時宮內指揮平亂者，似是成親王永瑆。詳下：

會成王命護軍統領石瑞齡；義烈公慶祥；散秩大臣綿懷；副都統策凌，分守四禁門。

四禁門即午門、神武門、東華門、西華門，此時以西華門爲緊要所在，由義烈公慶祥守護。詳下。

慶公（祥）乃率其所管正藍旗護軍營弁兵至西華門，會英誠公（福克津），原任禮部侍郎哈凝阿皆至；慶固多智，其營參領趕興，為緬中降賊德森保之子，勇健思幹蠱，與余露宿馳道上。

慶祥之祖名那木札爾，蒙古正白旗籍；乾隆二十一年以平定準噶爾軍功，封三等義烈公。慶祥於嘉慶十六年襲爵，爲正藍旗護軍營都統。福克津在「清史稿」作富克錦，超等英誠公揚古利八世孫。

至五更月色皎潔如晝，余與慶公命岳祥率數十兵上城巡眺。慶公又命長槍手數十，拒守西華門洞中。夜間寒風凜然，內務府銜中，尚有佚賊砍某郎中肩逃去。大城大柝聲叢雜，竟夜不絕。蓋玉念農侍郎（麟）率步兵巡邏甚嚴密。

天將明，忽暴雷雨，軍士火繩俱滅，聞五鳳樓中有人聲；余命火槍齊發，然雨勢甚大，因退屯咸安宮門下，兵弁無不怨雨非時者。後始知是夜逸賊匿五鳳樓，欲於是時縱火突出，會雨滅其火種，固國家無疆之福也。

按：前云奕灝、蘇爾愼上城逐賊，奕灝箭中高廣福，墜城而殞。觀此，則知僅此一箭之功而已；判斷此爲李五攻隆宗門不得手，南遁至午門，盤踞五鳳樓中。此爲禁中最高之處，得此可以控制內外；匪徒內奸如稍知謀畫，以宿衛之鬆弛，王公之顢頇，大可預藏一批火器於五鳳樓中，則後果不堪設想。

天明有南薰殿人報其中有賊者，余率兵立土墩上，指揮數十人入群房，有正紅旗火器營護軍檢福祿，冒險入擒數賊出；賊攀樹踰垣，亦為兵弁所獲。有史進忠者，人甚黠，余命岳祥以善語誘之，始言姓劉；蓋以劉得才為可恃也。

久之始得林清名姓，及李五、祝現率眾入西華門語。會莊王率長槍手數十人擁至，余告其故，王曰：「適奕公（灝）亦於錫慶門前訊問陳爽，供與之合。」余因與之籌畫兵食。王夔額曰：「內務府倉中，現不發糧。奈何！」乃命余護衛向街巷中市餅餌，聊充竟日餐。

按：南薰殿在紫禁城西南隅，爲收藏歷代帝后聖賢功臣圖像之處。所謂「群房」指「御書處」；入西華門，北爲咸安門，南有平房四十三楹，康熙二十九年立爲「文書館」，後改今名。凡御製詩文法帖，須摹勒上石者，均歸御書處承辦；其臣工所書，奉旨石刻者，亦交該處。房後空地，宛如碑林，前記「御書處蘇拉某，導李五匿御刻石搨間」，即指此。

「籌畫兵食」一段，足見內務府之腐敗不識大體，已至不可救藥的地步。宣宗即位後，痛加裁抑，即由於飽受此種刺激之故。

戶部侍郎宗室果齊斯歡至，衣襟盡血，云「適巡至五鳳樓，見一賊匿於扉側，往擒之；賊挺刃至，余手刃之。」氣甚壯，果為壬戌宗室進士，不負干城裔也。因耳語余曰：「聞有內監通賊者，王勿洩。」

天霽，余親同岳祥上城巡視，見正紅旗兵列營西華門，軍營甚肅，余憑堞問之，乃康副軍（修）隊也。午間莊王親散餅餌，數人共一枚，不足充饑。余與慶公議，修書寄家，命運米數十石入，供軍食。從門隙投出，自晚米始至，軍士飽餐。

按：既能「市餅餌」，何不能修書召糧？此似難解。於此可知，四禁門實已緊閉，所謂「向街巷中市餅餌者」，爲窮苦太監蘇拉，在禁城中作小買賣，向來爲供給朝官僕從充饑之用，而此時竟成軍糧所資，亦大奇事。

又，西華門、午門，固宜緊閉；東華門、神武門則重兵把守，嚴司出入即可，何致於欲從宮門出片紙，彷彿紫禁城已爲大軍所重重圍困，即突圍求援亦甚難者。眞不可解之事。

日落時有火器營參領札某入御書處。

巡視「聞石隙中有人語，出呼兵入；慶公命趕輿持刀首入，眾兵弁隨之。余與慶、福二公拒其門，賊出門，官兵踴躍擒捕，凡擒二十四人，首謀之蘇拉亦與焉，余訊之，戰慄無人色。李五甚狡捷，與官兵格殺，被傷甚重，是夜斃。

黃昏時訛言有賊犯西長安門，慶公與余列隊以行，兵士有驚詫者；余欲正法，乃帖服。久之始知為古北口提督馬瑜，率兵由密雲至京；城北塵土蔽天，致有此訛。晚間莊王入，督領侍常永貴擒劉得財數人出，皆俯首服罪，此十六日也。

以上寫十五、十六兩日，宮內的情形；以下補寫仁宗在行宮聞警的處置。

此日昧爽，上遣和碩額駙超勇親王拉旺多爾濟；和碩額駙科爾沁郡王索特那木多布齊；固倫額駙固山貝子瑪尼巴達爾；大學士託公津；吏部尚書英公和，先後入京，蓋於路聞警報也。命八旗都統各於界域中擒捕逆匪，各都統聞命皆趨出，惟成、莊二王及奕灝、安成等數人未動，殊有識。

莊王已將林清名姓居址，密札告玉侍郎麟；會英公和至，已授步軍統領，命番役張鵬、高得明二人往宋家莊擒捕林清。有宋某舉發其事，因命為引導。

按：仁宗是時駐蹕白石澗行宮，距京師甚近，十五日聞警後，於十六日昧爽，派出上述五人，皆仁宗所視作與國同休的國戚重臣；而皆爲滿蒙旗人，此非以爲漢大臣中無安邦定國之材，只以造反之教匪、太監皆爲漢人，故派滿蒙重臣處理，此狹隘的種族觀念，惟嘉道兩朝有之，終於激起洪楊之亂。

清朝諸帝，嘉道兩帝宅心之厚，遠過父祖，而才具亦遠遜，此眞無可奈何之事。

此五重臣於嘉慶後期頗具影響力，介紹其簡歷如下：

一、和碩額駙超勇親王拉旺多爾濟，即雍正朝建大功的策楞之孫，乾隆三十五年尚高宗第七女固倫和靜公主，公主爲嫡出，策楞尚聖祖第十女，爲世宗妹婿，故拉旺與和靜公主爲表兄妹，乃仁宗的姊夫。

二、和碩額駙科爾沁郡王索特納木多布齊，尚仁宗第三女莊敬和碩公主。此人爲孝莊太后之兄科爾沁達爾汗巴圖魯親王滿珠習禮之後，清朝國戚第一家。他的承繼之子，即是僧格林沁。

三、固倫額駙固山貝子瑪尼巴達爾，亦爲蒙古博爾濟吉特氏，禹土默特部。

按：上述三人所尚公主，皆早薨，年齡一爲二十、一爲三十一、一爲二十八。明清公主類皆妙年辭世，得享中壽，已屬罕見，惟世宗幼女建寧長公主薨於康熙四十三年，得年六十三爲最高。主所尚者爲吳三桂之子應熊，夫婦感情甚篤，康熙十四年爲聖祖所誅，公主寡居至是，幾三十年。此眞所謂「不幸生在帝王家」，與明思宗長平公主的遭遇，皆可令天下有心人同聲一哭。

又：公主薨後，公主府由宗人府收回，府在石虎胡同；前明宰相周延儒賜第，而賜自盡於此；吳應熊又死於非命，此府第乃成有名凶宅。

雍正初撥爲右翼宗學；其旁爲正黃旗義學，曹雪芹執教於此，因得與英親王阿濟格之後敦敏、敦誠兄弟締交。附識於此。

四、托津，姓富察氏，滿洲鑲黃旗人，筆帖式出身，官至東閣大學士，道光十一年卒，諡文定，托津事理明白，在旗籍大員中便爲長才，故得入祀賢良祠。

五、英和，字煦齊，索綽絡氏，滿洲正白旗人，少有雋才，乾隆五十八年翰林。其父觀保爲尚書，曾拒婚和珅，因而仁宗重用英和，嘉慶九年，成進士不過十年，即爲翰林院掌院，前所未見；值書房，值軍機，寵信備至。後以與大學士劉權之爭權，降調；十三年復入軍機，寵信旋復，此時接任步軍統領。

由東華門潰散者，已歸告林清；清猶冀曹福昌之黨應承於十七日起事者，或可僥倖，因未遁。

黎明，張高至其家，扉尚闔；張高扣扃久之，林清燕服出，張鵬僞告曰：「城中事業有成，奉相公命，延請入朝。」清大喜過望，欲登車；其姐闖然出曰：「事吉凶未可知，不可獨往。」張高等推婦仆地，遂驅車返，婦踉蹌歸，命數十人追之，車已入南苑門；門隨掩。追者無及。

按：漕幫文獻載：「山東金丹八卦教教主林清，與河南八卦教教主李文成，締結共同反清，約期舉義。林清乖覺，恐在山東舉事，愈爲清廷檄調南北各省防營會攻，徒黨必不能勝，反將數十年經營心血，盡付流水；由此與高雲生計商，費用珍奇寶貴物品，賄通高廣福、劉金兩太監，誘之入教，旋令就宮中殺死嘉慶及皇太子等，俾利號召。劉、高至此，俯首聽命。」

但如「嘯亭雜錄」所記，則林清爲一懵懂無知之人；反不如其姐有宋太祖之姐之風。顢頇官兒糊塗賊，如此宮廷喋血的嚴重事件，形同兒戲，此爲乾隆以前絕不可能有的事。

是日傍午，忽傳上自燕郊迴鑾，逾時遍禁城皆知；貝勒（綿志）持鑰立東華門樓上佇望，景運門皆洞開。久之杳然。蓋即福昌之黨所為也。余方假寐，聞之不及著靴趨出；慶公曰：「事關巨大，我等有守城責，不可擅離，恐有他故。」

余是其言，諸王大臣於各偏僻處收捕，先後又得十數人。有劉姓者縛臥隆宗門側，自怨自艾曰：「吾早言是物凶狠，終不能成事。若輩不聽好語至此！」可見賊眾皆烏合。然始終不獲祝現、劉呈祥二人，或曰死於東華門，著青衣者類呈祥；然無左驗。至祝現蹤跡詭密，不可深詰。

按：曹福昌散布回鑾的消息，意在促使王公大臣出城接駕；禁城一空，復有機可乘。故慶祥以有守城責，不可擅離爲言，不受其欺。

是日諭旨至……擇十九日回鑾，命諸王大臣毋庸遠接，以靖人心。是日莊王率兵出巡九門歸，人心稍定。

晚間驟聞禁城外喧嘩聲，俄滿街訛言，太平湖業經接戰；又言西長安門已破，人聲沸騰……俄有冠五品頂戴花翎人驟馬至云：「欲調官兵出禁城禦賊。」詢之，即趨去。又有騎白馬人沿街傳呼有賊，蓋即福昌黨羽，期於是夜舉事者。……至夜半人聲漸息，實無一賊。

以上爲九月十七日事，謠言滿天飛，皆爲曹福昌之輩的疑兵之計。手段甚拙；奈官兵更爲顢頇。

以下敘十八日事：

次早北風淒緊，日色無光，士皆披裘立，尚寒慄無人色。所擒賊有凍斃者。至晚，刑部始命司員錄諸賊生供，啟神武門遞送於獄。

按：已無一賊，猶閉禁門。禁城之外如何，不聞不問；如眞有大規模匪徒作亂，內城、外城百姓遭殃，亦無人保護。此眞要下「罪已詔」了。

明日余同諸王公迎駕朝陽門內，常服掛珠，用兵禮也。辰刻，上乘馬入都，夾路士卒欲拜，上撫御士卒，緩轡入宮，即下罪己詔，眾王公大臣集乾清門跪聽，皆不禁嗚咽失聲。上立開內外城諸門以安人心，特賜將士食，命侍衛等視食半，然後覆命。又命莊王及貝子奕紹等，入太廟社稷諸宮殿，搜捕餘賊。

按：自九月十五日至此，凡五日，惟捕獲林清及仁宗回宮後所作處置等兩事，差強人意。觀乎「夾路士卒欲拜」之語，民心並未渙散，國運雖已由盛而衰；但由衰而亡，尚有一段時期，此即所謂「深仁厚澤」。如民心積怨已深，則一遇此種情況，危亡立見。

次日，召王公大臣於乾清宮，面諭：「近日諸大臣因循怠玩，有為朕宣勞者，眾必陰擠殺之，以致有此大變。」余首奏曰：「皇上此言真切中今日之病，臣等世受國恩，使今日有此事，真愧死矣！」上首肯者再。

按：仁宗所論，「有爲朕宣勞者，眾必陰擠殺之」，即指前引文中所謂「己巳春，同鄂羅哩共傾廣賡虞侍郎」一事。

廣賡虞名廣興，乾隆中葉首輔文華殿大學士高晉第十二子。此人的出身（以貲補官，即捐班）、才具、性格與遭遇，絕似光緒朝的張蔭桓。「嘯亭雜錄」卷七記其人其事云：

> 少聰敏，熟於案牘，對客背卷宗如瀉水。官祠部時，王文瑞公識為偉器，洊升給諫。嘉慶己未，首劾和相貪酷，上嘉其直，遷副都御史，令掌川中軍需。時用兵數載，司事者任意揮霍，不復稽核；侍郎力為裁核，月節糜費數十萬，當事者恨之，以騷擾驛站入奏，上優容之。又與魁制府倫互詰劾，乃降補通政卿。
>
> 逾年復任刑部侍郎，同僚多輕之；侍郎閱數稿畢，即大聲曰：「誤矣！」眾詢故，侍郎曰：「某條實有某例，今反稱比照某條；其實無正例者，反云照例云云。未審諸公業經寓目否？」……上頗加倚信，侍郎亦慷慨直言，召對每逾數刻。猶憶甲子冬，余與侍郎先後入對，親聆玉音曰：「汝與初彭齡，皆朕信任之人，何以外庭怨恨乃爾！」侍郎俯首稱謝。

按：初彭齡，山東萊陽人，乾隆南巡召試賜舉人出身，於四十五年成進士，入翰林，性偏急，爲當時有名的直臣；所至多忤，屢蹶屢起，但情操素著，故得善終。

「嘯亭雜錄」又記：

有內監鄂羅哩者，少為純廟近侍，年七十餘，嘗至朝廊，與侍郎坐語，頗以長輩自居。侍郎怫然曰：「汝輩閹人，當敬謹侍立，安可與大臣論世誼乎？」鄂恨入骨。會內庫綢緞窳敗，鄂即奏侍郎私行抽換。上命鄂出告侍郎；鄂出，漫言之，侍郎不知為上旨，坐而辯之。鄂入奏其坐聽諭旨，上怒，削職家居。

按：廣興此時尙兼內務府大臣，所以綢緞出了問題有責任。「嘯亭雜錄」續記：

於是，素與侍郎不協者，蠭起媒孽其短，河南、山東二撫復交劾之。上親訊日，尚欲緩其獄，侍郎未省上意，辯論不休，初無引罪語；又臟款有實據，上怒，遂置之法。仁宗謂「陰擠殺之」，則知廣興之死，鄂羅哩發難，而朝官落井下石，大有人在。

又諭曰：「前日朕聞報時，即命回鑾；皇父陵寢，在咫尺間亦不能謁。前訛言有賊三千直犯御營之語，朕諭御前王大臣不必驚懼，俟賊果至，汝等效死禦之，朕立馬觀之可也。」因又諭曰：「我大清，以前何等強盛？今乃致有此事！皆朕涼德之咎。」眾皆嗚咽痛哭，叩首請罪。成王因言皇上若此聖明，百姓不能愛戴如父母，何至反為寇仇？此必有致禍之根，容臣密奏可也。上曰：「兄可急繕奏聞，王大臣中如有能攄忠悃者，可繕摺以對，待朕裁定。」眾叩頭謝。上又曰：「此中亦真有為朕出力者，朕實知之，不必因此生怠也。」眾又叩首出，時有欲合辟邪丸藥使諸內監服之，以卻其邪謀者，上笑而不答。

成親王永瑆所奏，語意曖昧，其後亦不聞密奏中作何語？參詳當時宮中情況，成王之所謂「此必有致禍之根」，指內務府而言。高宗既爲包衣女子之子，所以妃嬪亦以出自內務府者居多，孝儀純皇后魏佳氏；慧賢皇貴妃高佳氏外，又有純惠皇貴妃蘇佳氏，生皇六子永瑢；慶恭皇貴妃陸氏；淑嘉皇貴妃，即生儀親王永璇及成親王永瑆。可知內務府包衣中，皇親國戚不少，成尾大不掉之勢。

而如前文所記，宮中方在拒敵，內務府竟不發糧，以後亦不聞追究其事；其城狐社鼠，盤踞禁中的情況可知，故成親王竟致殿廷之中不敢明言，必須繕摺密奏。

是時額駙拉旺多爾濟等，奉旨率健銳營往剿東董郙及宋家莊諸處賊，已棄巢逃竄。超勇王遂焚其室。巡城御史曹恩綬、陸泌，遣偵者巡邏於右安門，獲太監楊進忠家書，始知其通逆。蓋伊引賊入，見莊王率勁旅至，伊即逃入直房，閉門晏寢；至是事定，始遣僕通信與其家，乃被獲，實天意也。上命承恩公和公（世泰）至其家搜刀布出，乃伏法。

二十三日上御豐澤園親訊逆黨，諸御前侍衛佩刀環立，威儀甚肅，上命莊王、超勇王坐御座側，引劉進才、劉金至，上問曰：「汝等皆朕內侍，朕有何薄待汝？乃萌此逆謀！」二賊俯首稱主子饒命者再。上笑曰：「汝既順林清，何知君上？」二賊無詞。上命夾打畢，牽去。

復引林清至，上問其何故蓄逆謀？林清曰：「我輩經上有之；我欲使同輩突入禁門，殺害官兵，以應劫數。」上又訊問其黨，清曰：「有包衣人祝現，為黨中巨魁；上回顧刑部諸臣，問祝現何在？尚書（崇祿）奏曰：「業經正法。」侍郎宋公（鎔）奏曰：「尚未緝獲。」上首肯之。顧莊王曰：「外閒言太監皆叛，今日審明，除此數逆外，非盡叛也。」玉音申諭者再，蓋安反側心耳。因命將林清等即正法。余是日亦佩刀隨往，後有妄言林清有諸邪術，悖逆不服之言，皆齊東語。

按：崇祿爲刑部尚書，宋鎔爲刑部侍郎，一謂「業已正法」；一謂「尚未緝獲」，則崇祿欲將大事化小，小事化無的心態如見。

復觀仁宗一再申諭以安反側之心的態度，可知內務府內問題之嚴重。祝現始終未曾緝獲，後亦不聞再追；其匿居之處，疑在崇文門外板井胡同「米祝」家。

「天咫偶聞」記：

崇文門外板井胡同，祝姓人稱「米祝」，自明代巨商，至今家猶殷實；京師素封之久者，無出其右。祝氏園向有名，後改茶肆，今亦毀盡。

「祝家園」在清初每見諸詩人筆下，據說遊三十日不盡，其深密可想。園毀在道光以後；當時容同姓的祝現藏匿，並以其雄厚的財力予以庇護，固有可能。

步軍統領、五城御史等陸續捕獲從逆賊黨，上優賚升擢有差。革吉倫、玉麟職。其日未及入禁城之大臣，大學士劉權之、刑部尚書祖之望、禮部尚書王懿修等，皆命致仕。

按：劉權之、王懿修、祖之望三人，年齡皆在八十左右；禁城有變，要求此輩老臣赴難，斯亦太過。劉權之與英和不睦，英和既見用，自必趁機排擠。王、祖不過「陪襯」而已。祖之望諳於刑名，如治此獄，必嚴加推究；旗下大老既然顢頇不欲多事，則祖之望之去位，亦爲勢所必然之事。

在京大臣，亦有視如無事，而有人以鎮靜目之者。「清朝野史大觀」有一條云：

董文恭相國誥、曹文正相國振鏞，嘉道兩朝名臣也。文恭盛德偉望，朝野欽仰，嘉慶十八年天理教匪林清遣賊入禁城為亂，上幸熱河，聞變，近臣有以暫行駐蹕之說進者，文恭力請回鑾，繼以涕泣；而文正在京師，於亂定後，鎮之以靜，幾甸遂安。

時有無名子撰一聯，嘲之曰：「庸庸碌碌曹丞相；哭哭啼啼董太師。」二公聞之，笑相謂曰：「此時之庸碌啼哭，頗不容易。」文恭初加太子太師銜，人有尊以太師之稱者，公輒笑辭曰：「賤姓不佳。」後二公皆加太傅銜。

按：此記微有未諦，曹振鏞本爲吏部尚書，劉權之休致後，始得升任協辦大學士。董誥則在嘉慶元年即已入閣，正色立朝，能持大體，不愧爲社稷之臣；曹振鏞豈足以相比？

其時內賊雖平，外賊則勢正猖狂。滑縣之變，傳聞甚多，擇其可信者引錄如下：

河南滑縣地鄰三省，易於藏奸，有李文成者，素習白蓮教，為愚民所推服，與林清勾通，相約於九月中起事。有縣吏牛亮臣、主計馮克善皆與謀。又有宋元成身軀壯偉，多黠智，乃勾通東昌、曹州、大名諸賊，又恃有曹福昌、劉得財黨羽內應，有司知者皆不敢舉發。

滑縣知縣強克捷，陝西韓城人，中戊辰進士，性忠戇，乃收捕文成於獄，根究結黨逆謀，上司有阻之者，強不為撼。牛亮臣、宋元成遂結黨賊眾於九月初九日劫獄入署，強聞變，朝服立於堂以大義責之曰：「汝輩皆朝廷赤子，奈何崇信邪教，甘謀不軌？自古幾見有紅巾為帝王者，乃為此滅族之計，吾為汝父母，代汝悲也！」眾感其惠不忍戕。

宋元成首犯強公，因屠害家屬數十人，其媳徐氏，賊欲犯之，徐瞋目大罵，怒嚙賊背，賊怒醢之，劫文成出獄，遂據城叛。欲結隊北上，有教諭呂某佯降賊，因詒之曰：「昔川楚教匪蔓延九年，所以終為官兵撲滅者，因不據城池無所守故也，今可閉關自守，以待他郡救援，然後會師北上，始保萬全。」賊信其說，遂屯兵道口諸村堡為聲援計。

按：強克捷事先得一書辦告密，曾請河南巡撫高杞、衛輝知府郎錦騏發兵掩捕；高、郎都怕事，置之不理。強克捷迫不得已，先發制人，於九月初六日逮捕李文成，及同黨二十四人繫獄。李文成的腳筋已被挑斷，雖被救而行動不便，亦爲不能北上響應林清的原因之一。

劫獄事在九月初九，三日後仁宗始於行在聞警。其時山東曹州、定陶一帶匪徒，已紛紛起事。滑縣之賊所據的道口，爲運河上的一個重要碼頭，有積糧可據以號召鄰近各州縣。而直隸總督溫承惠督師大名；河南巡撫高杞勒兵濬縣，皆存觀望；山東巡撫同興，奉旨剿捕，竟不肯發兵。

平川楚教匪曾建大功的劉清，此時任山東運使，向同興力爭，方得領一支兵進剿曹州之賊，總兵陳某爲而居後作策應。奏報中山東戰績特佳，同興曾蒙獎勵，其實坐享其成。

直督溫承惠本膺「欽差大臣」的名義，以觀望無功，詔以陝甘總督那彥成代溫爲欽差，節制直隸、山東、河南三省兵剿賊。

那彥成爲阿桂之孫，頗蒙倚任；奉詔後，先請調禁軍及西安、徐州守軍助剿；及至衛輝，聽說匪徒聲勢浩大，又請調駐山西、甘肅、吉林的索倫馬兵五千人，等援軍到達，再行進剿。奉旨：遠道徵兵，非數月不能到達，任賊蹂躪，束手坐視，嚴加申斥。幸而楊遇春得力，又有劉清爲助，至十一月各縣皆收復，只有滑縣未下。

此一地區，自古以來就是黃河肆虐之處，所以城池堅固高大，以防水浸；滑縣城周九里，在衛輝府所屬各縣中最大亦最堅厚，教匪運道口積糧入城，脅迫居民堅守，一直未下。城外紅頂花翎如雲，欽差大臣那彥成親自督師；他的副手是固原提督楊遇春；而楊芳則以西安鎮總兵丁憂服滿進京，道出河南，適逢其會，爲那彥成奏留，調補河南河北鎮總兵。平川楚教匪的名將，一時皆集，只爲對付一個李文成；殺雞大用牛刀，李文成便想開溜了。此役楊芳功特大。「清史列傳」本傳云：

十一月進圍滑縣，賊目劉國明挾李文成以出，將西走太行，芳與副都統特依順保，以精騎邀擊之，賊遁輝縣，據司寨。芳等伏騎白土岡，羸師當賊；賊空壁來犯，伏兵突起，斬二千五百級，得旨嘉賚。

是戰也，賊遇伏走山上，殊死鬥，官兵畏賊鋒有退者，芳拔佩刀立砍數人，眾效死，遂大捷。乘勝壓賊壘，以火攻；劉國明掖李文成上碉樓，舉火自焚。翌日致文成之屍於滑縣，傳首山東、河南，軍威大振。

滑縣之役致捷分兩部分，第二部分攻城，亦由楊芳定計挖地道。楊芳傳又云：

官兵急攻滑縣，為地道以入，賊覺而先備至。芳至，佯掘新道而仍穴其西南，深入城際，實火藥，賊不之覺。十二月十日地雷發，城陷，滑縣平。

據「清史列傳」楊遇春傳，克復滑縣，殲賊萬餘，生擒二千；救出難民二萬餘，首逆牛亮臣、徐安幗等解赴京師正法。所謂「殲賊萬餘」，其實爲地雷爆發時，被裹脅的良民，玉石俱焚而已。

捷報到京，大加賞賚，那彥成得子爵；楊遇春得男爵；楊芳賞加提督銜及雲騎尉世職，另外還有上方珍物頒賜。而軍機大臣則連出差在外，未聞其事者，亦俱加官進爵。

仁宗御下寬厚，最可稱道的是，對於奉公殉職的官員，撫恤極厚；天理教匪起事，能在三個月內敉平，未成大患，推原論始，強克捷先發制人，並斷李文成之脛，行動不便，指揮遂亦不靈，曲突徙薪之功甚偉，所以此時復頒上諭：

（上略）林清、李文成二首逆，因未遂其會合奸謀，是以先後授首，易於拉朽，今全師告捷，追思強克捷首破逆謀，厥功甚大，而全家慘遭荼毒，尤堪矜憫。前曾降旨，將該員照例賜卹，尚不足以旌其死事之忠，強克捷著加恩照知府例賜卹，並著入祀京師昭忠祠，交該撫查明伊尚有無遺嗣，著於服滿承襲世職，送部引見，以示酬奬忠勳，恩施優渥之意。

與強克捷之死相似，雖情節全不相類，而因公遇害，特蒙睿注，爲之雪冤恩恤者，尚有一事。此爲嘉慶朝有名的一樁刑案，「清人筆記」中記此案者甚多，惟傳說紛紜，茲據「清稗類抄」所載，爲之勾稽眞相如下：

初淮水陽水災，賑務既已，例委員赴各屬查勘。時即墨李公榮軒，適以榜下知縣分江寧候補，即奉委查山陽縣，攜僕三人首途。既抵山陽，就邑中之善緣庵暫駐；旋遍赴各鄉查得浮開賑戶無數，一一筆錄存之，將為稟揭地也。

公三僕：曰李祥；曰顧祥；曰馬連陞，李最狡黠，得公筆記狀，潛告其友包祥。包祥者山陽令王伸漢之僕也；包得李言，即以告王令。王令懼，謀所以止之，出巨賄令包因李以進公；公怒拒絕之。

王令益懼，因包召李至與商；李曰：「小人能為力而不能為謀；苟謀定有所指揮，小人當效奔走也。」王令喜，授以謀，賄之遣之。他日公勾當事竣將行，王令置酒祖餞，醉歸，渴而索茗不得，良久李始以一甌至。公嗅之有異味，置之。時公已醉極無力，李執耳強灌之；頹然遂倒。

李之受王令謀也，歸而商於顧、馬；顧、馬皆首肯，於是群小起而謀公矣。適所進鴆也。李見公倒，呼顧、馬至燭之，血溢七竅；復懸繩樑間，舉公起縊之。及明，偽為倉惶狀，奔縣署請驗；王令至，驗為縊死，贈棺殮之。此嘉慶十三年十一月初七日之事也。

按：李榮軒名毓昌，山東即墨人，嘉慶十三年戊辰科三甲四十八名進士，榜下即用，分發江寧。凡此「老虎班」照例有州縣缺出，先掛牌派署，然後徐圖調整；若無缺可委署，則有適當差使，亦應派委。

查賑委員向例爲候補縣的差使；而冒賑則爲公開的秘密，只看州縣官的良心，冒多冒少而已。在這種情況之下，查賑委員，自然亦可分潤。李毓昌既有書生積習，又不知宦態世情，更不識人心險惡，以致惹下殺身之禍。

越十有二日，公叔父泰清自籍至，知公已死；謁王令問死狀？令以縊對。問遺僕？曰：「主死僕散，事理之常，吾已薦之他往矣。」謀歸其喪，令慨然餽百金，曰：「歸宜即營葬事，死以入土為安也。」泰清持喪歸，置棺中堂。

公夫人林氏，賢而慧，無子，公出任後即依泰清居；至是一慟幾絕，思以身殉。夜夢公曰：

「世乏細心人，卿果殉，我冤終不白矣！」醒而異之，詢泰清山陽情形，茫乎不知所謂冤也；妖夢置之，悲至則叩棺長慟而已。

一日偶檢公所遺行篋，甫啟視即見藍表羊裘一襲，摺皺狼藉，一若倉卒所置也者。提出抖之，覺襟袖有痕而色異，非油非酒；試濯以水，水色赤，吮而嗅之，其臭腥，審為血也！大駭，持奔泰清曰：「吾夫其冤也，此物奚而至哉？」泰清審之確，曰：「冤則似矣，然猶未足以為證。」問若何？曰：「必啟棺驗之，始可信也。」夫人曰：「苟得明其冤，雖啟棺何傷？」

於是剖棺，棺剖而屍見，猶未腐也；而塗石灰，胸際置小銅鏡並符籙等。啟視心腹指尖，皆作青黑色；濯去石灰，面色亦然；雙拳緊握。夫人大慟曰：「天乎！誰殺吾夫者？吾誓雪此冤。」泰清曰：「毋然！家尚有男子，此非婦女之事。伸冤吾任之可也。」乃入都控於都察院。

按：清朝刑名制度，凡人民有冤抑，得赴都察院、步軍統領衙門呈訴，名爲「京控」。但必冤屈之甚者。此案當然合於京控的資格。嘉慶十四年五月十二日上諭軍機大臣，在接閱都察院奏報案情後云：

朕詳加披閱，其中疑竇甚多，必有冤抑，亟須昭雪，以慰孤魂。李毓昌在縣署赴席，何以於回寓後，遽爾輕生，當夜自縊？其事已不近情。彼時山陽縣知縣，隨同署知府驗明，換衣棺殮，是否於申報後，由上司派委，抑或另派有同驗之員？總未見該督具奏，實屬不以人命為重，草率因循之至。

按：清朝諸帝中，重視刑名，且能細心推求，衡平判斷，以仁宗爲第一。以下所提出的案情疑問及研判，後來悉符事實：

且山陽縣知縣於李清泰領柩時，送給路費銀一百五十兩，未必不因情節支離，欲借此交結見好，希冀不生疑慮。又將李毓昌長隨李祥，薦與淮安通判；馬連升薦與寶應縣二處，李祥等不過同僚廝役，何以俱代為安置周妥？其中難保無知情同謀，賄屬滅口情弊。

此案或係李毓昌奉差查賑，認真稽覈，查有弊端，該山陽縣畏其揭報，致死滅口，亦未可定；或其中另有別情，案關職官生死不明，總應徹底根究，以期水落石出。

以上所推測的情節，由出乎常情的疑竇中所得，看來欲蓋彌彰，如論王伸漢薦李祥、馬連升一節，足見仁宗細心，以下是處置：

著吉綸一面將李毓昌屍棺提至省城，派委明幹大員詳加檢驗具奏；並著鐵保查明山陽縣，並署知府係屬何人？及李毓昌長隨李祥、馬連升、顧祥、山陽縣聽差胡姓家人，迅速傳集，秉公研審。如得有確情，即將該府縣嚴參，並一干人證，解赴山東歸案辦理。若不細心研究，致凶手漏網，朕斷不容汝輩無能之督撫，惟執法重懲，決不輕恕。

吉綸爲山東巡撫，鐵保則兩江總督。

按：似此刑案，照常例應派欽差至兩江就地審理，仁宗的處理，則以山東巡撫主辦，用意固在讓山東百姓感激他的聖明；但從另一方面看，並非最好的辦法，因爲案在山東審理，民情洶洶，官方所受的壓力必重，容易失入。

以下爲原文所載在濟南驗屍的情形：

檢驗之日為六月十二，暑氣逼人，而屍猶不腐。巡撫以次，眾官咸集，以水銀洗刷，遍體青黑，毒傷顯然；然官猶未以為信，必令蒸驗。蓋將以難屍親也。

按：驗屍多奉「洗冤錄」爲金科玉律；凡中毒死者，以毒物不同而屍首有不同的現象。習用的毒物爲砒，生者黃赤色，毒性緩，名爲紅砒；演夫冬日赤身入水作業，多有服少量紅砒以禦寒者。

紅砒火煉，煙凝爲霜，其色白，此方爲劇毒的砒霜。凡中砒霜死者，指甲口唇俱青黑色。此爲多少年的經驗法則。

至於「蒸驗」，大致多用於歷年已久的枯骨；倘屍身未腐，而拆骨蒸驗，無異死後更受毒刑，非發生極嚴重的疑難，不用此法；而屍親亦往往寧願含屈，不忍同意。貪官墨吏，因而得以賄縱凶手。據說其時王伸漢「已馳賄濟南，遍賂上下」，故問官「猶以爲未信，必令蒸驗」。

屍親有大冤所在，茹痛從之。乃蒸之，剔括而驗其骨，則兩肋兩鎖子（骨）黑如墨；眾官相視愕然。仵作猶為喝報。方伯某頗嚴正，睹此狀知為錢神作用，乃叱仵作欲杖之，始報：「委係被毒身死。」

當吉綸覆命時，兩江已將王伸漢及李毓昌的兩名家人解到京師，時在六月底。以後兩個月中，有關此案的上諭極多；眞相亦逐漸明瞭。

原來山陽一縣賑款共九萬九千餘兩，王仲漢侵冒了兩萬三千兩；其中一萬兩分潤上司、同官及各查賑委員，以淮安府知府王轂得銀二千兩最多。出事以後，王仲漢面報王轂，同惡相濟，代爲隱飾。

全案大白，獎懲分明，但暴露吏治之壞，已非大加振飭，不足以換頹風的地步。玆錄嚴譴江南大吏上諭如下：

李毓昌身死不明一案，見經訊明……案情明確，歷歷如繪，昨已將各該犯按律定罪，分別辦理。乃今據鐵保奏此事，尚稱毫無端倪，欲再加體訪具奏；是其始終憒憒，經朕降旨飭查之後，仍為人所蒙蔽，而摺內尚鋪敘鬼神之詞，以為破案來歷，豈足昭示天下？

不知此案交軍機大臣會同刑部審訊，俱就各犯吐供，先後質對，並未刑求，是以水落石出，毫無疑義，奚書具在，又何庸證以渺茫恍惚之談？

且李毓昌是日歸寓後，被毒身死，而鐵保忽疑其在王仲漢席間中毒，因而遍詢同席之人，致無影響，轉將廚役拿究，昏憒糊塗已極！是其於案情關鍵，亦全然不知，摺內空陳焦急之語，猶欲再為體訪實情，豈不可笑？

鐵保從前在司員及侍郎任內，曾經屢獲愆尤，棄瑕錄用，自補放兩江總督以後，不能敬慎辦公，一味偏聽人言，固執己見，辦河工則河工日見敝壞；講吏治則吏治日見廢弛，甚至有不肖劣員，藐視法紀，逞其貪戾殘忍，全無忌憚，致釀成如此奇案！而彼猶夢夢不知，可謂無用廢物，不但不勝封疆重任，亦何堪忝列朝紳？鐵保著革職發往烏魯木齊效力贖罪。

按：鐵保姓棟鄂氏，爲趙宋後裔；本是武將世家，鐵保棄武習文，乾隆三十七年成進士時，年方二十一歲；頗爲阿桂所賞識；因此亦受高宗重視。

「清史稿」本傳論其人云：

鐵保慷慨論事。高宗謂其有大臣風，及居外任，自欲有所表見，倨傲意為愛憎，屢以措施失當被黜，然優於文學，詞翰並美。兩典禮闈，及山東順天鄉試，皆得人。留心文獻，為八旗通志總裁，多得開國以來滿洲、蒙古、漢軍之遺集。先成「白山詩介」五十卷；復增輯改編，得一百三十四卷進御，仁宗製序，賜名「熙朝雅頌集」。自著曰「懷清齋集」。

此外大員受處分者，尚有江蘇巡撫汪日章革職回籍；江寧布政使楊護按察使胡克家革職，留河工效力。山陽縣分潤賑款的官員分別杖責充軍。至於主犯的罪名，王伸漢斬立決；王轂絞立決。李祥等人以下犯上爲「十惡」的罪名，而亦有等差；仁宗好親自司法，且看他在上諭中判決：

> 李祥、顧祥、馬連升俱著凌遲處死；包祥著即處斬。李祥等三犯，均謀害伊主，而李祥於伊主李毓昌查出王伸漢冒賑，欲稟藩司之處，先行密告包祥，轉告王伸漢；迨包祥與王伸漢謀害伊主，亦先與李祥密商，該犯首先應允，商同顧祥、馬連升一同下毒手。
>
> 是李祥一犯，尤為此案緊要渠魁，著派刑部司官一員，將該犯解赴山東，沿途飭令地方官多作兵役防範；到山東後，交該撫轉飭登州府知府，押至李毓昌墳前，先刑夾一次，再行處死。仍著摘心致祭，以洩憤恨。包祥首先設計，狠毒已極，著先刑夾一次，再行處斬。李祥、馬連升二犯，著各重責四十板，再行處死，派刑部堂官秦瀛押赴市曹，監視行刑。

對李祥等人的處分，以現代眼光來看，過於殘苛；而在當時的倫理觀念，則爲大快人心之事。

另有一道上諭，加恩李毓昌一家云：

李毓昌於上年中式進士後，朕於引見時，以知縣分發江蘇即用，經該省上司委赴山陽縣查勘水災，不肯揑報戶口，侵冒賑銀，居心實為清正。乃山陽令王伸漢，因李毓昌不肯扶同揑飾侵賑，膽敢起意與長隨包祥，串謀同李毓昌家人李祥、顧祥、馬連升等，將李毓昌始則用信末毒傷，繼復勒斃懸挂；似此慘遭奇冤，實從來所未有，允宜渥沛恩施，以示褒慰。

故員李毓昌前已有旨，令吉綸即委妥員將其屍棺加槨送回，交伊家屬安葬，著施恩加賞知府銜，即照知府例賜卹。

朕昨親自憫忠詩五言排律三十韻，為李毓昌闡揚幽鬱，著吉綸採取碑碣石料，量定高寬丈尺奏明，再將御製詩發往摹刻，俾循吏清風，勒諸貞珉，永垂不朽。並著吉綸派委登州府，前往李毓昌墳前致祭；仍俟案犯定擬後，將要犯二人，解往山東，於李毓昌墳前正法，以申公憤，而慰忠魂。

至李泰清因檢視伊侄皮衣，帶有血跡，心疑生死不明，即同伊眷屬開棺驗視，辨出毒害情形，來京呈控，俾奇冤得以昭雪，殊甚嘉憫；李泰清著加恩賞給武舉，其應如何立祠之處，應聽伊自行辦理。

除李氏叔侄以外，另有一名章家麟的教諭，亦奉派為查賑委員，「不特未經得銀，亦且核對所開戶口，毫無浮冒，於公事尙爲認眞，自應量予施恩，章家麟著送部引見，以知縣即用。」

按：教諭爲學官，正八品，除加捐外，欲升知縣，千難萬難。加捐知縣，未必即補；今以「特旨」、「即用」，引見分發後，立即可以補缺，背景較之「老虎班」更硬，這眞是一步登天了。

如上所述，刑賞或不免過當，是非則大致分明，後來迭經憂患；至洪楊之亂時，朝廷對東南半壁，無從遙制，而仍能持紀綱於不墜者，仁宗所極力講求的是非觀念，確是發生了很大的作用。

仁宗崩於嘉慶二十五年七月廿五，時正木蘭秋獮，前一天剛到熱河避暑山莊，一到即病，據遺詔自述得病經過云：

孟秋中旬，恪遵彝訓，將舉木蘭獮典，先駐蹕避暑山莊。朕體素壯，未嘗疾病，雖年逾六旬，登陟川原，不覺其勞；此次蹕途偶感暍暑，昨仍策馬度廣仁嶺，迨抵山莊，覺痰氣上湧，至夕益甚，恐弗克瘳。

於此可知，仁宗爲中暑過勞，引起中風；而且來勢甚猛，一發病即不能言語，甚至昏迷。這時發生了一個大問題，臨崩既無末命，應該由誰來繼承王位？

按：仁宗五子，元后孝淑睿皇后生智親王綿寧；孝和睿皇后生楳親王綿愷、瑞親王綿忻；恭順皇貴妃生惠親王綿愉；和裕皇貴妃劉氏生穆郡王。當仁宗崩時，侍從在側的是綿寧、綿忻。綿寧既是中宮所出，居長，又有林清之變平亂之功，理當踐祚，自無疑問；而情理如此，按諸制度則不然。

原來高宗鑒於先朝立儲的糾紛，特作「儲貳金鑑」，以爲「歷觀史冊，三代而下，由漢迄明，儲貳一建，其弊百端」，因而發明秘密建儲的辦法，御筆寫明繼承皇子之名，親自密封，藏於乾清宮「正大光明」匾額後面；龍馭上賓後由大臣公開閱看，大位歸於何人？但此時是在熱河，又聽說仁宗並未「緘名於乾清宮正大光明匾後」，然則應該如何解決儲位問題？

其時扈從軍機大臣中，官位最高的是文淵閣大學士戴均元及東閣大學士托津；認爲政治在日，對此事必有安排，於是大索行宮。

據包世臣所撰戴均元墓誌云：

（仁宗）甫駐蹕，聖躬遽有疾不豫，變出倉卒，從官多皇遽失措。公與文恪（托津）督內臣檢御篋十數；最後近侍於身間出小金盒，鎖固無鑰，文恪擰金鎖發盒，得寶書，公即偕文恪奉今上即大位，率文武隨瑞邸（瑞親王綿忻）成禮，乃發喪，中外晏然。

於此可見，當時曾爆發了舉國無主的危機。所謂「寶書」即仁宗御筆，早在嘉慶四年四月初十，即已建儲。這個小金盒藏在太監身上，已二十一年；在這二十一年中，如有似其曾祖世宗那樣的皇子，買通此一太監，僭易御筆，則聖祖崩後的骨肉倫常之禍，又將重演。

仁宗是好皇帝，但才具微短，不稱其「睿」字的尊謚，他的仁厚，舉一事可知，清稗類鈔「帝德」門有一條云：

嘉慶丁丑，萬壽恩詔，普名天下積欠錢糧，各省歡騰，爭造冊送戶部。安徽民欠三百萬。而鳳陽一府尤多，巡撫康紹鏞閱冊已定，未及奏，遷去；繼之者為姚祖同。疑民欠不實，今諸道府大為覈減。屬吏震其威，勒令諸州縣減造十分之四，以其欠數虛報存庫。州縣苦之，勢洶洶將上聞，姚先奏，以為官吏欺侵，造冊不實，請展限覈減。硃批云：「損上益下，朕之願也。存心刻薄，有傷政體。」姚大慚，六百里行文，以原冊上。

又御下以禮，不似高宗，每好狎侮大臣；清稗類鈔「帝德」門又一條云：

皖楊懌會，嘉慶時官翰林，受知仁宗，為大理卿最久；開府楚北，風骨錚然。嘗召對，值盛暑，掀簾見上搖扇揮汗；入跽，上以扇置座右，不復用，詢事甚詳，良久熱甚，上汗出如雨，卒不用扇。

但仁厚爲臣下視作庸懦，以致吏治日壞，川楚教匪之亂，他有一首詩責臣工云：

內外諸臣盡紫袍，何人肯與朕分勞？玉杯飲盡千家血，銀燭燒殘百姓膏；天淚落時人淚落，歌聲高處哭聲高。平居漫說君恩重，辜負君恩是爾曹！

是則仁宗對於貪官污吏、殘民以逞的情況，皆所深知。但惡惡而不能去，始終拿不出整飭吏治的明快手段。但仁厚總是好的；獎許善類，培養元氣，於是而有道光以後，高級智識分子的自我覺醒。

九、宣宗——道光皇帝

宣宗御名綿寧；綿爲常用字。避諱不易，高宗顧慮及此，早有上諭，改綿爲旻。生於乾隆四十七年；嘉慶元年十五歲成婚；接位時已三十九歲。

宣宗亦是好皇帝，但在清朝諸帝中，資質最差；性格上有個缺點：小氣。小氣的人目光如豆，這就注定了他只能用謹小慎微而專壞大局的曹振鏞、穆彰阿、潘世恩、賽尚阿這一班人。

嘉慶廿五年九月十三日，宣宗即位未及兩月，便發生了一次政潮；對清朝中葉的政局，影響極大，談宣宗應自此始。這一次的政潮，前因後果，頗爲複雜，先列綱要如下：

一、關係人：

（1）劉鳳誥：江西萍鄉人，乾隆五十四年探花；獲罪充軍復起，時爲翰林院編修。

（2）曹振鏞：安徽歙縣人，乾隆四十六年進士，體仁殿大學士，自「董太師」（誥）歿後，即爲首輔。

（3）戴均元：江西大庾人，乾隆四十年進士，文淵閣大學士，軍機大臣。

（4）托津：姓富察氏，滿洲鑲黃旗，筆帖式出身，東閣大學士，軍機大臣。

二、遠因：

劉鳳誥修怨，想倒托津。

三、近因：

曹振鏞傾害戴均元，以邀寵入軍機。

四、事件經過：

（1）劉鳳誥發現遺詔有問題，密告曹振鏞。

（2）曹振鏞密奏宣宗，指軍機擬遺詔犯了重大錯誤。

五、結果：

（1）戴均元、托津逐出軍機；降級調用。

（2）曹振鏞入軍機為領班。

六、關鍵因素：

宣宗不滿戴均元、托津的「顧命嫌疑」。

七、副作用：

高宗身世之謎，欲蓋彌彰。

嘉慶廿五年九月十三日諭上：

七月二十五日慟遭皇考大行皇帝大故，彼時軍機大臣敬擬遺詔，朕在諒闇之中，哀慟迫切，未經看出錯誤之處，朕亦不能辭咎；但思軍機大臣多年承旨，所擬自不至有誤，及昨內閣繕寫遺詔副本，以備宮中時閱，朕恭讀之下，未有皇祖「降生避暑山莊」之語；因請皇祖實錄跪讀。始知皇祖於康熙辛卯八月十三日子時誕生於雍和宮邸，復偏閱皇祖御製詩集，凡言降生於雍和宮者，三見集中。因命大學士曹振鏞，協辦大學士尚書伯麟，尚書英和，黃鉞傳旨，令軍機大臣明白回奏。

按：遺詔末段爲：「虞舜陟方，古天子終於狩所，蓋有之矣。況灤陽行宮，爲每歲臨幸之地，我祖考神御在焉，予復何憾？」此爲改文；原文「況」字下當爲「況避暑山莊爲皇考降生之地，神御在焉，予復何憾。」以下爲戴、托奏覆及宣宗駁斥之詞：

據稱恭查大行皇帝御製詩初集第十四卷，萬萬壽節率王公大臣行慶賀禮恭紀詩注，恭載「高宗純皇帝以辛卯歲誕生於山莊都福之庭」；又第六卷萬萬壽節王公大臣等行慶賀禮恭紀詩注相同。至實錄未經恭閱，不能深悉等語。

朕敬繹皇考詩內，語意係泛言山莊為都福之庭，並無誕降山莊之句，當日擬註臣工，誤會詩意。玆據軍機大臣等稱實錄未經恭閱，尚屬有辭，至皇祖御製詩集，久經頒行天下，不得諉為未讀，實屬巧辯。

按：高宗雖自言降生於雍和宮（雍親王府），但仁宗詩注，說的明明白白，爲宸翰作注，是何等鄭重之事，詞臣豈能「誤會詩意」。

且仁宗「味餘書屋全集」定本四十卷，爲道光朝所纂，詩初集四十八卷，二集六十四卷，早已頒行，如注詩錯誤，仁宗必早發覺，降諭改正。既未如此，正表示仁宗認爲注釋不誤。宣宗據高宗詩集加以指責，顯然是強詞奪理，並不能令人心服。

此事發難者爲劉鳳誥，目的在報復托津。嘉慶十三年浙江恩科鄉試，巡撫阮元以匪警視察海口，「監臨」的職司，不照常例委藩司代辦，而偏勞他的同年學政劉鳳誥；事隔一年，忽有言官參劾劉鳳誥上年代辦監臨舞弊。托津以軍機大臣出差江南，奉旨順道查辦，確有弊端，而情節不重，劉鳳誥亦未得財。

據實奏覆後，仁宗適以李毓昌一案，正在整頓吏治；劉鳳誥加重處分，革職發往黑龍江效力，因而致怨於托津，時思報復，終於找到了機會。

但劉鳳誥雖於嘉慶十七年赦歸；二十三年賞編修入京供職，但非講官，不能專摺言事。同時自顧人微言輕，能上摺亦無用，因而慫恿曹振鏞密奏；曹正想取戴均元而代之，如言而行，果然發生了預期的效果，戴、托二人退出軍機，曹振鏞入掌樞要。

何以得有此預期的效果呢？就因爲戴均元、托津有「顧命嫌疑」之故。當仁宗初崩時，宣宗以嫡子而居長，又因林清之變，護宮之功首封親王，則必繼大位，不待啓鐍匣而始知；戴均元、托津的張皇，不免使得宣宗心生疑問：莫非你們以爲除我以外，還有人夠資格繼位嗎？

卻未想到，此是何等大事，明知毫無疑問，亦須根據仁宗御筆行事，在程序上方爲光明正大。如果先擁立而後爲鐍盒，便有造成既成事實之嫌，反成疑案。

就因爲宣宗小氣，對此事耿耿於懷，劉鳳誥、曹振鏞始得乘虛而入。前引上諭下段云：

托津、戴均元俱已年老，無庸在軍機處行走，並不必恭理喪儀；與盧蔭溥、文孚一併交部，嚴加議處。盧蔭溥、文孚年力尚強，與托津、戴均元行走班次在前者有間，仍留軍機大臣。遺詔佈告天下，為萬世徵信，豈容稍有舛錯，不得不將原委明白宣示中外。著將此旨宣諭中外。

強調遺詔「舛錯」，而逐出軍機者，只「行走班次在前」的托津、戴均元，尤足見爲「欲加之罪」。

因爲按軍機辦事規制，撰擬上諭每由資淺有才的軍機大臣，或「達拉密」（軍機章京領班）秉筆。此遺詔幾乎可確定出於盧蔭溥之手。此人爲盧雅雨的孫子，幼年隨父祖充軍……九歲隨母而歸，刻苦勵學，乾隆四十六年成進士，點翰林，爲掌院阿桂所激賞。

「清史稿」本傳：

（乾隆）五十六年大考，降禮部主事；阿桂言蔭溥能事，改部可惜。帝曰：「使為部曹，正以治事也。」……嘉慶五年充軍機章京，川桂軍事，多所贊畫。八年，孝淑睿皇后奉安山陵，故事，皇后葬禮無成式，禮臣所議未當；蔭溥回直儀曹，考文禮文，草撰大儀，奏上如議行。……十六年命在軍機大臣上行走。……帝崩，因撰擬遺詔不慎，降五級留任。

按：如遺詔出於托、戴之手，則盧蔭溥班次在後，縱受連帶處分，亦必較輕；而托、載爲「降四級留任」，盧蔭溥的處分重於托、戴，可知必爲秉筆之人，卻何以仍得留於軍機？其故豈不可思！

宣宗初政，一心一意想整飭吏治，但志大而才疏，軍機又不得力；每天面對著一大堆奏摺，看都看不完，更遑論裁決，因而頗以爲苦。於是曹振鏞獻上一計，其流毒至今未已，「清人筆記」中述此事並加以評論，極爲中肯。

初宣宗倦於大政，苦於章奏不能徧閱，振鏞在樞府；乃獻策曰：「今天下承平，臣工好作危言，指陳闕失，以邀時譽；若遽罪之，則蒙拒諫之名。此後中外章奏，皇上無庸徧閱，但擇其最小節目之錯誤者譴責之，則臣下震於聖明，以為察及秋毫，必無敢恣肆者。」宣宗從之。其嗣後章奏中有極小錯誤，必嚴斥罰俸降革，中外震悚。皆矜矜小節，無敢稍縱，語多吉祥，凶災不敢入告；及洪楊難作，互相隱諱，莫敢上聞，至於屢陷名城，始為奏達，皆曹振鏞隱蔽之罪釀成之。厥風濡染，以至晚清之將亡，在政府者尚循斯轍。

此爲後代官文書流於形式主義的由來；而「報喜不報憂」的原則，至今猶有人奉爲保祿位的金科玉律。

又清稗類鈔「殿廷考試專尚楷法之由」一條，所記大致相同。考試不問文之工拙；只問字之正體，尤爲士林所深惡痛絕；時人之評論如此：

乾嘉以前，應制書雖工，仍滿紙碑帖字，詩亦有拗體者，其時雖號台閣體，亦尚有雅氣也。自曹振鏞在樞府挑剔破體字，不問文之工拙，但作字整齊無破體者，即置上第，若犯一帖子，即失翰林，海內承風，殿體書直成泥塑，士習闒茸，懨懨無生氣，皆曹振鏞所造成也。

自道光至清末，「寫大卷子」成爲一門學問，一生窮通富貴之所繫；畢生志業抱負之所寄，都在寫字上面，殿試字寫得好，可以點翰林，博得最上等的出身；當翰林字寫得好，凡有考試，皆占便宜。此所以龔定庵有「千祿新書」之作。

清稗類鈔記其事云：

龔定庵生平不喜書，以是不能入翰林。既成貢士，改官部曹，則大恨，乃作「千祿新書」，以刺執政，凡其女、其媳、其妾、其寵婢，悉心學館閣書。客有言及其翰林者，定庵必哂曰：「今日之翰林，猶足道耶？我家婦人無一不可入翰林者。」以其工書法也。

曹振鏞是庸才；庸才而居高位必忌才，以故盧蔭溥在樞府一年，即不安其位而去。曹振鏞排擠同僚的辦法是，逐之使外，或者外放；或者出差，俾得把持軍機。

清稗類鈔有一條云：

仕途傾軋排擠之風，至為可畏，苟一不慎，輒被中傷，殊有令人防不勝防者。清道光初年，蔣襄平以直督召值軍機處，主眷甚優渥，曹文正嫉之。時兩江總督琦善，以外交失敗，奉旨降調；帝召軍機大臣問曰：「兩江乃重任，當求資深望重久歷封疆者與之。顧誰堪當其選者？」曹對曰：「以臣觀之，似那彥成為最。」帝曰：「正口正多事，何能他移？」曹不語。又少頃，帝乃指將曰：「汝即久歷封疆，非汝無第二人。」議遂定。

襄平出語人曰：「曹之智巧，含意不申，而出自上意，當面排擠，真可畏也。」阮文達公亦不為曹所喜，帝一日偶問曰：「阮元歷督撫已三十年，甫壯即升二品，何其速也。」曹對曰：「由於學問優長。」帝復詢曰：「何以知其學問？」曹對云：「現在雲貴總督任內，尚日日刻書談文。」帝默然，遂內召。蓋曹素揣成皇帝重吏治，惡大吏政務廢弛，故借此挑之，以觸成皇帝之怒也。

按：蔣襄平指蔣攸銛，字礪堂，漢軍鑲紅旗，先世由浙江遷遼陽，故稱之爲「襄平」。道光五年十月，由直督內召爲軍機大臣；接任者即那彥成。那於嘉慶十四年即任陝督；蔣則後兩年任粵督，皆督撫中最資深者。

至琦善之內調，事在道光七年，非由於「外交失敗」，而是處理河道及漕運「失機」，降授內閣學士。阮元內召入覲在道光十三年三月，八月仍回任。

宣宗和曹振鏞這一君一相合作主宰天下的結果是，造成了一個「庸才時代」；惟庸乃能致福，東坡詩中謂「但願生兒愚且魯，無災無難到公卿」者，頗不乏人，而潘世恩尤其「傑出」。

潘世恩是蘇州人，繼石琢堂而於乾隆五十八年中狀元，時年廿六歲。嘉慶二年大考一等；狀元而翰詹大考居前列，足見眞才實學，又因不附和珅，故益爲仁宗所欣賞，親政後一歲之遷，嘉慶四年即爲「東宮官屬」之首的詹事府正詹，居於大九卿之列；自釋褐至此只六年，官符如火，在翰林中頗爲罕見。

以後十餘年間，兩任學政，兩爲考官，循資由正詹而侍郎，由侍郎而尚書；十九年因故降補侍郎終養。

所謂「終養」即家居養親；親喪守制，至服滿方能復起。潘世恩家居七載，復起時已是道光七年，先補戶部侍郎，隨即升任左都御史，十三年四月大拜，不經「協辦」這一階段，超授體仁閣大學士管戶部。

十四年正月入軍機，因爲官已極品；所以入軍機亦不便再加以「學習」的字樣。至十五年七月，曹振鏞已歿；文孚罷直，軍機大臣中，只有他一個大學士，遂居首輔；十六年七月，穆彰阿由協辦升大學士，官位相同，便須論軍機上的年資，穆彰阿比他早得多，因而超前領班，一直到二十九年自請罷直爲止。

穆彰阿號稱權相，潘世恩凡事退讓，伴食而已；又為穆彰阿在翰林時的教習老師，他只要不管事，穆彰阿自然事事照應。

這十餘年間，外患迭起，朝野不安，但潘世恩卻一直做他的「太平宰相」。到二十九年四月，一天大雨之後，硃諭：「本日又獲甘霖，地面一片濕滑，潘世恩可毋庸進慎德堂。雖有扶掖之資，難抒眷念之意，諸卿於登下扁舟之際，亦當在意。」慎德堂在圓明園，為日常召見軍機之處。

宣宗此諭，自是眷顧老臣之意；但另一方面亦可看作諷示年邁應該告老了。潘世恩乃於是年十月自請罷直；予告而食全祿，至咸豐四年病歿，年八十六。郎潛紀聞稱之為三百年中第一福氣中人。

舉其生平異數云：

> 本朝耆臣，生加太傅者五人，重宴瓊林者八人，狀元作宰相者八人，惟潘文恭公兼之。又大拜不階協辦；樞廷不始學習，皆數異也。富貴壽考，子孫繼武，公之福祉，三百年一人而已。

而他本人最得意之事，莫過於至道光二十四年，內閣四大學士，除他以外，穆彰阿、寶興、桌秉恬等三人，都是他的門生。

「清朝野史大觀」有一條：

> 道光朝潘文恭公久居揆席，而滿漢四相公，其三人入詞林時，皆文恭教習門生：一鶴舫相國穆彰阿；一獻山相國覺羅寶興；一海帆相國卓文端公也。公有詩紀盛云：「翰苑由來重館師，卅年往事試尋思；即今黃閣三元老，可憶槐廳執卷時。」穆相以為二百年來所未有。

「槐廳」在翰林院。卓秉恬嘉慶七年壬戌翰林；穆彰阿、寶興則遲一科；而潘世恩於嘉慶八年以禮右奉派「教習庶吉士」，即是所謂「館師」；穆彰阿等三人，皆曾受潘之教。有這樣三個門生宰相在，仕途中尚有何風險可言？

現在要談道光朝的權臣穆彰阿。他是滿洲鑲藍旗人，字鶴舫，嘉慶十年的翰林；仁宗末年曾遍歷戶、禮、兵、刑、工五部侍郎，這段經歷加上翰林出身，使得他成爲全才，京中沒有他幹不了的官或差使。

「清史稿」本傳：

道光初，充內務府大臣，擢左都御史，理藩院尚書。以漕船滯運、兩次命署漕運總督，召授工部尚書，偕大學士蔣攸銛，查勘南河。洎試行海運，命赴天津監收漕糧，予優敘。

七年，命在軍機大臣上學習行走；逾年，張格爾就擒，加太子少保，授軍機大臣；罷內務府大臣，直南書房，尋兼翰林院掌院學士，歷兵部戶部尚書。十四年，協辦大學士，承修龍泉峪萬年吉地，工竣，晉太子太保，賜紫韁。十六年，充上書房總師傅；拜武英殿大學士、管理工部。十八年，晉文華殿大學士；時禁煙議起，宣宗意銳甚，特命林則徐為欽差大臣，赴廣東查辦。

英吉利領事義律，初不聽約束，繼因停止貿易，始繳煙，盡焚之，責永不販運入境，強令具結；不從，兵釁遂開。則徐防禦嚴，不得逞於廣東，改犯閩浙。沿海騷然。英艦抵天津，投書總督琦善，言由則徐起釁，穆彰阿窺帝意移，乃贊和議，罷則徐，以琦善代之。

琦善一徇敵意，不設備，所要求者，亦不盡得請，兵釁復起，先後命奕山、奕經督師，廣東浙江皆挫敗，英兵且由海入江，林則徐及閩浙總督鄧廷楨、台灣總兵達洪阿、台灣道姚瑩，以戰守為敵所忌，並被嚴譴。

命伊里布、耆英、牛鑒議款。二十二年和議成，償幣通商，各國相繼立約，國威既損，更喪國權，外患自此始。穆彰阿當國，主和議，為海內所叢詬，上既厭兵，從其策，終道光朝，恩眷不衰。

鴉片戰爭之失敗，乃由積弱所致；弱在旗人經長時期的養尊處優，腐化無用，旗人又不重視教育，以故與漢人相較，處處落後，但仍自視爲領導階層，則其僨事，無足爲奇。宣宗及旗下大臣乏此自知之明，國事乃不可爲；而以後文宗、肅順、恭王等正因以前朝缺失爲鑑，重用漢人，遂成大功。中興以人才爲本，此眞顚撲不破的至理名言。

由於旗人的顢頇無能，道光朝的漢大臣格外顯得傑出；可惜宣宗善善而不能用，王鼎屍諫一事，最足令人氣短。此爲當年正氣消沉，小人猖獗的一大明徵，值得一談。「清朝野史大觀」記其事云：

道光中林文忠公（則徐）以欽差大臣馳赴廣東查禁鴉片煙。與英吉利兵團相持海上，宣廟倚任甚至。既而中變。命大學士直隸總督琦善馳往查辦。嚴劾林公，革職遣戍新疆，盡撤守備，與英吉利謀合。

於是輿論譁然，皆罵琦善之誤國，及宰相穆彰阿之妨賢，而惜林公之不用也。其後河決祥符。上命大學士蒲城王文恪公（傑）臨塞決口，亦命林公赴工效力，蒲城一見林公，傾誠結納，且言還朝必力薦之。及大式合龍，朝令林公仍往新疆；蒲城還朝，力薦林公之賢，上不聽。

按：王杰字定九，陝西蒲城人，嘉慶元年翰林。王杰最講氣節，與大學士王鼎同族，不屑干謁；兩次大考，受仁宗特達之知，終身感激。平生清操絕俗，不受請託，更不請託於人。性情近於耿介一流，與穆彰阿不相合，可想而知。

是時蒲城與穆相均為軍機大臣，每相見輒厲聲詬罵，穆相笑而避之。或兩人同時召見，復於上前盛氣詰責之，斥為秦檜嚴嵩，穆相默然不與辯。上笑視蒲城曰：「卿醉矣！」命太監扶之出。

明日復廷諍甚苦，上怒，拂衣而起，蒲城牽裾，終不獲申其說，歸而欲仿史魚屍諫之義，其夕自縊薨。是時新城陳孚恩為軍機章京，性機警，最為穆相所寵任；方早朝，軍機大臣惟蒲城不到，孚恩心知其故，乃駕而出，急詣蒲城之宅，其家人搶攘無措，屍猶未解下，蓋凡大臣自縊，例必奏聞驗視。然後敢解也。

按：林則徐「軟塵私札」謂王鼎自縊於軍機直廬「別院」，舁歸救治，則已不及。此說必不然，自縊於宮中，大干忌諱；王鼎不能不知。軍機直廬湫隘，亦無別院；林則徐其時「荷戈」新疆，道路傳聞，不盡得實。

孚恩至，命其家人急解之，檢衣帶中得其遺疏，其大旨皆劾穆相而薦林公也。孚恩謂公子編修某曰：「上方怒甚，不願再聞此言，若奏之則尊公卹典也不可得，而子亦終身廢棄；子而猶欲仕於朝也，不如屏此疏勿奏，且可為尊公邀優旨，子其圖之。」會張文毅公（芾）亦至，文毅故穆相最親厚之門生；而亦蒲城同鄉且門生也，相與共勸編修。編修從之，孚恩代為改革遺疏，以暴疾聞。上震悼，命成郡王奠茶酒，晉贈太保，入祀賢良祠；孫三人皆俟及歲時帶領引見，飭終之禮隆焉。

按：王鼎之子名王沆，字小廛。道光二十年庚子翰林。王鼎屍諫，事在二十二年五月，王沆尚是庶吉士；散館後始授編修。

張芾字小浦，陝西涇陽人，與王鼎爲大同鄉。他是道光十五年乙未科的傳臚；與先高祖信臣公同年，這一科會試由穆彰阿主持，張芾爲其得意門生，屬於所謂「穆門十子」之一，官至江西巡撫，洪楊時罷職，回籍辦團練，死於回亂，謚文毅。他與王鼎的師生關係不明；當是由王鼎被派充殿試讀卷官而來。

陳普恩江西新城人，拔貢出身；時充軍機章京，爲穆彰阿的心腹。

> 孚恩袖蒲城原疏以去，返至樞垣呈穆相。穆相大喜，於是推轂孚恩，不十年至兵部尚書、軍機大臣。而張公亦於數年間由翰林躋卿貳。惟編修以不能成父志，為蒲城諸門生及陝甘同鄉所鄙棄；亦自愧恨，遂終身不復出。蒲城薨未幾而林公召還，復為陝甘巡撫。
>
> 世俗言蒲城薨後，宣廟常聞空中呼林公姓名，故不久賜還。此說雖未盡然，然亦足見人心所歸仰云。

王鼎有子如此，自然死不瞑目。但王鼎的門生及陝甘同鄉又何不翻案？此事發生在道光以前，不論是仁宗或高宗，一定派人密查；發生在道光以後，亦定有言官或翰林揭發其事，惟獨在道光朝才會有這種異聞產生。王鼎欲效史魚之諫，奈宣宗非衛靈公何？

至於鴉片戰爭中所暴露的弱點，在中國科學之落後；在中國之無世界知識，在滿州勳貴無一成材。孟心史以爲此役爲「清運告終之萌芽」；「二百年控制漢族之威風，掃地以盡」，皆爲極客觀、亦極深刻的看法。至於此役之敗，敗得如此之慘，則穆彰阿不得辭其咎；而在宣宗爲自取之咎。

孟心史於其所「清代史」中，有一段評論，非常中肯，引錄下：

鴉片案之賠款割地，戰敗以後事也。所異者，當時歐亞交通之難，兵艦砲械，亦遠非後來堅利之比，中國以毫無設備而敗；若稍講設備，則如林鄧之辦海防，亦頗使英人卻顧。惟海岸線長，不能得復有如林鄧者二三人；又姦壬在內，始以忌刻而欲敗林；繼則務反林之所為，並譴及力能卻敵之鄧，乃至並譴及禦敵獲勝之達洪阿、姚瑩。此皆滿首相穆彰阿所為，而漢大學士王鼎至自經以屍諫，請處分首輔，而為首輔所抑，竟不得達。

林則徐褫職，裕謙奏請入浙協辦，則必令遠戍伊犁，惟恐其禦夷有效；王鼎再留則徐助塞河決，又力促其赴戍。

鼎至以死冀一悟君，而卒為穆黨所厄。宣宗之用人如此，至嘆息痛恨之伊里布，卒倚其與英人情熱，使卒成和議；琦善既議斬而復大用；耆英則議和之後專任為通商大臣，蓋帝猶尊祖制，重任必歸滿洲，滿洲無非庸怯，帝亦以庸怯濟之，以乞和為免禍之至計，故口憾之而實深賴之也。

「始以忌刻而欲敗林，繼則務反林之所爲」，此一語最能出穆彰阿之奸。當衝突初起，九龍炮台擊沉英艦時，奉旨嘉獎，有「不患卿等孟浪，但患過於畏葸」，完全爲鼓勵欽差大臣林則徐及粵督鄧廷楨採取最強硬的態度，即爲穆彰阿希望林則徐輕率妄動，吃個敗仗，便好舉以嚴譴。

不意林、鄧海防嚴密，連英國人亦加稱許；於是派琦善代林，撤戰備，主和議，反以「糜餉勞師」、「辦理總無實濟，轉至別生事端」爲林則徐的罪狀，用心之惡毒，無與倫比；而宣宗之庸闇，亦爲清朝入關以來所未有。

鴉片戰爭的始末，我們在中學教科書中，即已備知其事，不必贅述；我特別介紹孟心史的觀點，此案爲「清運告終的萌芽」，想爲讀者指出時代交替、世局轉移的一個關鍵性的因素，即我在前面所說的，政治領導階層中，漢人與旗人優劣對比的強烈，莫過於道光一朝。在此以前，漢人已有此感覺，而不敢透露；旗人則仍舊侈然自大，根本不知道他們與漢人的關係，正由支配階級轉變爲被支配階級。

自經鴉片戰爭案，雙方都自然而然地作了自我評估；確認了漢人比旗人來得高明這個事實，而構成了在政治責任上的心理突破，此爲導致以後錯綜複雜的世局演變之一個主宰性的因素。

現在先談體認到漢優旗劣這個事實以後，因人而異的心理上的變化。可分漢人與旗人兩方面來觀察：在此以前，受孔孟思想薰陶的正統智識分子，從政以後，一切行事，受忠君與愛民兩個原則的支配，如果天子聖明，則所施多善政，忠君與愛民兩個原則，皆能善現，是最理想的事。

但大部分的情況，是在調和這兩個原則，即是如何愛民，而又不悖於忠君；或者雖忠君而求不致於使民間太痛苦。不過在基本上，總是信任在上者的領導能力，持無條件服從的態度。

從嘉道年間起，特別是鴉片戰爭以後，在上者的領導能力，深受懷疑；但忠君的態度未變，因而在心理上有一突破：事情還是要我輩來做；對朝廷不必寄以厚望。而做法上又因各人的性情不同而產生極大的彈性。

彈性最大的是胡林翼，只求辦事有效，不惜委屈求全，如刻意交歡官文的事例可證。其次是曾國藩，彈性有一定限度，超出他體制改革能夠接受的限度，常不顧遷就。最缺乏彈性的是左宗棠，他與朝廷爭辯時，幾於攘臂而言。

不過彈性雖有高下，忠君亦無問題，而內心深處對朝廷輕視則一；此在乾隆以前的大臣中，沒有一個人有此想法。

另一方面，朝廷的顢頇無能，對野心分子常是一種鼓動；輕視之念增一分，造反之心強一分，洪楊之能裹脅民眾，長驅直下，釀成大患，此輕視旗人的觀念，發生了極大的作用。

在旗人方面，一種是將所有的旗人，特別是親貴，看成全是廢物，如肅順即多少有此過激的想法；另一種是有自知之明，覺得漢人確比旗人高明，拱手受成，如官文之流，不失為明哲保身之道。

再一種是恭王、文祥等人，看法平正，承認漢人比旗人高明，應該重用，但也應該和衷共濟。這裡特別提出來的是倭仁；他對尊王攘夷這個觀念的執著，幾乎到了不惜以身相殉道的程度，但對人才的識拔，毫無成見。

方宗誠「柏堂師友言行記」有一條云：

艮峰（倭仁字艮峰）日記曰：「學術當恪守程朱，此外皆旁蹊小徑，不可學也。」又曰：「天下未嘗無才，待朝廷大氣轉移之。大氣謂何，誠而已矣！」

前記宣宗，筆者謂其「小氣」，有讀者來函，斥爲「別字」，應作「小器」，無可與辨，不意倭艮峰又有「大氣」之說，正堪爲「宣宗小氣」作注腳。大致小氣者決不肯自承氣度褊狹，而責人別有說法，此即不誠；凡是人才，決不肯爲不誠之人所用，這是一定之理。因爲不誠者，口中是一套；心中又是一套，無適從，則用亦不能見效。林則徐、鄧廷楨之所以無功，正以此故。

不過宣宗求治之亟，問政之勤，其賢達過於明朝孝宗以後諸帝，而目睹他祖父揮霍無度，痛心疾首，力矯前弊的儉德，過於漢文帝、宋仁宗，尤爲可貴。宣宗之儉，有許多傳說，如套褲打補釘之類，無可徵信，其確鑿有據者，如裁梨園子弟，已覺難能可貴，周明泰「清昇平署存檔事例漫抄」序云：

　自乾隆南巡之後，選江南伶工，召之入京，供奉內庭，名曰：「民籍學生」；此例迄於嘉慶末年，未嘗或改。尚有「旗籍學生」，蓋取八旗子弟，教之樂歌，與民籍者統稱「外邊學生」，或簡稱「外學」；而南府太監則稱「內學」。內學有大小之分，外學有頭二三之別，其規模實遠勝於後日之昇平署也。

　道光元年，曾兩次縮減外學名額，至七年改南府為昇平署，盡將民籍學生，全數退回原籍；旗籍者發交本旗，於是宮庭演戲，盡由內監承差。而所演者無非舊日之崑弋，與夫吉祥之例戲，陳陳相因，毫無精彩，如是者垂三十年。

「垂三十年」終道光之世。所謂「吉祥例戲」係爲神仙鬼怪，如「勸善金科」、「昇平寶筏」之類，講究行頭鮮明，砌末逼眞，以金碧輝煌的大場面取勝；而道光年間，從未新制行頭，以故吉祥例戲，形容過甚者，謂之「花子打架」。

不幸的是宣宗的儉德，並未發生上行下效、改變風氣的效果，相反地梨園聲色，飲饌奢靡，變本加厲，如「四大徽班」即皆創始於道光年間，而江淮鹽商、河員，生活起居的豪奢，爲宮中所夢想不到。吏治敗壞，達於極點。

如「金壺浪墨」記河工云：

> 南河歲修銀四百五十萬，而決口漫溢不與焉。浙人王權齋熟於外工，謂採買竹木、薪石、麻鐵之屬，與夫在工人役，一切公用，費帑金十之三二，可以保安瀾；十用四三，足以書上考矣。其餘三百萬，餘各廳浮銷之外，則供給院道，應酬戚友，饋送京員過客，降至丞簿、千把總、胥吏兵丁，凡有職事於河工者，皆取給焉。歲修積弊，如有傳授，……沿為積習，上下欺蔽，瘠工肥私，而河工不敗不止矣。故清江上下十數里，街市之繁，食貨之富、五方輻輳，肩摩轂擊甚盛也；曲廊高廈，食客盈門，細穀豐毛，山腴海饌，揚揚然意氣自得也；青樓綺閣之中，鬢雲朝飛，眉月夜朗，悲管清瑟，華燭通宵，一日之內，不知其幾十百家也。

河工既壞，漕弊亦深。乾隆以來，屢次用兵，以開捐爲籌措軍費的不二法門，捐官將本求利，到省候補，無缺可派，則以派差使爲調劑。鹽院、漕運、河工皆爲容納冗員之地。書法名家包世臣有「剔漕弊說」云：

各衛有本幫千總領運，而漕臣每歲另委押運幫官，又分為一人押重，一人押空。每省有糧道督押，又別委同、通（按：同為運同；通為通判，皆官名）為總運。沿途有地方文武催趲；又有漕委、督撫委、河委（按：委為委員之簡稱，「漕委」者漕運總督所派之委員，餘類推），自瓜洲抵淀津，不下數百員。各上司明知差委無濟公事，然不得不借幫丁之脂膏，酬屬員之奔競，且為保舉私人之地。

此爲隨幫運糧的剝削；逢關過卡，運米入倉，尚有花費：

淮安盤糧，漕臣親查米數，而委之弁兵；通州上倉，倉臣親驗米色，而委之花戶，兩處所費不貲。沿途過閘，閘夫需索，一船一閘，不下千文。故幫丁專定運糧，其費取給於官而有餘；合計陋規賄賂，雖力索州縣之兌費而尚不足。

此言漕幫如不受剝削，則領取官方所發的運費，已足敷用；但要送陋規，行賄賂，則雖有向各州縣勒索而得的「兌費」，仍感不足。然則所謂「兌費」爲何？當時兩江總督孫玉庭在「恤丁除弊」一疏中有解釋。

> 旗丁勒索州縣，必借米色為刁制。各州縣開倉旬日，各廒即已滿貯，各丁深知米多廒少，必須先兑，每藉看米色為由逐廒挑剔，不肯受兑，致使糧戶無廒輸納，往往因此滋事。旗丁即乘機需索，州縣不敢不應其求；或所索未遂，即藉口米色未純，停兑喧擾。及至委員催兑開行，各丁不俟米之兑足，即便開船，冀累州縣以隨幫交兑之苦。

此所謂「兌」，即是裝米上船。錢糧開徵有定時，年分兩次，稱爲「上忙」、「下忙」。應納賦者稱爲「糧戶」，載糧來繳，須有倉廒可儲，而倉廒有限，必賴漕船及時兌糧，始能騰出倉廒容納後來的糧戶，如漕幫挑剔米的成色，延不肯兌；則納糧者勢必等待，一日半日猶可，至兩天以上，不復可耐，群起責問，一倡百和，群情憤激，謂之「鬧漕」，爲州縣官的大忌。

因此，爲求漕船加緊承兌，每由「戶書」出面「講斤頭」，所送陋規，即謂之「兌費」。如督運委員催促開船，遵辦不識，但所在州縣，米未兌足，須由陸路趕運至泊船之處，情商補兌，此即所謂「隨幫交兌」；「兌費」以外，另加一大筆車運轉駁的費用，是件非同小可的事，是故「州縣不敢不應其求」。

然則州縣官的「兌費」，又從何而來？自然出於民脂民膏。但治下之民，身分不同，待遇便有等差；反映在應納的錢糧上，便有「衿米」、「科米」、「訟米」等等名目。衿者衣冠，衿米即縉紳應納之糧；科者科舉，科米為舉貢生監應納之糧；訟者訴訟，好興訟者應納之糧。

凡是遇到這三種米，不但不能浮收，而且升合不足，米色潮雜，亦只好馬馬虎虎，結果是「良善鄉愚、零星小戶」最吃虧，浮收有加到五成、六成的。於是有所謂「包戶」應運而生。

「包戶」當然亦非「刁生劣監」、土豪劣紳不能充當，因為他是與官府分享浮收，譬如浮收加到五成；承包時只加三成，而代納時視情況扣去一成或一成半，無異虎口奪食，非良善百姓所能辦到。

錢糧浮收及擅徵苛捐雜稅的情形，各地不一，但統名之曰「陋規」則一。宣宗即位之初，銳意求治，曾納軍機大臣戶部尚書英和的建議，命各省清查陋規，「應存者存；應革者革，勿博寬厚之名，勿為谿刻之舉」。

那知內則戶部侍郎湯金釗、禮郭尚書汪廷彥；外則直隸總督方受疇、四川總督蔣攸銛、兩江總督孫玉庭、廣東巡撫康紹鏞等，均言不可，因而作罷。

湯金釗一疏，最為簡明扼要，他說：

「陋規均出於民，州縣之所以未公然苛索者，恐朝廷知而治罪也。今若明定章程，即為例所應得，勢必明目張膽，求多於額例之外，雖有嚴旨，不能禁矣。況名目煩碎，所在不同，逐一檢查，反滋紛擾，殆非立法所能限制也。」

康紹鏞則追敘雍正年間往事：

聞之雍正年間，議將地丁、火耗酌給養廉，當時議者，謂「今日正賦之外，又加正賦；將來恐耗羨之外，又加耗羨。」八九十年以來，錢糧火耗，視昔有加，不出前人所慮。前項折價，與從前火耗增收，事實相近，即能明查暗訪堅持於數年之間，亦斷難周防遠慮，遙制於數十年之後。

按：雍正年間將錢糧加徵的「火耗」，化暗爲明，按通省官員職位大小，公事繁簡，斟酌分潤，名爲「養廉」；與英和所建議的清查陋規，分別存留，其事大致相似，爲了循名責實，「與其私以取之，何如明以與之」，想法原本不錯，但雍正年間，可以辦得到；道光年間就辦不到，則以時異勢遷，當時既有言出法隨的英明之主；又有不敢畏難的任事之臣，而道光朝不具備這兩個條件。

不過話又說回來，清朝的家法，敬天法祖；祖宗有善政，總儘可能沿而勿替，康熙朝永不加賦之詔，一直貫徹，所以宣宗於可能增加百姓負擔的此舉，毅然撤銷。如存一雍正朝能，本朝何以不能之心，強制推行，恐怕不必在二十年以後，天下即已大亂了。

除了漕糧浮收及各種苛捐雜稅，仍採隨時查禁的原則，未有澈底解決的辦法以外，鹽法及漕運，則均曾大事改革。這當然要談到道光朝第一名臣陶澍；但在陶澍實行以前，已先有理論上的探討及呼籲，蔚成改革的風氣，此則孟心史所特別讚美的「道光朝士習之轉移」，確能抉出歷史的眞相，掌握進化的關鍵。

他在「清代史」中說：

> 嘉慶朝承雍乾壓制，思想言論俱不自由之後，士大夫已自屏於政治之外，著書立說，多不涉當世之務。達官自刻奏議者，往往得罪，紀清代名臣言行者，亦犯大不韙，士氣消沉已極。仁宗天資長厚，盡去兩朝箝制之意，歷二十餘年之久，後生新進，顧忌漸忘，稍稍有所撰述，雖未必即時刊行，然能動撰述之興，即其生機已露也。

按：雍乾兩朝，禁刻奏議，及紀名臣言行者，因世宗、高宗父子，方在隱沒歷史眞相，不獨其本身的秘密，不欲人知；太祖、太宗、世宗三朝的倫常骨肉之變，亦爲極大忌諱，故上三朝實錄一修再修，至乾隆朝始有定本。

在這種情況之下，在下者如留存眞相，適足以證明在上者作僞，故須嚴禁。及至仁宗，其生也晚；又所見實錄皆爲「定本」，對先世的秘密，並無所知，即高宗的身世曲折，恐亦不曉，故有「皇考誕於山莊都福之庭」的記載。既然不以爲文字上有何須避諱之處，則文網漸疏，亦自然之理。

當時論時務最具影響力的一部書是，賀長齡彙刻的「皇朝經世文編」，論鹽務、論河工、論漕運，事無虛設，言有指歸，確實發生了學術指導政治的作用。

那時的士大夫，旗人則講究飲饌服御，賢者亦不過考較詞章，提倡風雅；而漢人則已自我覺醒，感到有一份經世的責任，每能從服官的經驗中，提出改革的主張。如南漕改用海運，言之最深切者爲蘇州同知齊彥槐；嘉慶末年，即已提出具體主張，終以疆吏憚於更張，不用其言。

至道光五年陶澍巡撫江蘇時，在藩司賀長齡襄助之下，排除萬難，奏准以蘇州、松江、常州、鎭江、太倉各地漕米，全由海運。

孟心史「清代史」記陶澍經理其事云：

親往雇定沙船千艘，三不像船數十，分兩次裝載，運米百五六十萬石，朝令設海運總局於上海，並設局於天津；復命理藩院尚書穆彰阿，會同倉場侍郎駐津，驗收監兌，以杜經紀人留難需索諸弊。海道水師會哨防護，並如十餘年前齊彥槐所議。六年正月，各州縣駁運之米，以次抵上海受兌，分批開行，計水程四千餘里，旬月抵津，一船不損。

穆彰阿赴驗米色，瑩潔遠過河運。海商運漕而北，載豆而南，兩次得優；且由部發帑，收買海船耗米十餘萬石。其出力之商，優給頂帶，皆踴躍過望。先後共用銀百餘萬兩，不請一帑，而漕項銀米，自解津應用及調劑旗丁外，尚節省銀米各十餘萬。其海關免稅不過萬餘，視河運又省費過倍。

此商民具有組織能力，而國家始利用之；書生具有政治通識，而公卿能採取之，皆世運之漸變也。

按：沙船專走海道，向來赴關東載北貨南下；沙船幫巨擘，爲上海郁姓，即心史所說的商民。

「運漕而北」，回空載關東大豆南下，「兩次得價」，復賜頂戴榮身，自然「踴躍過望」。此爲官商通力合作的極好範例。

這一次的海運，原屬試行；試行有效，本可賡續而行，但阻力極大：由河運改海運，漕政整個改制，新造沙船、訓練水手、建立外海巡防兵力等等，確爲極艱巨之事；中朝大老，苟且圖安，無此魄力，因而擱置不提。

及至第七年——道光七年，蔣攸銛爲曹振鏞當面排擠，代琦善出任兩江總督後，以黃水大漲，倒灌入運，禦黃壩不能開啓，奏請來年新漕，仍由海運。此新漕指蘇松五府州而言；浙江、安徽、江西、湖北、湖南的漕米，本不在試行海運之列，仍由運河北上，但禦黃壩不能開啓，權宜之計，是將本年運漕北上的船隻，留於河北。

浙皖等省漕船到達禦黃壩後，盤壩由本應回空的船隻接運北上。盤壩經費需六十萬兩，請在江蘇藩庫、關庫先行借撥。

蔣攸銛早在嘉慶十六年，於浙江巡撫任內，奉旨與江督勒保籌議海運，上言「必不可行者十二事」，十餘年後重來，以陶澍試行海運有效，能捐棄成見，擇善而從，足見謀國之忠。不想出奏以後，關於盤壩，碰了個大釘子；這年八月底，上諭：

朕思海運，原非良策，以今年河湖情形而論，本不可行，惟該督等既以河漕不能兼辦，意在騰出河身，復以清刷黃之舊，要知清水既能刷黃，焉有不能濟運之理？

朕因蔣攸銛到任後，或別有所見聞，抑河湖另有別情，是以暫從所請；此後並另有所奏，可見伊等所以復籌海運，兼將回空軍船截留河北者，意在一行海運，清水則無庸多蓄，高堰可保無虞，明春清水不能敵黃，又恃截留軍船為盤壩之用，總為自卸干係，巧占地步，止顧目前，於國計並不通盤籌畫，試問為國乎，為身乎？受國厚恩任用之人，其可不秉天良耶？

再此項軍船截留河北，水手聚集，彈壓匪易，油漆修理，諸多不便，伊等恃有此項軍船，轉將清水消洩過多，明年必不能敵黃濟運，成何事體！……所以本年江南回空軍船，俱著全行及早歸次，斷不准截留河北，以為盤壩之用。倘明年河運不能通暢，貽誤漕運，咎有攸歸，朕言出法隨，決不寬貸。

走筆至此，接獲讀者陳先生長函，除論述「小氣」、「大氣」兩詞以外，談到浮收問題，認爲浮收之與漕務的關係，筆者言之不夠詳盡透澈；陳君設譬，譬如「稅務人員無弊，何能影響高速公路？」以當年的運河，比擬爲現時的高速公路，確爲卓識，最能道出運河開通以後，所獲致的經濟發展上的重大利益。

至於浮收影響漕運，與目前稅官舞弊不影響高速公路的功能與營運，殊未可相提並論，等量齊觀。此一問題相當複雜；道光元年江蘇學政姚文田應詔陳言，說得最爲詳盡。姚文田嘉慶四年狀元，浙江湖州人，生長於賦額最重之地；又當運河所經，見聞眞切，陳詞透澈，玆分段引敍，並加必要的注釋，以明究竟。

竊惟東南之大務有二：曰河；曰漕。比年海口深通，南河目前光景甚安穩。

按：「海口」指黃河出海之處。在咸豐五年銅瓦廂決口以前，黃河在兩淮以東出海；「海口深通」則海水不致倒灌，黃河以南的運河所謂「南河」，即不致受黃水高漲的威脅。

惟漕務法久弊生，雖經督撫大臣，數年以來，悉心調劑，總未臻實效。小民仰沐我聖祖神宗，生成豢養，屆今百八十年，愚賤具有天良，豈有不樂輸將之理？誠以東南之財賦，甲於天下，而賦額如江蘇之蘇州、松江；浙江之嘉興、湖州，其糧重尤甲於天下，竟有一縣額徵多於他處一省者。

按：據「清會典」所載各省賦額，江蘇分江寧布政司及蘇州布政司兩部分，總計民田賦銀爲二百八十八萬五千六百六十一兩；以八府三州一廳共十二個單位計之，平均每單位賦額二十四萬兩有餘。而貴州一省冊報民田賦銀，僅十萬七千八百六十二兩，不及江蘇一府之半。

乾隆三十年以前，並無所謂浮收之事，是時無物不賤，官民皆裕，其後生齒愈繁，而用度日絀，於是諸弊叢生，然猶不過就斛面浮取而已。未幾有折扣之舉，始於每石不過折耗數升，繼乃至五折、六折不等。

小民終歲勤動，自納賦外，竟至不敷養贍，勢不能不與官吏相抗；官吏所以制民之術，其道有三：一曰「抗糧」；一曰「包完」；一曰「桠交醜米」。賦額既極繁重，民間拖欠，亦勢所必有，大約只係零星小戶，及貧苦之家，其墳墓、住居，皆須照例輸納，又有因災緩徵，新舊並積，因而拖欠者，是誠有之；至如其家或有數十萬畝之產，既自食其田之所入，而竟置官賦於不問，實為事之所絕無。

所謂「就斛面浮取」者，在將應納之米量數時，略微多倒，使其浮出斛面，然後用木棍刮平，則浮出之米，落於斛外，即爲「好處」。若此浮收，如俗語之所謂「揩油」：究屬有限。以後公然講斤頭，每石耗損數升，已非小數，乃至以五折、六折計算，即每石米只算五斗或六斗，則糧戶負擔幾於加倍，誠屬駭人聽聞。

「官吏所以制民之術」一語，謂官吏誣指不甘受欺的百姓，無非三項「罪名」：一、抗糧；二、包完；三、椏交醜米。椏爲浙江土語，與「嬲」字同。以下解釋，所謂「抗糧」的眞相：

今所謂抗糧者，如業户應完百石，彼既如數運倉，並外多齎一、二十石不等，以備折收。書吏等先以「淋尖」、「踢腳」洒散，多方虛糜，是其數已不敷，再以折扣計算，如准作七折，便須再加三、四十石。業户心既不甘，必至爭執，不肯再交；亦有因書吏刁賴，仍將原米運回者。州縣即以前二項指為抗欠，此其由也。

按：「踢腳」或稱「踢斛」。量米時傾囊而淋，至滿斛而中間成尖形方始罷手，此稱「淋尖」。淋時米多漏出斛外，爲一層糜耗；然後起腳使勁踢斛，米粒受震壓實，尖端灑散斛外，又是一層糜耗。

百石之米，至此成九十石；再打七折，則百石之米，只算作六十三石，須補三、四十石。如爭執不下，業主原米運回，虛糜外，更耗來回運費；而欠糧不能不繳，實爲多此一舉，故大多忍氣吞聲，接受勒索。至忍無可忍時，即有「鬧漕」之事發生。

以下言「包完」及「椏交」：

包完之名，謂寡弱之戶，其力不能與官抗，則轉交強有力者，代為輸納，可以不致吃虧。然官吏果甚公平，此等業戶又何庸托人代納？可不煩言而自破者。民間終歲作苦，皆以完糧為一年要事，如運米食進倉，其一家男婦老幼，無不進城守待，一遇陰雨濕露，猶將百計保護，恐致米色受傷；如官吏刻期斛收，即歸家酬神祭先，以為今歲可以安樂過去，故謂其特以醜米桠交，殆非人情。

惟年歲有不齊，則米色不能畫一，亦間有之耳。然官吏非執此三者，不能制人，故生監則詳請暫革；齊民則輒先拘禁，特有補交，然後以悔悟請釋，已竟成一定不移之辦法。

「生監」指生員及監生。向歸學官管教。如生監有不法情事，可行文學官，暫革其生監資格，俟補完後，方許開復。

以下論州縣的苦衷：

臣自去歲去蘇，所聞金壇、吳江等縣，則已釀成事端，其他將就了局者，殆尚不乏：不知踴躍輸將者，實皆良民而非莠民。此小民不能上達之實情也。然在州縣，亦有不能不如此者，近年諸物昂貴，所得廉俸、公項，即能支領，亦不敷用，州縣自開倉至兑運日止，其修整倉廒，蘆席、竹木板片、繩索、油燭百需；及幕友、家人、書役出納、巡防，一應脩飯工食，費已不貲；加以運丁需索津貼，日甚一日。

至其署中公用，自延請幕友而外，無論大小公事，一到即須出錢料理；又如辦一徒罪之犯，自初詳至結案，約須費至百數十金，案愈大則費愈多；復有遞解人犯，運送餉鞘，事事皆須費用，若將借用民力，概行禁止，謹厚者奉身而退，其貪戀者，非向詞訟事案生發不可，而吏治更不可問矣！

伊等熟思，他弊一破，勢必獲咎愈重，不如浮收尚為上下皆知，故甘受民怨而不惜。雖地方有瘠沃，才具有能否，其借此以肥身家者，亦不能謂其必無，要之不得已而為此，蓋亦不少。

巨見近日言事者，動稱不肖州縣，竊思州縣亦人耳，何至一行作吏，便至行同苟賤，此又州縣不能上達之實情也。

如上所敘，所謂「風塵俗吏」，亦眞有無限苦楚。首言錢糧開徵，有各種必要的支出；次言州縣官有許多額外開支，所言「大小公事」，即爲「辦差」，大至慶典進貢、欽差蒞境；小至京官持八行書打秋風等，都算公事。

至於「辦一徒罪之犯，自初詳至結案，約須費至百數十金」，此言臬司衙門的需索，其時司法風氣之敗壞可知；若在乾隆以上各朝，倘見此奏，必然澈查各省刑名；即在嘉慶朝亦不致默爾以息，惟有道光年間視此爲當然之事。

> 州縣負賠克之名，而運丁陰受其益，故每言及運丁無不切齒；然其中亦有不能不然者。運船終歲行走，日用必較家居倍增，從前運道深通，督漕之臣只求重運如期到通，一切並不苛察。各丁於開運時多帶南物，至通售賣，復易北貨，沿途銷售；即水手人等攜帶梨棗蔬菜之類，亦為歸幫時糊口之需。
>
> 乾隆五十年後，黃河屢經倒灌，未免運道受害，因此漕臣等慮其船重難行，不能不嚴禁多帶貨物。

此處明白指出，「乾隆五十年後，黃河屢經倒灌」，此爲河務發生嚴重問題的表徵。又首引文中有「乾隆三十年以前，並無浮收之事」之語，可知乾隆三十年至五十年，國事大壞，而六次南巡、十大武功的大部分，發生在這二十年中；因爲當時所艷稱的「全盛之日」。盛極何以必衰？實由人事，非關天意；高宗中年以後的驕恣及寵用和珅，足以說明一切。

又如從前商力充裕，運船於回空過淮時，往往私帶鹽斤，眾意以每年只不過一次，不甚窮搜；近因商力亦絀，未免算及瑣屑，而各丁之出息盡矣。丁力既已日困，加以運道之淺，反增添夫撥淺各費，且所過緊要閘壩，牽挽動需數百人，使用小有節省，幫船即悶受傷；道路既長，期限復迫，此項鉅費非出之州縣，更無所出。此又運丁不能上達之實情也。

此言運丁的苦衷，殊爲透澈。漕船回空所帶的私鹽，名爲「漕私」；漕幫與鹽梟有密切的關係，即由「漕私」而來。

數年前因津貼日增，於是定例每船隻准給銀三百兩；然運丁實不濟用，則重船斷不能開；重船遲久不開，則州縣必獲重戾，故乃不免私自增給，是所謂三百兩者，乃虛名耳。

頃又以浮收過甚，嚴禁收漕不得過八折，然州縣入不敷出，則強者不敢與較，弱者仍肆駿削，是所謂八折者，亦虛名耳。然民間執詞抗官，官必設法鉗制，而事端因此滋生，皆出於民心之所不服。

若將此不靖之民，盡法懲處，則既困浮收，復陷法網，人心恐愈不平；若一味姑容隱忍，則小民開犯上之風，將致不必收漕而亦目無官長，其於紀綱法度所關。實為匪細。

此言不可明定八折收漕，因爲雖有兩個折扣的陋規，仍恐不敷支出，勢必額外浮收；但既奉明文，八折收漕，百姓便能「執詞抗官」。此時就發生州縣官威信遭受嚴重考驗的危機了，如果要維持威信，「設法鉗制」，則民愈不服；倘或自知理虧，「姑容隱忍」，則「小民開犯上之風」。倒不如不明定折扣，保持彈性爲妙。

現在回到讀者陳君的問題上來，浮收之與漕務的關係，已如姚文田的詳細分析，而實際上是漕務導致了浮收，其因果關係是官方所付運丁的公價，不敷實際需要，只好勒索州縣另給津貼，否則即以停兌爲要挾。

停兌則倉廒積米，業戶有糧不能繳納，勢必「鬧漕」，所以州縣非接受其勒索不可，故浮收亦不可免；州縣官之貪墨與否，不在浮收之多寡，在於是否量出爲入；因爲途程有遠近，運道有夷險，人心亦不齊，所以運丁要求的津貼，並無定數。

此爲漕務與州縣浮收的一重因果；而漕務與河務別有一重因果，如果河道深通，貨既載得多，拉牽的人力又省，沿途又沒有甚麼耽擱，運丁一方面省了開銷，另一方面可以多販南北貨，入息增加，對州縣的勒索，亦就有限。由此可見基本的因果關係是河工出了問題，才造成浮收；

河工的問題愈大，浮收便愈重。

亦由此可知，聖祖之治河，即所以治國；歷史以民生爲重心，而民生以交通爲重心，此爲歷歷不爽的法則。

高宗蒙父祖之厚蔭，乾隆之初，物阜民豐，但中葉以後，盡情揮霍，不能更進一步防止河患，保持運河的良好狀態，坐視貪官污吏明侵暗蝕，致使河工大壞，實可視之爲愛新覺羅氏的敗家子。

漕、河兩大事，在道光年間，雖經多方努力，成效始終不彰，最大的癥結是，牽涉的範圍過廣，非二、三賢能督撫得收全功。另一大事鹽務的改革，則頗有成就；此爲陶澍之功，且先言其人。

「清史稿」本傳：

陶澍，字雲汀，湖南安化人，嘉慶七年進士，選庶吉士，授編修；遷御史、給事中，疏劾吏部重籤、河工冒濫、及外省吏治積弊。巡中城、決滯獄八百有奇；巡南漕、革陋規。請濬京口運河。二十四年出為川東道。日坐堂皇，剖決獄訟如流。請減鹽價、私絕、課增，總督蔣攸銛薦其治行為四川第一。

歷山西按察使、安徽布政使，道光三年，就擢巡撫。安徽庫款，五次清查，未得要領，澍自為藩司時，鉤核檔案，分別應劾應豁，於是三十年之糾葛，豁然一清。

按：嘉道年間吏治之壞，不獨外省，尤在六部，如「重籤」即爲吏部書辦舞文玩法最大的「傑作」。

方法是遇到分發掣籤時，候選者故意不到，事後申請補掣。照常理而言，既然後到，則候補次序，應在先掣者之後，譬如縣官分發，浙江已有二十二人，則補掣者掣到浙江，在次序上爲第二十三；而吏部書辦受賄後，不是如此算法，稱之爲「重一籤」，即在原第一籤後，插入「重籤」，則「重一籤」而變爲第二籤；原第二籤變成第三，易言之，每一籤皆有正有副，形成重疊的情況。

如果第二次再來一回，則產生了「重二疊」，每一簽變成一正兩副。這誰都知道是不合理的現象；身受其害者，亦曾多次呼籲改革，但無效果，直待陶澍抗疏，而又適逢宣宗初政，銳意求治之際，乃得革除。

時淮鹽敗壞，商困課絀，岌岌不可終日，澍疏陳積弊，請大刪浮費，以為補救。議者多主改

> 法，課歸場灶。命尚書王鼎、侍郎寶興，赴江南查議。
>
> 澍謂除弊即以興利，無事輕改舊制，偕鼎等合疏，臚陳利害，條上十五事。鼎等復請裁鹽政、歸總督管理，報可。
>
> 澍受事，繳還鹽政養廉五千兩，裁減衙門陋規十六萬兩有奇。凡淮南之窩價、淮北之壩槓、兩淮之岸費，分別減除，歲計數百萬兩，分設內外兩庫，正款貯內庫、雜項貯外庫。杜絕挪墊。革總商以除把持，散輪規以免淹滯。
>
> 禁糧船回空帶蘆鹽、及商船借官行私，令行禁止，弊風肅清。淮北猶疲累，先借款官督商運，繼倣山東、浙江票引兼行之法，於海州所屬中正、板浦、臨興三場、擇要隘設局，給票註明斤數運地；無票越境以私論。

淮鹽改制，分爲兩部分，如上所述，主要的是論淮北改行「票鹽」。淮北的積弊在「槓壩」；鹽自濱海鹽場運出後，要經五個壩，每一過壩，即須過秤改包；未改以前秤一次，改後又秤一次，故稱爲「五壩十槓」，槓者竹槓，抬鹽所用，因以「槓」字作爲過秤的代名詞。

在「五壩十槓」的過程中，層層勒索，每引鹽須費至十餘兩銀子，始能改捆大包，運往指定行銷的地點，稱之爲「岸」。

陶澍改行票鹽之法，所用之票，即後世納稅通行的憑證三聯單，注明數量、運銷地點、限期，票不離鹽，否則以私鹽論。

「五壩十槓」的陋規不復存在，陶澍指定一條捷徑，即由「兒女英雄傳」中安學海忤官罷職所在地的王家營子渡河，鹽既不須改包，既免雜質摻混，又不須無謂消耗，鹽色瑩白，斤兩準足；每包一百斤，運至行銷地損耗極微。其成效如孟心史在「清代史」中所言：

> 鹽船銜尾到岸，未及四月，請運已逾三十萬引，無改捆之摻雜，鹽質純淨，而本輕價賤，私販無利，改領票鹽乃有利，販私皆販官（鹽）矣。非特完課有贏無絀，兼疏塲河，捐義廠，修考院，本為鹽引附納之項，以暢銷收旺，百廢俱興。蓋以輕課敵私，以暢銷益額，故一綱行兩綱之鹽，即一綱行兩綱之課也。

綱爲每年銷鹽多少的一種重量單位的名稱。食鹽的消耗，有一定的數量，所以會發生滯銷的情況，即因私鹽猖獗之故；私鹽絕跡，官鹽暢銷，不特本年的綱數足額，且可補運舊欠之數，此即所謂「一綱行兩綱之鹽」，亦收兩綱的官課。

至於淮南鹽務的改革，則重在裁浮費。孟心史撮敘其概略云：

淮鹽自正課外，場商有費，謂之「公費」；岸商有費，謂之「匣費」。公費舊定七十萬兩外，總商復浮用數十萬兩，（陶澍）存留普濟、育嬰、書院、義學等項，而裁其御書樓、務本堂、孝廉堂等處掛名董事歲支二十餘萬兩。

又各衙門公費，及鹽政、運司書役薪工紙飯，並乏商月摺等項，歲須銀八十餘萬兩，則加刪除。於本身所管鹽政衙門即裁十六萬餘兩。揚州每年正開支三十萬；匣費則湖廣漢岸，每引徵至一兩二錢，已有百餘萬兩。乃奏定公費匣費兩共每引正徵四錢，永不增；各費共減銀百十餘萬兩。

這段引文中關於鹽商的種類，應作解釋如下：

一、揚商指揚州的鹽商，他們擁有運銷官鹽的特權，但也同樣有運銷官鹽的義務，即每年應行銷多少引，俾使國家正課得有保障；私鹽猖獗、官鹽滯銷，他們的利益一樣受到影響，但可從陋規中獲得彌補。陶澍撲滅私鹽是他們所擁護的，而裁減浮費，但嚴重地損害到他們的利益了。

二、總商者，揚州鹽商中的領袖，共有八家。鹽商的同業公會名爲「鹽公堂」；由八大總商把持。鹽政有所興革，先須取得八大總商的支持；公費中一切支出，亦由八大總商決定，故能假公濟私，浮開公費。陶澍規定作爲養老院的普濟堂，以及育嬰堂、書院、義學等等，在鹽公堂公費中保留；至如某一因緣，設一機構，安置私人爲掛名董事的御書樓等等，則均裁去。

三、乏商者則因某種特殊原因，如鹽引中指定行銷的口岸，歸併鄰縣，以致徒擁虛名等等，實際上已非鹽商，但仍由公費中支給相當數目的「救濟金」，按月憑摺支取，此即所謂「月摺」。

四、岸商指行銷口岸獲有承銷鹽斤專利權的商人而言。

又所謂「於本身所管鹽政衙門」云云，以當時由王鼎等奏定，裁撤鹽政專職，由兩江總督兼管；即由陶澍兼管，故云「本身」。

此外又有「綱商」，其歷史可追溯至明朝；孟心史又敘：

至綱商並不自運，沿至前明，即得國家特許，謂之「窩家」，亦名「根窩」。其運鹽之商，先自有窩之家買單，然後赴場納課；以一紙虛根，先正課而享厚利，至商本加重，昂價病民。

但既未革綱商之名，定為每綱每引給一錢二分，亦省費百四十餘兩。領運舊例，名目過多，至運司衙門書吏多至十九房；商人辦運請引，文書輾轉至十一次，鹽務大小衙門，節節稽查，為需索陋規之具，交通司查明刪併。

陶澍的大力改革，直接受影響的是無數倚附鹽官、鹽商的寄生蟲；平時坐領乾薪，游手好閒，一旦生計斷絕，自然大起恐慌，因而用種種手段，阻撓其事。

言官亦紛紛陳奏，甚至揑詞攻擊陶澍；幸而宣宗對陶澍經過多次考驗，信任其專，不爲浮言所動，陶澍始得堅持到底，終於收功。估計十年之間，增收鹽課達二千餘萬兩。「金壺浪墨」卷一「鹽商」一條，爲當時鹽務改革實錄之一：

綱鹽之利，不在官，不在民；商人占其利而不能保其利，則幕賓門客等衆人分之。船戶埠行往往不領腳價，轉賄商宅僕役，圖謀裝載，下至婢嫗，亦有餽贈，挾私鉅而得利宏也。

船抵漢口，排列水次，次第銷售；謂之「整輪」，或將待輪之鹽，先期竊賣；俟輪到買私填補；謂之「過籠蒸糕」。及協已賣盡，無力補買，則揑場「淹銷」；暮夜鑿沉其船以滅跡，謂之「放生」。

陶雲汀宮保深知其弊，創立票鹽法，凡富民挾貲赴所司領票，不論何省之人，亦不限數之多寡，皆得由場灶計引授鹽，仍按引地銷行，而群商大困，怨陶公入於肺腑，編為葉子戲，貌其家屬。

又一人以雙斧砍桃樹，妄立名目，以肆詆譏。宮保據實陳奏，不避勞怨，毅然行之；而鹽務為之一變。吾郡西北五里曰河下，為淮北商人所萃，高堂曲榭，第宅連雲，牆壁壘石為基，煮米屑磁為汁，以為子孫百世業也；城北水木清華，故多寺觀，諸商築石路數百丈，遍鑿蓮花，出則僕從如煙，駿馬飛輿，互相矜尚。其黠者頗與名人文士相結納，藉以假借聲譽，居然為風雅中人，一時賓客之豪，管弦之盛，談者目為小揚州。改票後，不及十年，高台傾，曲池平，子孫流落，有不忍言者。舊日繁華，剩有寒菜一畦，垂楊幾樹而已。

「桃樹」爲陶澍的諧音，雙斧伐桃，咀咒其速死，怨毒可想。

所謂「子孫流落、有不忍言者」，曾見他書記載，謂昔日錦衣玉食的富家之女，有淪落爲暗娼者。揚州的風俗，如鄭橋詩：「千家養女先教曲、十里栽花算種田」，不事生產則一日無所倚附，下場必慘；此爲陶澍所始料不及而實亦無可如何者。

陶澍的作爲與成就，恢復了漢人高級知識份子平章國事、舍我其誰的信心；也喚起了他們以天下爲己任的責任感，這一點是世運轉移的絕大關鍵。同時陶澍的知人之明，亦遠過於廟堂大老，他所識拔的兩個親戚，後來都成爲中興名臣；推原論始，不能不說重用陶澍，是宣宗在位三十年中，很少做對了的一件事。

他的兩個親戚，一是兒女親家左宗棠；一是女婿胡林翼。左宗棠以「眷殿語從容，萬里家山，印心石在；大江流日夜，八州子弟，翹首公歸」一聯，受知於陶澍。結成兒女親家，出於陶澍的主動。「清朝野史大觀」有一則云：

左文下第南旋，至江南謁陶文毅，意稍得川資，即歸里讀書也。文毅一見，即留住署中，日使幕友親故，與相談論。居十餘日，左欲歸，陶仍使客挽留；又數日，陶忽出見曰：「汝言論志趣，我數日來已盡知，將來名位必遠在老夫之上。聞君當行，謹備若干金，聊助君膏火資也。」左唯唯不敢當。

陶公復云：「吾有一子，欲與賢女婚對，當懇見許。」左亟辭，且言年齒、門第、名位皆遠遜，何敢仰附蔦蘿？陶公曰：「不然。若論年齒，但須渠夫婦年相若可矣；不須論親家年齒也。君若論門第，此係賢女嫁至吾家，無憂不適。至於名位，君他日必遠勝我，何憂為？」竟結婚而別。

按：陶澍僅一子，名桄，其時尚幼；陶澍願與左宗棠聯姻，實有託孤之意。左宗棠之女亦幼，且未見過，而稱之爲「賢女」者，因爲左宗棠的周夫人極賢惠。周家甚富，左以寒士爲贅婿，住在妻家，自然飽受白眼，左的脾氣又大，越發格格不入，多虧周夫人委屈綢繆，左得安心讀書。

有母如此，其女可知，所以陶澍願爲子求婚。後來陶澍歿於江督任上，左宗棠住陶澍原籍數年，爲之經紀家事，並爲婿課讀，不負陶澍所望。

胡林翼是道光十六年的翰林，散館授職編修，請假赴江寧，在岳父幕府中；有一段軼事可記，亦見「清朝野史大觀」：

> 陶文毅督兩江，嚴禁僚屬冶遊。時胡潤之亦在文毅幕中，僚屬之冶遊者，皆借潤之為名，而文毅則獨責諸僚幕而不責潤之也。曰：「潤之他日為國勤勞，將無暇晷以行樂，令之所為，蓋預償其後之勞也。」

細察陶澍的用心，是希望胡林翼作他的傳人。所謂「爲國勤勞」，自然不曾想到是爲平洪楊；但以一翰林且好冶遊時，斷定其「爲國勤勞，將無暇晷以行樂」，後來果如所言，這種識人的功夫，殊不多見。

陶澍歿於道光十九年六月；三月間即因病開缺，繼任者本爲林則徐，以奉旨赴廣東查辦鴉片案，改由陳鑾署理。陳鑾爲陶澍的表弟，字芝楣，湖北江夏人；嘉慶二十五年庚辰，兩榜出身。

此科狀元陳繼昌三元及第，榜眼爲先伯高祖滇生先生；探花即陳鑾。

陳鑾於是年底歿於任上，繼之者爲伊里布、裕謙、牛鑒、耆英、璧昌、李星沅、陸建瀛。裕謙蒙古人，英軍陷定海時殉難；牛鑑甘肅人，以循吏而處危疆，兵敗革職；伊里布「有忍辱負重之心，無安危定傾之略」，餘子更不足數，耆英尤爲惡劣。以兩江重地，竟乏可當方面之人，人材寥落，而賢者如林則徐、鄧廷楨又先後獲罪；道光末年，境況實在可憐。宣宗終於在內憂外患之中，憔悴以終。

遺詔歷數憂患云：

> 自御極至今，凡披覽章奏，引對臣工，旰食宵衣，三十年如一日，不敢自暇自逸，並躬行節儉，為天下先；嗣位之初，即頒手諭，首戒聲色貨利，一切遊觀玩好，稍涉侈靡之事，禁絕勿為，此薄海臣民所共見。
>
> 溯自西陲小蠢，出師撻伐，旋致敉平，何敢自矜武略？迨後東南瀕海之區，因貿易而啟紛爭，朕維古之君子，愛人為大，何忍無辜赤子，慘罹鋒鏑，是用捐小忿，成大信，綏疆柔遠，於今十載，卒使毒焰自消，民衷各安生理，此朕孳孳愛民之隱衷，至今日而庶堪共諒者也。
>
> 至水旱成災，朕竊自愧，致累吾民，旰夕憂勞，不惜特發帑金，拯民疾苦，凡疆臣請蠲請

賑，無不立沛恩施，從未屯膏靳澤，己饑己溺之慮，亦中外所共見。侍奉皇太后已及三十年，娛志承歡，敬謹罔懈，慎終盡禮，差免愆尤。

朕體氣素強，自上年春夏之交，偶爾違和，加意調攝，總未復元；去臘還宮後，痛遭大行皇太后大事，擗踴摧傷，漸形虧弱；邇來氣益上逆，病勢日臻，追維在位三十年，壽登六十有九，亦復何憾！

宣宗崩於道光三十年正月十四，得病已數月，但仍每日召見臣工，批答章奏，勞心勞力，終於不起。宋、明、清各有一帝，死於國事，宋則神宗，明則思宗，清則宣宗；論御下之道，宣宗不及宋神宗，而猶勝於明思宗，故不致爲亡國之君。

末代皇帝自傳 試閱

代序　命中注定作傀儡的溥儀

高陽

在大陸拍攝的電影「末代皇帝」，創造了自有奧斯卡金像獎以來，最輝煌的業績。這部電影改編自溥儀的自傳「我的前半生」——自出生至爲蘇聯俘虜，移交中共，加以思想改造後「特赦」爲止，前後涵蓋了五十四年的歲月（一九〇六—一九五九）。

溥儀在中國歷史上創造了好幾項紀錄，細算一算，共有如下八項：

一、結束了中國四千餘年帝制之局，即所謂「末代皇帝」。

二、唯一曾做過三次皇帝的皇帝（包括丁巳復辟）。

三、唯一由於非征伐的原因而曾到過外國的皇帝。

四、唯一在亡國後還能居住深宮，保持朝廷體制的皇帝。

五、唯一能通外語的皇帝。

六、唯一能廣泛接觸到現代文明的皇帝。

七、唯一爲自己作傳的皇帝。

最後，由於「末代皇帝」這部電影之得獎，勢將造成極高的票房紀錄，因而他將是中國歷代皇帝中，最爲全世界所熟悉的一位。

溥儀的一生，充滿了離奇曲折的情節，但都是身不由己，無時無刻不是在做傀儡——太平洋戰爭期間，汪精衛訪問「滿洲國」，兩個傀儡相見，爲人製爲文虎的謎面，打西片名一，謎底是「木偶奇遇記」；因爲汪精衛曾行刺過溥儀的父親，攝政王載灃，殺父之仇，握手言歡，不能不謂之奇遇。

溥儀是命中注定要做傀儡的；這只要看他的命造就可以知道。他生於光緒三十二年正月十四日午時；八字是：

偏財	丙午	**火火**	正財
偏印	庚寅	**金木**	食神
日元	壬午	**水火**	正財
偏財	丙午	**火火**	正財

他是水命，而唯一的一點水源庚金，爲丙火所制，日元無根，只能棄命從財，一生受人擺佈。我甚至認爲，他即令不是這樣一個八字，只要生下來是個男孩，就必然要當傀儡。

此話怎講？要從慈禧太后談起。光緒二十七年十月，慈禧在回鑾途中，撤銷了「大阿哥」的名號，自此開始，慈禧就必須考慮皇位的繼承問題，因爲光緒絕嗣，已可肯定；身體羸弱，將不永年，亦可預見，而慈禧則健康狀況一直很好，在她自己看，將會比光緒活得更長。易言之，她自信還有以太皇太后的身分，再度垂簾聽政之一日。

這樣，她就必須預先選定一個皇位繼承人。這個人應該是醇賢親王的孫子，因爲醇王是最忠於她的，而醇王福晉是她的胞妹，「便宜不落外方」，皇位爲甚麼不給胞妹的孫子？及至以榮祿之女「拴婚」給襲醇王的載灃後，等於已經預定好了載灃生子，必將入繼大統；因爲這也是「便宜不落外方」，榮祿是慈禧言聽計從的寵臣。當然最要緊的是，嗣君必能對她效忠；載灃之子出於這樣一種血統背景，在任何情況下都會對她絕對尊重。

因此可以說，溥儀是慈禧特意製造的一個傀儡。現在已有各種證據，得以證明光緒死於慢性謀殺，而此慢性謀殺，很可能始於溥儀出生以後。

溥儀之第二次做日本軍閥的傀儡，則黃郛應該負大部分責任。民國十三年十月第二次直奉戰爭，馮玉祥倒戈，導致奉軍大勝，曹錕被幽，吳佩孚一蹶不振；此事爲黃郛一手所策畫，稱之爲「首都革命」，自道爲平生得意傑作，但依我看，魯莽割裂，跟翁同龢一樣，都是「書生誤國」。

何以言之？第一、其時國父孫中山先生正在進行與張作霖、段祺瑞結成「三角聯盟」；馮玉祥亦表示信仰三民主義，擁護孫中山先生，既然如此，在發動首都革命以前，至少應該先通知廣州的革命政府，俾中山先生有北上參預大計的準備，而事先竟一無聯絡，結果便宜了段祺瑞，而段祺瑞基本上是願意承認列強所加諸中國的不平等條約，以及維持清室的地位的。

第二、便是不謀善後，只讓鹿鍾麟將溥儀趕出故宮了事。當時或許還看不出溥儀是潛在的禍水，但民國十六年以後，日本謀滿蒙日亟；尤其是在十七年二月黃郛擔任外交部長以後，應該對天津日本軍人及浪人與溥儀的交往，加以注意，而竟疏忽了。溥儀在出宮前夕，曾約晤胡適之先生，事後又致函適之先生，表示贊成「國家主義」，又盛道日本「不惜巨費，派人留學泰西，不數年歸國，改革一切政治，遂一躍而爲大國」，嚮往之情，溢於言表。當時教育界人士，亦有主張送溥儀至歐洲者，如陳寅恪先生；此事在他人可以疏忽，黃郛不能，因爲僅就他對溥儀個人而言，亦有道義上的責任，應有以善其後。

溥儀的「前半生」，可說是現代中國革命過程的反映；他的「後半生」，只是日暮崦嵫的餘年。有個筆名「秦雲」的前軍統人員，以約四萬字的篇幅，記述溥儀自「特赦」，以迄死於「文化大革命」的七年日子，題名「溥儀的後半生」，刊載於日本「中央公論」一九七一年四月號。

這篇文章純以旁觀者的立場來描寫，我覺得其價值並不比溥儀的自傳來得低；甚至有些地方還要超過。因爲人苦於不自知，溥儀性格上的缺點，他自己不知道，或雖知而諱言；尤其是因爲從小做皇帝而養成的特殊的生活習慣，在他認爲理所當然，更必須有個客觀的人指出來，才能活生生地顯出他的全人格。

一九八八年四月十二日

第一章 我的家世

一、醇賢親王的一生

西元一九〇六年，即清朝光緒三十二年的舊曆正月十四，我出生於北京的醇王府。我的祖父奕譞，是道光皇帝的第七子，初封郡王，後晉親王，死後謚法「賢」，所以後來稱做醇賢親王。

我的父親載灃，是祖父的第五子，因爲第一和第三、四子早殤，第二子載湉被姨母慈禧太后接進宮裏，當了皇帝（即光緒皇帝），所以祖父死後，由父親襲了王爵。

我是第二代醇王的長子。在我三歲那年的舊曆十月二十日，慈禧太后和光緒皇帝病篤，慈禧突然決定立我爲嗣皇帝，承繼同治（載淳，是慈禧親生子，載湉的堂兄弟），兼祧光緒。

在我入宮後的兩天內，光緒與慈禧相繼去世。十一月初九日，我便登極爲皇帝——清朝的第十代，也是最末一代的皇帝。年號宣統。不到三年，辛亥革命爆發，我退了位。

我的記憶是從退位時開始的。但是敘述我的前半生，如果先從我的祖父和我的老家醇王府說起，事情就會更清楚些。

醇王府，在北京曾佔據過三處地方。咸豐十年，十九歲的醇郡王奕譞奉旨與懿貴妃葉赫那拉氏的妹妹成婚，依例先行分府出宮，他受賜的府邸坐落在宣武門內的太平湖東岸，即現在中央音樂學院所在地。這就是第一座醇王府。

後來，載湉做了皇帝，根據雍正朝的成例，「皇帝發祥地」（又稱為「潛龍邸」）須升爲宮殿，或者空閒出來，或者仿雍王府（雍正皇帝即位前住的）升爲雍和宮的辦法，改成廟宇，供奉菩薩。爲了騰出這座「潛龍邸」，慈禧太后把什剎後海的一座貝子府賞給了祖父，撥出了十六萬兩銀子重加修繕。這是第二座醇王府，也就是被一些人慣稱爲「北府」的那個地方。

我做了皇帝之後，我父親做了監國攝政王，這比以前又加了一層搬家的理由，因此隆裕太后（光緒的皇后，慈禧太后和我祖母的侄女）決定給我父親建造一座全新的王府，這第三座府邸地址選定在西苑三海集靈囿紫光閣一帶。

正在大興土木之際，武昌起義掀起了革命風暴，於是醇王府的三修府邸、兩度「潛龍」、一朝攝政的家世，就隨著清朝的歷史一起告終了。

在清朝最後的最黑暗的年代裏，醇王一家給慈禧太后做了半世紀的忠僕。我的祖父更為她效忠了一生。

我祖父為道光皇帝的莊順皇貴妃烏雅氏所出，生於道光二十二年，死於光緒十六年。翻開皇室家譜「玉牒」來看，醇賢親王奕譞在他哥哥咸豐帝在位的十一年間，除了他十歲時因咸豐登極而按例封為醇郡王之外，沒有得到過什麼「恩典」，可是在咸豐帝死後那半年間，也就是慈禧太后的尊號剛出現的那幾個月間，他忽然接二連三地得到了一大堆頭銜：正黃旗漢軍都統、正黃旗領侍衛內大臣、御前大臣、後扈大臣、管理善撲營事務、署理奉宸苑事務、管理正黃旗新舊營房事務、管理火槍營事務、管理神機營事務……。這一年，他只有二十一歲。

一個二十一歲的青年，能出這樣大的風頭，當然是由於妻子的姐姐當上了皇太后。但是事情也並非完全如此。我很小的時候曾聽說過這樣一個故事。

有一天王府裏演戲，演到「鍘美案」最後一場，年幼的六叔載洵看見陳士美被包龍圖鍘得鮮血淋漓，嚇得坐地大哭，我祖父立即聲色俱厲地當眾喝道：「太不像話！想我二十一歲時就親手拿過肅順，像你這樣，將來還能擔當起國家大事嗎？」

原來，拿肅順這件事才是他飛黃騰達的真正起點。

完整內容，請參考本社出版之《末代皇帝自傳》上下

【復刻版】清朝的皇帝（三）盛衰之際

作者：高陽
發行人：陳曉林
出版所：風雲時代出版股份有限公司
地址：10576台北市民生東路五段178號7樓之3
電話：(02) 2756-0949
傳真：(02) 2765-3799
執行主編：劉宇青
美術設計：吳宗潔
業務總監：張瑋鳳

初版日期：2024年3月 新版一刷
ISBN：978-626-7369-39-5

風雲書網：http://www.eastbooks.com.tw
官方部落格：http://eastbooks.pixnet.net/blog
Facebook：http://www.facebook.com/h7560949
E-mail：h7560949@ms15.hinet.net
劃撥帳號：12043291
戶名：風雲時代出版股份有限公司

風雲發行所：33373桃園市龜山區公西村2鄰復興街304巷96號
電話：(03) 318-1378
傳真：(03) 318-1378
法律顧問：永然法律事務所 李永然律師
北辰著作權事務所 蕭雄淋律師

行政院新聞局局版台業字第3595號 營利事業統一編號22759935

定價：320元

國家圖書館出版品預行編目資料

清朝的皇帝(復刻版) / 高陽著. -- 四版. -- 臺北市：風雲時代出版股份有限公司, 2024.01　冊；　公分
ISBN 978-626-7369-39-5(第3冊：平裝). --

863.57　　112019794